Tödliche Saat

Elke Bergsma

Zu diesem Buch

Der grausame Mord an einem Journalisten führt Hauptkommissar David Büttner und seinen Assistenten Sebastian Hasenkrug ins idyllische ostfriesische Fischerdorf Greetsiel. Nach ersten Ermittlungen deutet vieles darauf hin, dass der junge Familienvater Opfer einer skrupellosen Agrarlobby wurde. Denn bereits seit längerem waren ihr seine engagierten Recherchen zum massiven Bienensterben und dem Einsatz genmanipulierten Getreides ein Dorn im Auge. Doch auch im Privatleben des Opfers lief nicht alles so harmonisch, wie es auf den ersten Blick schien. Sebastian Hasenkrug gerät angesichts des verworrenen Beziehungsgeflechts der Akteure und der zum Teil unorthodoxen Ermittlungsmethoden seines Chefs an den Rand der Verzweiflung …

Elke Bergsma, Jahrgang 1968, gebürtige Ostfriesin, lebt in Hessen und ist dort als selbstständige Diplom-Geographin und PR-Beraterin in den Bereichen Stadtentwicklung und Erneuerbare Energien tätig. *www.elke-bergsma.de*

Von ihr erschienen auch:
„Windbruch“, Ostfrieslandkrimi
„Das Teekomplott“, Ostfrieslandkrimi
„Lustakkorde“, Ostfrieslandkrimi
„Merle & Mo“, Kinderbuch

Impressum

Cover: Susanne Elsen, www.mohnrot.com
Bild: ©iStock.com/SamBurt

ISBN: 1494286904
ISBN 13: 9781494286903

Für Papa

1

„Wenn man derartige Pamphlete aufsetzt, sollte man sich zumindest ansatzweise in der deutschen Rechtschreibung auskennen“, knurrte David Büttner mit einem Stirnrunzeln und reichte seiner Tochter das Tablet zurück, das sie soeben von ihren Eltern zum Geburtstag geschenkt bekommen und wie der Blitz nach ihren Wünschen eingerichtet hatte. Selten hatte er Jette mit solch einem Feuereifer ans Werk gehen sehen, ihre Augen schienen angesichts dieser technischen Errungenschaft wahre Funken zu sprühen. Unwillkürlich hatte Büttner einen lauten Seufzer ausgestoßen, denn für einen Augenblick hatte er an die Zeit zurückdenken müssen, als Jette auch bei seinem Anblick noch vor Glück gestrahlt hatte, wenn er am Abend heimgekommen und sie ihm jubelnd in die Arme gesprungen war. Nun, diese Zeiten lagen schon lange zurück. Heute war er froh, wenn sie ihn überhaupt beachtete. Sie war soeben volljährig geworden und unterschied sich in ihrem Verhalten ganz sicher nicht von den anderen Mädchen ihres Alters, was ja vom Grundsatz her schon mal beruhigend war. Aber einfach war es trotzdem nicht, wenn man im Laufe der Jahre auf dem Prioritätentreppchen des eigenen Kindes Stufe für Stufe nach unten rutschte, weil sich irgendwer ständig dazwischen schob. Angefangen bei den ersten Grundschulfreundschaften („Papa, ich will heute mal bei Jantje schlafen, oh, bitte, bitte, darf ich?") über die ersten Reiterferien („Ein Ponyhof ist aber viel cooler als mit euch blöd durch die Berge zu laufen"), bis hin zu den langen Nächten in der Disco („Nee, du brauchst mich nicht abzuholen, Silas fährt mich doch zurück"). Auf die Frage, wer denn eigentlich dieser Silas sei, hatte sie dann nur entnervt die Augen verdreht und die Tür hinter sich ins Schloss gezogen.

„He, chill mal", sagte sie nun, ohne ihn anzusehen, während ihre Finger über das Tablet flogen, als gelte es, hier und heute den Weltrekord im zweifingrigen Schreibmaschineschreiben aufzustellen. Aber vermutlich, dachte Büttner schmunzelnd, wusste Jette nicht einmal mehr, wie eine Schreibmaschine überhaupt aussah. Selbst so einfache Handys, wie sie ihr Vater, stoisch der technischen Entwicklung trotzend, mit sich führte, oder ganz normale Computer gehörten für sie schon ins Technikmuseum; ihre Welt bestand aus Smartphones und Tablets und noch allerhand mehr technischem Firlefanz, dessen Namen er allerdings immer wieder vergaß.

„Willst du nicht erstmal deinen Fisch aufessen?", fragte nun Büttners Frau an ihre Tochter gewandt, während sie den Teller von der Tischmitte wieder mehr in Jettes Reichweite schob. Zur Feier des Tages waren sie zum Mittagessen in ein Restaurant am Emder Rathausdelft gegangen, doch bereits nach der Vorspeise und einem mehrmaligen aufdringlichen Fiepen ihres Tablets hatte Jette behauptet, eigentlich gar keinen Hunger mehr zu haben, und sie war in virtuelle Kommunikation mit irgendwem getreten, der sich *bee-a-friend21* nannte.

„Leg jetzt einfach mal dieses Tablet beiseite und iss deinen Fisch auf“, sagte Büttner bestimmt, als Jette auf die Frage seiner Frau nicht reagierte, und zog das flache Gerät einfach unter den Fingern seiner Tochter weg. Sie setzte zum lautstarken Protest an, zuckte dann aber ergeben mit den Schultern und sagte lapidar: „Weißt du Papa, es ist doch vollkommen egal, ob einer die Rechtschreibung beherrscht oder nicht. Wichtig sind doch nur die Inhalte.“ Damit schob sie sich eine Gabel ihres Steinbeißer-Filets in den Mund und sah ihren Vater herausfordernd an.

Büttner warf daraufhin einen Blick auf die geistigen Hinterlassenschaften dieses *bee-a-friend21* und runzelte die Stirn. Anscheinend hatte es sich dieser Mensch zum Ziel gesetzt, das ostfriesische Reich von der bösen gentechnisch orientierten Agrarlobby zu befreien und den Bienen damit wieder ein so unbeschwertes Dasein zu ermöglichen, wie es einst Maja und Willi auf ihrer bunten Blumenwiese in fröhlichem Gesumme vergönnt gewesen war.

„Seit wann interessierst du dich für Umweltschutz?“, fragte Büttner, während er mit seinem Mittelfinger in den Seiten hin- und herblätterte.

„Mensch, Papa, jeder vernünftige Mensch interessiert sich für Umweltschutz. Hm. Wenigstens die unter dreißig“, fügte sie dann lahm hinzu, und es klang, als traue sie allen Ü-30ern nicht einmal zu, dieses Wort auch nur zu buchstabieren.

„Du hast dich noch nie dafür interessiert“, beharrte Büttner und bedeutete der Kellnerin, ihm ein weiteres Bier zu zapfen.

„Ist total krass, so ein Blog“, bemerkte Jette eifrig kauend. Anscheinend war ihr Appetit wieder zurückgekehrt.

Büttner sah sich stirnrunzelnd um. Von welchem Block, um Himmels willen, redete sie denn jetzt?

„Ich glaube, ich werde auch mal Bloggerin, da kann man alles transportieren, was man will.“

Büttner warf seiner Frau einen fragenden Blick zu, die aber sagte nur mit Unschuldsmiene: „Dann solltest du dich aber erstmal intensiv mit einem Thema befassen, sonst macht solch ein Blog doch überhaupt keinen Sinn.“

Büttner war platt. Wieso wusste seine Frau, wovon seine Tochter sprach, und nur er stand mal wieder mal da wie ein Depp? „Klärst du mich auf?“, brummte er ungehalten, als sich Mutter und Tochter einen verschwörerischen Blick zuwarfen.

„Ach, David“, seufzte seine Frau, „da denkt man, du stehst als Hauptkommissar mitten im Leben und dann ...“

„Na ja“, wurde sie von Jette unterbrochen, „Papa steht doch wohl eher mitten im Tod. Knietief in irgendwelchen Leichen. Mordkommission!“ Sie schüttelte sich kurz, als fände sie die Vorstellung, dass ihr Vater quasi tagtäglich mit Toten zu tun hatte, plötzlich besonders gruselig.

„Aber ich", setzte Büttner zur Gegenwehr an, wurde jedoch von seiner Frau sogleich mit einer abwehrenden Geste ihrer Hand am Sprechen gehindert. „Blogger sind Menschen, die über das Internet, nämlich über so genannte Blogs, eine bestimmte Botschaft transportieren. In der Regel geht es dabei um ein bestimmtes Thema, ganz egal welches." Als hätte sie Büttners nächste Frage geahnt, fuhr sie fort: „Blogs unterscheiden sich von einer Homepage dadurch, dass sie Kommunikation zulassen. In der Regel kann man auf alles, was da geschrieben steht, auch antworten, es kommentieren. So entsteht dann ein Austausch Gleichgesinnter. Kann sehr hilfreich sein."

Büttner sah seine Frau mit offenem Mund an, während ihm die Kellnerin mit einem freundlichen Lächeln das frisch gezapfte Jever auf den Tisch stellte. Da merkte man doch mal wieder, dass seine Susanne als Lehrerin viel mit jungen Leuten zu tun hatte. Na ja, genau genommen war sie ja auch noch jung. Ganze zwölf Jahre jünger als er.

„Was komisch ist", fuhr Jette fort und schob ihren nun leer gegessenen Teller beiseite, „*bee-a-friend21* ist sonst eigentlich immer online. Heute aber antwortet er auf nichts. Dabei ist doch der halbe Tag schon rum."

Büttner warf einen prüfenden Blick auf die Blogeinträge. Stimmt, es standen da diverse Beiträge, aber nicht einer der heutigen war von *bee-a-friend21*. „Vielleicht ist er in Urlaub", mutmaßte er.

„Quatsch“, erwiderte seine Tochter unwirsch, „doch nicht, wenn hier gerade der Kongress der beschissenen Gentechniker stattfindet.“

Büttner zog erstaunt die Augenbrauen hoch und wischte sich den Bierschaum vom Mund. „Echt? Hier in Emden? Hat gar nicht in der Zeitung gestanden.“

„In Oldenburg, ey. An der Uni. Doch nicht hier.“

„Ach so. Und dein ... Blogger ist wohl gegen die Veranstaltung?“

Jette rollte mit den Augen. „Nee, weißt du, Papa, der findet es ganz super, dass die sich hier alle darüber unterhalten, wie sie es schaffen können, noch mehr Menschen in ihre Abhängigkeit zu treiben und ganz nebenbei mit ihrer Chemiescheiße auch noch Millionen von Bienen zu vergiften. Krieg ich noch ein Eis?“

„Eis? Ach so, ja.“ Büttner räusperte sich und ließ sich von der gerade vorbeilaufenden Kellnerin die Dessertkarte reichen. Nur wenig später bestellte er für jeden von ihnen einen Eisbecher sowie für sich und seine Frau noch einen Espresso.

„Dann ist er vielleicht in Oldenburg auf dem Kongress und hört sich an, was die zu sagen haben“, kam er aufs Thema zurück.

„Dann hätte er doch längst einen Livestream eingerichtet.“ Jette schüttelte den Kopf, während sie ihrem Vater das Tablet aus der Hand nahm.

„Livestream. Ja sicher.“ Büttner beschloss, das breite Grinsen seiner Frau einfach zu ignorieren. „Und kannst du mir auch sagen, wo dein unbändiges Interesse an dem Wohlergehen der Bienen so plötzlich herrührt? Ich meine, du hast doch sonst nie ... du isst ja nicht mal Honig!“

„Bienen sichern das Überleben von uns allen. Wenn sie nicht wären, würden keine Blüten mehr bestäubt, wir hätten kein Obst mehr, Ende Gelände“, fasste Jette kurz zusammen.

„Das weiß ja sogar ich“, knurrte Büttner und verzog den Mund. „Ich wollte eigentlich wissen, warum gerade du ...“

„Silas' Vater ist Imker. Der hat sechzehn Bienenstöcke. Ist total krass. Hab im Sommer schon beim Honig ernten und schleudern geholfen.“

„Du? Aber das ist doch mit körperlicher Arbeit verbunden“, gab Büttner mit hochgezogenen Brauen zu bedenken. Im nächsten Moment legte ihm seine Frau eine Hand auf den Arm und schüttelte beinahe unmerklich den Kopf. Er verstand. Keine Grundsatzdiskussionen beim Geburtstagsessen.

„Und wie geht's Silas sonst so?“, fragte er betont unbeteiligt, auch wenn er den Gedanken, dass sein kleines Mädchen jetzt einen festen Freund hatte, nur schwer ertragen konnte.

„Wie immer.“

„Na, so genau ...“, ein Blick in die Augen seiner Frau ließ ihn verstummen. Schniefend wandte er sich seinem Eis und seinem Espresso zu, die soeben vor ihm abgestellt worden waren. Doch gerade, als er sich den ersten Löffel des kühlen Nachtischs genüsslich in den Mund schieben wollte, klingelte sein Handy.

„Hasenkrug, ich habe heute frei“, bellte er nach einem Blick auf das blinkende Display ins Handy, „und ich gedenke nicht, mich mit irgendwelchen Aktenlagen ... eine Leiche, soso ... in der Getr...“, gerade noch verschluckte er mit Blick auf Frau und Tochter das letzte Wort und räusperte sich vernehmlich. Er wollte ihnen nicht den Appetit verderben. „Ja, ja, ich bin schon unterwegs.“

„Eine Leiche? Wo?“, fragte Jette, nachdem er aufgelegt hatte, und sah ihn mit leuchtenden Augen an, während ihr das Eis wieder vom Löffel rutschte.

„Dienstgeheimnis.“

„Steht morgen sowieso in der Zeitung!“

„Eben. Könntest du dann zur Abwechslung ja mal reingucken.“ Büttner legte seine Serviette auf den Tisch, erhob sich von seinem Stuhl und drückte seiner Frau einen Kuss auf die Wange. „Tut mir leid“, sagte er und hob bedauernd die Schultern.

„Aber für dein Eis wirst du doch noch Zeit haben“, schüttelte sie den Kopf.

„Leider nicht, die warten da auf mich. Scheint ein etwas“, er zögerte einen Augenblick und wischte sich einen imaginären Fussel von seinem Pullover, „ein etwas pikanter Fall zu sein.“

„Pikant?“

„Nun ja, hm, ich ... esst ihr mal schön weiter, ich will euch nicht den Appetit verderben.“ Mit einem Blick auf sein Eis fügte er hinzu: „Mir ist er leider schon vergangen.“

„Na, dann muss es ja wirklich etwas Grausames sein, wenn sogar dir dabei der Appetit vergeht“, bemerkte Susanne Büttner und kräuselte die Lippen.

„Geh du nur“, strahlte Jette, „dein Eis kann ich dann ja noch essen.“ Im nächsten Moment stand die Glasschale auch schon vor ihr.

„Welch uneigennütziges Opfer“, knurrte Büttner, griff nach seinem Espresso, trank ihn in einem Schluck leer, nickte seinen beiden Frauen zu und verschwand kurz darauf zur Tür hinaus.

2

Er hatte in seiner Laufbahn schon einiges gesehen, aber was Hauptkommissar David Büttner jetzt vor sich liegen sah, übertraf doch alles bisher Dagewesene. Er warf seinem recht bleich aussehenden Assistenten Sebastian Hasenkrug einen schnellen Blick zu, um seine Augen dann ungläubig wieder auf den größeren Haufen zu richten, der sich vor seinen Füßen ausbreitete. „Sie sagten, es wäre eine Leiche gefunden worden, Hasenkrug“, presste er hervor und deutete auf den Haufen, „das hier sieht mir aber eher nach ...“

„Futtergetreide“, bemerkte eine tiefe Stimme neben ihm.

„Was?“ Büttner blickte den Mann, der die ganze Zeit still und leise in einer Ecke gestanden hatte, irritiert an. Der Kleidung nach zu urteilen, handelte es sich um einen Landwirt fortgeschrittenen Alters. Über einer dreckverschmierten Jeans, die in grünen Gummistiefeln steckte, trug er ein in Rot und Schwarz kariertes Flanellhemd, darüber eine olivfarbene Weste mit vielen Taschen. Auf dem Kopf hatte er eine dunkelgrüne Kappe, sein von tiefen Falten durchzogenes, wettergegerbtes Gesicht deutete darauf hin, dass er sich viel im Freien aufhielt. „Futtergetreide", wiederholte der Mann. „Verfüttern wir im Winter an unsere Kühe."

„Und was hat das mit mir zu tun?", fragte Büttner.

Der Landwirt deutete mit einem kurzen Fingerzeig auf den Haufen. „Sieht heute komisch aus, sind Stücke drin."

„Stücke drin", wiederholte Büttner dumpf.

„Jo." Der Landwirt spuckte kurz aus, dann fuhr er fort: „Dachte erst, es wären Ratten. Das kommt schon mal vor. Die treiben sich im Getreide rum und geraten dann in die Mühle."

„Aber?" Büttner wollte lieber nicht hören, was jetzt kam.

Statt einer Antwort deutete der Landwirt mit einer Kopfbewegung nach oben, wo sich der Getreidetrichter befand, von dem aus das Getreide in die Mühle strömte. Büttner warf einen erneuten Blick auf seinen Assistenten Hasenkrug, der sich sichtlich darum bemühte, seinen Mageninhalt nicht Retour gehen zu lassen. Er schluckte einmal tief, dann erklomm er die Leiter, die zum Getreideboden hinaufführte. „Oh, mein Gott", stammelte er, als er sah, was oben im Trichter lag – und was nicht. Ein menschlicher Torso, ohne Arme, ohne Beine, ohne Kopf. Die waren allem Anschein nach schön säuberlich vom Körper getrennt worden und lagen jetzt ... Büttner spürte eine kaum zu unterdrückende Übelkeit in sich aufsteigen und trat schnell den Rückzug an.

„Da ist ... er konnte wohl nicht ..." Vor lauter Übelkeit gelang es Büttner nicht, einen klaren Satz zu formulieren, zu sehr war er damit beschäftigt, das leckere Geburtstagsessen bei sich zu behalten.

„Hat sich wohl verschätzt“, brummte der Landwirt mit sonorer Stimme, und Büttner wunderte sich, dass er nach wie vor eine so gesunde Gesichtsfarbe hatte. Schien ziemlich abgebrüht zu sein, der Kerl.

„Sie meinen?“, würgte Büttner hervor.

„Dachte wohl, der Körper passt durch den Trichter. Hat er sich getäuscht. Arme und Beine, ja. Der Kopf wohl auch, aber dann ... hm, war ja klar, dass der stecken bleibt.“

„Stecken bleibt.“ Büttner drehte sich um und verließ den Stall. Er brauchte frische Luft. Er atmete ein paar Mal tief durch und beobachtete seine Kollegen von der Spurensicherung, die soeben auf den Hof gefahren waren und jetzt mit ihren Koffern dem Scheunentor zustrebten. „Viel Spaß“, murmelte er schwach, als sie an ihm vorbeiliefen. Auch die Gerichtsmedizinerin Dr. Anja Wilkens fuhr gerade vor und sah ihn mit einem freundlichen Lächeln an. „Nanu, Herr Kommissar, Sie stehen bei diesem Wetter freiwillig draußen herum?“, wunderte sie sich und warf einen Blick in den mit tiefen, dunklen Wolken verhangenen Himmel, aus dem ein feiner Nieselregen in filigranen Fäden zur Erde fiel.

„Ich ...“ Mit einem angewiderten Gesichtsausdruck deutete er durch das offene Scheunentor, aus dem ihm ein paar neugierige Kühe wiederkäuend entgegenblickten. Bei der Vorstellung, sie würden nur wenig später das frisch gemahlene Futtergetreide nebst Beilage zu sich genommen haben, spürte er, wie sich sein Magen entgegen den Gesetzen der Schwerkraft nach oben wölbte.

„Frische Landluft", deutete Dr. Wilkens seinen Blick falsch. „Man merkt, dass Sie aus einer Großstadt kommen, Herr Kommissar. In Hamburg hatten Sie mit Sicherheit nicht viel auf Bauernhöfen zu tun." Bei diesen Worten sog sie die Luft tief in ihre Lungen. „Wissen Sie, ich war als Kind sehr häufig ...", plauderte sie weiterhin munter drauflos, aber Büttner unterbrach sie mit einer ungewollt harschen Handbewegung. „Sehen Sie selbst", stieß er gepresst hervor und lief mit unbekanntem Ziel davon. Aus den Augenwinkeln sah er die Medizinerin kopfschüttelnd durch das Scheunentor treten, während Sebastian Hasenkrug in die entgegengesetzte Richtung davonstob, als wäre der Leibhaftige hinter ihm her.

„Tasse Tee?", hörte Büttner wenig später eine Stimme neben sich sagen und blickte erstaunt auf. Ohne es zu bemerken, war er in Richtung des Wohngebäudes gegangen, das unmittelbar an das ausladende Stallgebäude angrenzte. Seine Kollegen und er waren ganz offensichtlich auf einem der erhabenen ostfriesischen Gulfhöfe gelandet. Vor dem mächtigen, fast majestätisch anmutenden Wohnhaus, das von der Straße her nicht einzusehen gewesen war, breitete sich ein weitläufiger, mit Obstbäumen bewachsener Garten aus, der im Sommer sicherlich wunderschön anzusehen war. Zu dieser herbstlichen Jahreszeit aber streckten die Bäume ihre kahlen Äste wie dünne Finger in den Novemberhimmel und schienen resigniert auf die sie erlösenden warmen Sonnenstrahlen des noch so weiten Frühlings zu warten.

„Keine schöne Sache das“, sagte die stämmige Frau, als er nichts erwiderte. „Aber eine gute Tasse Tee wird Sie auf andere Gedanken bringen, Herr Kommissar.“ Und schon nahm sie Büttner am Arm und zog ihn in die große Wohnküche, auf deren antiquiert aussehendem Gasherd ein Wasserkessel leise vor sich hin brummelte. Eine heimelige Wärme umfing ihn, als er den Raum betrat. Eine Wärme, die zweifelsohne von dem in dunkelgrünen Kacheln gehaltenen Ofen herrühren musste, auf dessen mit Sitzkissen bestücktem Sims sich wohlig zwei getigerte Katzen räkelten und ihn aus schläfrigen Augen gelangweilt ansahen.

„Für mich keinen Tee, bitte“, stieß Büttner schnell hervor, als er sah, dass die in eine hellblaue Kittelschürze gekleidete Bäuerin zwei Teetassen aus einer antiken Holzvitrine hervorkramte und sie scheppernd auf dem massiven Küchentisch abstellte. Die Bäuerin nickte ihm mit einem wissenden Lächeln zu, ignorierte aber seine Ablehnung und drückte ihm wenig später eine dampfende Tasse in die Hand, aus der das angenehm knisternde Geräusch eines sich im heißen Tee auflösenden Kluntje zu vernehmen war. Ergeben setzte sich Büttner auf einen Platz in der Eckbank, den ihm die Bäuerin soeben zugewiesen hatte. „Danke“, murmelte er schwach und nippte an seinem Tee. Die Bäuerin nickte zufrieden.

„Haben Sie die ... Leiche auch gesehen?“, fragte Büttner schwach.

„Aber sicher", nickte sie, ohne dass das Lächeln von ihrem rosigen Gesicht verschwand, „ich hab sie doch gefunden. Kinners nee, war das ein Schreck!"

Na, dachte Büttner bei sich, so groß konnte der Schreck aber nicht gewesen sein, denn nach wie vor lächelte die recht kompakte Frau über das ganze Gesicht. Sie war eine Bäuerin, wie sie im Buche stand, bediente absolut jedes Klischee, befand Büttner, nachdem er sie eine Weile gemustert hatte. Stämmige Figur, rosige Wangen, rissige Finger, die grauen Haare am Hinterkopf zu einem nachlässigen Dutt zusammengesteckt.

„Wohnen hier noch mehr Menschen auf dem Hof?"

„Jo. Meine Schwiegereltern. Und unser Sohn mit seiner Familie."

Schwiegereltern? Büttner hob erstaunt die Augenbrauen. War er bei Familie Methusalem gelandet?

„Und der Name war noch gleich?"

„Beekmann. Ubbo und Gesine Beekmann."

„Das sind Ihre Schwiegereltern?"

„Nee. Das sind mein Mann und ich." Die Bäuerin schenkte Tee nach, und erst jetzt bemerkte Büttner, dass es ihm nach der ersten Tasse tatsächlich schon etwas besser ging. Zumindest hatte sein Magen aufgehört zu rebellieren, der teure Fisch schien sich im Tee ganz wohl zu fühlen. „Meine Schwiegereltern heißen Okko und Wübkea Beekmann."

„Ach was." Büttner würde sich an diese seltsamen ostfriesischen Namen wohl nie gewöhnen.

„Und unserer Sohn heißt Christian", fuhr die Bäuerin in der Aufzählung der Ahnenreihe fort, während sie mit einem winzigen Löffel Sahne aus einer großen Schüssel Milch abschöpfte und in die Tassen gleiten ließ.

„Christian." Damit hatte Büttner nun eher nicht gerechnet.

„Ja, verheiratet ist er mit Hedda."

Zu früh gefreut, dachte der Kommissar bei sich und verzog schmunzelnd sein Gesicht.

„Hedda ist die Tochter vom Nachbarhof. Das passte ganz gut."

Was da genau ‚ganz gut passte', wollte Büttner nun lieber nicht erfragen, er konnte sich aber gut vorstellen, dass es irgendwas mit der Maßeinheit Hektar zu tun hatte.

„Und dann sind da noch unsere Enkelkinder, Mareike und Jelko. Jelko wird später mal den Hof übernehmen."

„Natürlich. Und wo sind Ihre Kinder jetzt?"

„Sie sind alle zum Einkaufen nach Norden gefahren. Muss ja auch mal sein."

„Sicher." Büttner leerte in Ruhe seine Tasse und fragte dann: „Haben Sie irgendeine Vorstellung, um wen es sich bei dem Toten in Ihrer Getreidemühle handeln könnte?"

Gesine Beekmann wiegte langsam ihren Kopf hin und her und schob die Unterlippe vor. „Schwer zu sagen", bemerkte sie dann.

„Sie wissen von niemandem, der in dieser Gegend vermisst wird?"

„Nee. Hätte ich schon von gehört."

„Davon bin ich überzeugt."

Gerade wollte Büttner mit seiner Befragung fortfahren, als von der Tür her schleppende Schritte zu vernehmen waren. Bereits im nächsten Moment steckte Sebastian Hasenkrug seinen Kopf zur Tür herein. Er sah erbärmlich aus. „Chef, ich suche Sie schon überall!“, stieß er gequält hervor und ließ sich im nächsten Moment neben ihn auf die Eckbank fallen.

„Ist Ihnen nicht gut?“, fragte die Bäuerin besorgt und griff prompt nach der nächsten Teetasse, um sie gleich darauf gefüllt vor Hasenkrug abzustellen.

„Das ist mein Kollege, Sebastian Hasenkrug“, stellte Büttner ihn vor und sah ihn mit gerunzelter Stirn an. „Wie weit sind die da drüben?“ Er deutete in die Richtung, in der er die Scheune vermutete.

„Gerade haben sie ... also sie haben die Leiche und ... den Rest abtransportiert. Geht jetzt in die Gerichtsmedizin.“

„Und was sagt Frau Dr. Wilkens?“

„Die ist stumm wie ein Fisch. Glaube nicht, dass sie überhaupt sprechen kann, ohne ...“ Hasenkrugs Stimme begann verdächtig zu zittern.

„Verstehe.“ Büttner war heilfroh, dass es nicht nur ihm beim Anblick des zerstückelten Körpers so ergangen war. „Rufen Sie im Präsidium an, sie sollen uns alle Vermisstenmeldungen der letzten Wochen zur Verfügung stellen. Die männlichen. Hm.“ Er zögerte kurz und sagte dann: „Zumindest sah es wie ein männlicher Körper aus. Oder deutet irgendwas darauf hin, dass es auch eine Frau sein könnte?“

„Eindeutig ein Mann“, meldete sich die Bäuerin zu Wort.

„Eindeutig? Woher wissen Sie das?"

„Ich hab geguckt."

„Sie haben den Torso umgedreht?"

„Jo. War eindeutig ein Mann. War noch alles dran."

„Tatsächlich." Büttner schluckte. Im nächsten Leben würde er auch als ostfriesische Bäuerin auf die Welt kommen, das stand schon mal fest. Da ging man ganz offensichtlich unerschrockener durchs Leben.

„Wir müssten dann mal wieder", sagte er und stand auf, gerade, als Hasenkrug erstmals seine Tasse an den Mund setzte und vorsichtig daran nippte. Sofort schlich sich ein gequälter Ausdruck auf das Gesicht des jungen Polizisten. „Aber Chef, ich ..."

„Die Zeit drängt, Hasenkrug, wir haben in einem Mord zu ermitteln", kannte Büttner kein Erbarmen, hatte aber die Rechnung ohne die Bäuerin gemacht. Die alte Bäuerin. Schwiegermutter Wübkea Beekmann. Büttner hatte sie gar nicht kommen sehen, doch noch ehe er sich's versah, blinzelte sie ihn aus eisgrauen Augen böse an und sagte mit alterszittriger Stimme: „Nu lass ihn mal erst seine Tasse Tee trinken, mien Jung. Soviel Zeit muss sein." Sie deutete mit ihrem Gehstock auf die Eckbank und Büttner ließ sich mit einem Seufzen wieder darauf nieder. Kein Zweifel, wer hier die Chefin im Haus war. Zwar gab es Urgroßmutter Beekmann körperlich kaum noch. Im Gegensatz zu ihrer Schwiegertochter war sie ganz offensichtlich in sich zusammengeschrumpft und war nur mehr ein erbärmlich mageres Persönchen mit gebeugtem Rücken. Dafür schien ihr Geist umso wacher.

„Ist das erste Mal, dass wir jemanden in der Getreidemühle gefunden haben", bemerkte sie, während sie sich schnaufend in einen ausladenden Ohrensessel sinken ließ, der sie fast zu verschlucken schien. „Jo, trink du nur, mien Jung“, nickte sie dann Hasenkrug aufmunternd zu, der soeben seine Tasse an den Mund gehoben hatte. „Gesine, du hättest den jungen Männern ruhig mal ein Schmalzbrot schmieren können, sie sehen ja ganz ausgehungert aus“, wandte sie sich gleich darauf an ihre Schwiegertochter.

„Passt schon“, murmelte Hasenkrug, dem sich alleine beim Gedanken an die fettige Kost sogleich wieder der Magen umdrehte.

„Haben Sie heute Nacht oder im Laufe des Tages irgendetwas bemerkt? War irgendetwas anders als sonst?“, fragte Büttner. Er war zu dem Ergebnis gekommen, dass, wenn er schon hier war, auch ruhig mit seiner Befragung fortfahren konnte.

„Ja, sonst haben wir noch nie ne Leiche in der Getreidemühle gefunden, oder, Gesine?“, bemerkte Uroma Wübkea so ernst, dass sich ein Schmunzeln auf Büttners Gesicht schlich, während Hasenkrug immer noch dreinblickte wie ein geprügelter Hund.

„Stimmt. Bis auf die Ratten natürlich“, nickte Gesine zustimmend.

„Ich meinte vielmehr, ob Sie vielleicht irgendwelche Menschen auf dem Hof gesehen haben, die hier nicht hingehören. Oder ob Sie was gehört haben. Irgendwelche Geräusche, die sonst ...“

„Ja“, warf Uroma Wübkea mit erhobenem, arthritischem Zeigefinger ein, „ich hab was gehört!“

„Tatsächlich.“ Gespannt lehnte sich Büttner vor, und auch Hasenkrug zog fragend die Augenbrauen hoch.

„Unsere Erna hat geschrien, wie am Spieß. Das arme Ding."

„Wer ist Erna?"

„Unsere Kuh."

„So." Büttner räusperte sich. „Und warum, meinen Sie, hat Erna das getan?"

„Sie glauben mir nicht." Uroma Wübkea funkelte ihn aus zusammengekniffenen Augen böse an.

„D-doch. Doch, doch", stammelte Büttner und sah aus den Augenwinkeln, dass Hasenkrug hämisch grinste.

„Erna schreit sonst nie. Nur wenn sie Fremde sieht. Ich glaube, das macht ihr Angst."

„Und woher wissen Sie, dass es Erna war, die so laut geschrien hat?"

„Ich kenn doch meine Kühe!", entgegnete Uroma Wübkea empört.

„Um welche Uhrzeit war das?"

„Nachts."

„So. Geht's auch ein bisschen genauer?"

„Bald darauf hat der Hahn gekräht."

„Also im Morgengrauen."

„Nee, das mit Erna war früher."

„Na gut. Hm. Und Sie haben die Leiche erst heute Mittag gefunden?"

„So isses."

„Und warum erst so spät, wenn sie womöglich schon seit heute Nacht dort oben lag."

„Weil wir doch erst mittags die Getreidemühle anwerfen", antwortete Gesine Beekmann, immer noch ein freundliches Lächeln auf dem Gesicht.

„Jo“, stimmte Uroma Wübkea ihr zu. „Und plötzlich ging nix mehr, da war da nur noch so ein Rrrrummms, Rrrrummms, Rrrrummms ...“ Sie unterstützte ihre Worte, indem sie ihren Gehstock im Takt auf die Holzdielen niederfahren ließ, „das war wohl, weil die Schultern zu breit waren.“

Büttner hörte Hasenkrug neben sich tief ein- und ausatmen, und ihm selbst ging es nicht viel besser. „Gut, dann danke ich Ihnen fürs Erste“, sagte er gepresst und stand eilig auf. „Wir kommen dann wieder auf Sie zu, wenn wir noch Fragen haben. Vielen Dank für den Tee.“

„Da nicht für“, strahlte Gesine Beekmann, und Uroma Wübkea nickte.

3

„Wir haben genau vier Vermisstenmeldungen in den letzten sechs Wochen hereinbekommen“, stellte Sebastian Hasenkrug mit einem Blick in die Akte fest. „Davon eine weibliche und drei männliche Personen.“

„Gut, die Frau scheidet aus. Wann kamen die Männer rein?“ Büttner beschäftigte sich mit zunehmender Verzweiflung mit der Kaffeemaschine, die ihm an diesem Morgen so gar nicht gehorchen wollte. Überall zischte und klackerte irgendwas, wenn er auf die Knöpfe drückte. Nur Kaffee kam keiner heraus. „Mist“, keuchte er schlecht gelaunt und schlug mit der Faust auf die Maschine ein, „was ist denn das hier wieder für ein Hightech-Firlefanz! Wo ist denn unsere alte Maschine hin? Da kam wenigstens noch Kaffee raus, wenn man welchen haben wollte. Und wo ist überhaupt Frau Weniger? Die kennt sich doch mit diesem Ungetüm aus.“

Hasenkrug zuckte mit den Schultern. „Frau Weniger hat heute Urlaub. Ihre Schwiegermutter ist gestorben und wird heute beerdigt.“

„Wie ungeschickt von der Schwiegermutter. Aber alte Leute sterben ja gerne zur unpassenden Zeit“, maulte

Büttner und ignorierte das verständnislose Kopfschütteln seines Assistenten. Dem Kaffeevollautomaten versetzte er einen letzten Schlag, dann setzte er sich an seinen Schreibtisch. „Also, wo waren wir stehen geblieben?"

„Drei männliche Vermisste. Einer 56 Jahre alt, einer 37 und einer 19."

„Seit wann vermisst?"

„Vier Wochen, zwei Tage, zehn Tage."

„Welcher von denen könnte es sein?"

„Am ehesten wohl der 37jährige. Frau Dr. Wilkens rief an und verkündete, dass die Leiche, also das, was von ihr übrig ist, wohl so zwischen 30 und 40 gewesen sein muss."

„Sind die Angehörigen informiert?"

„Worüber?"

Büttner runzelte die Stirn. Ja, da hatte Hasenkrug zweifelsohne recht. Was sollte man den Angehörigen in einem solchen Fall sagen? Moin, wir haben da die Überreste einer Leiche in der Getreidemühle gefunden, wären Sie mal bitte so gut, ihn anhand der übrig gebliebenen Merkmale zu identifizieren, viel ist es ja nicht, aber vielleicht reicht es aus? Wohl kaum.

„Wie heißt dieser Mann?"

„Matthias Krämer."

„Matthias Krämer?" Büttner biss sich auf die Unterlippe. Irgendwo hatte er den Namen doch schon mal gehört. Aber in welchem Zusammenhang?

„Weiß man, was er sonst so gemacht hat in seinem Leben?"

Hasenkrug blätterte in seinen Papieren und sagte dann: „Journalist. Er war auf Recherchereise und hat sich nicht mehr gemeldet."

Journalist also. Büttner konnte sich schwach erinnern, mal etwas von ihm gelesen zu haben. „Wo, welche Recherche?"

„Steht hier nicht."

„Wohnhaft?"

„Greetsiel."

„Hm." Büttner kratzte sich am Kinn und legte dabei den Kopf in den Nacken. „Raucher?"

„Wie bitte?"

„War er Raucher?"

„Ähm, weiß nicht, keine Ahnung. Was hat das mit unserem Fall zu tun?" Die Gedankengänge seines Chefs erschlossen sich Hasenkrug nicht immer auf Anhieb, was ihm schon so manche nächtliche Grübelei beschert hatte.

„Ist doch gar nicht so schwer, Hasenkrug", bemerkte Büttner mit einem dünnen Lächeln, „Raucher gehen Zigaretten holen und kommen nie wieder. Alles klar?"

Hasenkrug schnaubte. „Wäre ein bisschen einfach, oder?"

„In der Tat. Aber möglich. Was schlagen Sie vor, Hasenkrug, wie wir jetzt weiter vorgehen? Einfach zur potenziellen Witwe fahren, und auf gut Glück kundtun, dass wir ihren Mann womöglich gefunden haben, es würde ihr nur vermutlich schwer fallen, ihn wiederzuerkennen? War er überhaupt verheiratet?"

„Ja. Mit Karina Krämer. Sie hat die Vermisstenanzeige aufgegeben. Wir könnten sie um eine DNA-Probe bitten. Dann könnten wir zunächst ..."

„So machen wir's.“ Damit griff Büttner nach seinem Mantel und bedeutete Hasenkrug mitzukommen. „Sie haben die Adresse?“

Hasenkrug nickte und folgte seinem Chef, der es plötzlich sehr eilig zu haben schien.

Ein kleines Häuschen im Ortskern von Greetsiel. Büttner nickte anerkennend, als er vor dem im alten Friesenstil erbauten Giebelhäuschen mit rot geklinkerter Fassade, grün gestrichenen Sprossenfenstern und grün-weiß gestrichener Haustür stand. In diesem malerischen Fischerort zu wohnen hatte bestimmt eine ganze Menge für sich – wenn nicht gerade Hochsaison war und die Touristen in Scharen in den Ort strömten, um sich an dem Fischerhafen mit seiner sanft schaukelnden Krabbenkutterflotte, den in rotem Klinker liebevoll gepflasterten Gassen, den historischen Zwillingsmühlen oder ganz einfach der frischen Nordseeluft zu erfreuen. Jetzt im November aber schien dieses kleine Dorf in einem Dornröschenschlaf zu liegen. Kein Wunder, denn kaum ein Mensch würde bei diesem Wetter freiwillig auf die Straße gehen. Immer noch breitete sich ein feiner, aber beständiger Nieselregen wie ein feuchter Film über der flachen Landschaft aus, dunkle Wolken lagen tief und schwer über der Erde und schienen fast mit den Händen greifbar. Ein in Böen frischer Nordwestwind stob pfeifend um die Häuserecken und sorgte gerade in diesem Moment dafür, dass Büttner seinen Mantel enger um sich zog und den Kragen aufstellte, um sich zumindest ein bisschen vor der durchdringenden, feuchten Kälte zu schützen. Er sah sich mit prüfendem Blick in den Gassen um, während Hasenkrug auf den antik anmutenden Klingelknopf drückte, der neben der Haustür in das Mauerwerk eingelassen war. Soeben hatte Büttner festgestellt, dass es hier wohl nichts Aufsehenerregendes zu entdecken gab, als die Haustür mit einem leisen Summen langsam aufschwang. Nanu. Mit hochgezogenen Brauen registrierte Büttner die sich automatisch öffnende Tür, die er in solch einem historischen Gebäude am allerwenigsten erwartet hätte. Er warf einen Blick in den sich dahinter auftuenden schmalen Flur und sah – nichts. Seine Augen brauchten einen Moment, bis sie sich an das schummrige Licht im Innern des Hauses gewöhnt hatten. Verdutzt machte er ein paar Schritte in den Flur hinein, der still und verwaist vor ihnen lag. „Kommen Sie rein“, hörten sie im nächsten Moment eine Frauenstimme rufen, „immer der Nase nach und dann am Ende links!“ Büttner ließ Hasenkrug den Vortritt, der am Ende des Flurs wie angegeben abbog - allerdings in eine offen stehende Tür nach rechts. Büttner kräuselte die Lippen und lief seinerseits in die große Wohnstube, die sich am Ende des kurzen Gangs vor ihm auftat. „Hasenkrug, das andere Links!“, rief er seinem Kollegen zu und stoppte dann so abrupt im Gehen, dass dieser, hektisch umgekehrt, beinahe auf ihn aufgelaufen wäre.

„Moin“, lächelte ihnen eine junge, hübsche Frau von vielleicht Anfang dreißig entgegen, „eigentlich dachte ich nicht, dass wir hier in einem Labyrinth wohnen.“ Sie schenkte Hasenkrug ein verschmitztes Lächeln, das diesen bis unter die Haarwurzeln erröten ließ. Doch war es nicht wirklich dieses Lächeln, das Büttner beim Eintreten so irritiert hatte, sondern vielmehr die Tatsache, dass diese junge Frau im Rollstuhl saß. Betreten schaute er sich im Raum um. Alles deutete darauf hin, dass der Rollstuhl für diese Frau kein vorübergehendes, sondern ein dauerhaftes Schicksal war. Nirgends gab es eine unebene Türschwelle, die Türen waren ganz offensichtlich verbreitert worden. Alle Möbel und Schränke waren darauf ausgerichtet, auch einem Rollstuhlfahrer einen möglichst ungehinderten Zugang zu ermöglichen.

„Was kann ich für Sie tun?“, riss die Frau Büttner aus seinen Betrachtungen und sah erwartungsvoll von einem zum anderen.

Büttner räusperte sich und sagte dann: „Moin. Mein Name ist David Büttner, dieses ist mein Kollege Sebastian Hasenkrug. Wir sind von der Kriminalpolizei.“

Die Gesichtsfarbe der jungen Frau wechselte bei seinen Worten augenblicklich in eine wächserne Blässe. „Ist irgendwas ... haben Sie Matthias gefunden?“

„Sie sind ... Hasenkrug?“ Büttner war es sehr unangenehm, aber er hatte den Namen der Frau tatsächlich wieder vergessen.

„Karina Krämer“, ergänzte Hasenkrug mit schwacher Stimme.

„Ja. Ist irgendwas mit meinem Mann?“

„Nun“, Büttner gab ein leises Hüsteln von sich, „wir wissen es nicht genau. Wir gehen den Vermisstenmeldungen nach, weil wir, also, wir haben heute Mittag eine ... ähem ... männliche Leiche gefunden, die vom Alter her wohl ...“

Karina Krämer schlug sich erschrocken die Hände vors Gesicht.

„Ähm, das muss noch nichts bedeuten, es könnte auch, es muss nicht unbedingt Ihr Mann ...“, Hasenkrug stieß angestrengt die Luft aus und schwieg.

„Ich hatte der Polizei ein Foto gegeben, eigentlich ist Matthias darauf sehr gut zu erkennen, deshalb verstehe ich nicht ganz ...“ Ein Funken Hoffnung blitzte in den Augen der jungen Frau auf, was Büttner einen Stich ins Herz versetzte.

„Eine Identifizierung war uns leider noch nicht möglich, Sie verstehen, der Tote war, nun ja, ein wenig ...“ Büttner stockte.

„Er war nicht mehr zu erkennen?“ Karina Krämers Stimme klang erstaunlich gefasst. „Und jetzt wollen Sie einen DNA-Abgleich machen“, schlussfolgerte sie messerscharf.

„Ja. Wenn Sie vielleicht etwas von Ihrem Mann hätten, was uns dabei helfen würde. Eine Zahnbürste vielleicht oder einen Kamm.“

Sie nickte und bewegte erstmals ihren Rollstuhl vorwärts, steuerte ihn zum Flur hinaus. Kurz darauf hörten die Polizisten ein leises Klappern, und schon im nächsten Moment stand sie wieder vor ihnen, Zahnbürste und Kamm in der Hand.

„Wird das ausschließlich von Ihrem Mann benutzt?“, fragte Büttner.

„Ja.“

„Gut.“ Er nahm die Dinge mit spitzen Fingern an sich und reichte sie an Hasenkrug weiter, der einen Plastikbeutel in der Hand hielt und sie sogleich darin verschwinden ließ. „Dann lassen wir Sie mal wieder alleine, Frau Krämer und hoffen sehr, Sie nicht wieder behelligen zu müssen.“ Karina Krämer nickte, aber in ihrem flehenden Gesichtsausdruck waren deutliche Zweifel zu erkennen. Und Angst. Im Flur fiel Büttners Blick auf die Garderobe, und er erstarrte. „Sie haben Kinder, Frau Krämer?“, fragte er mit dünner Stimme.

„Ja, Frieda und Martha. Zwillinge. Sie sind gerade beim Sport.“

Büttner schluckte. „Na dann, ich wünsche noch ... auf Wiedersehen, Frau Krämer.“ Im nächsten Moment fiel die Haustür hinter ihm ins Schloss, und er atmete ein paar Mal tief durch. „Manchmal hasse ich meinen Job, Hasenkrug“, sagte er gepresst, „manchmal hasse ich ihn abgrundtief.“

„Sie glauben, dass der Tote der Mann von Frau Krämer ist?“ Hasenkrug sah seinen Chef betreten an.

„Ja, leider. Sie nicht?“

Hasenkrug zuckte lahm mit den Schultern. „Ich hoffe, dass Sie diesmal unrecht haben, Chef.“

„Das hoffe ich auch. Alles andere wäre die Höchststrafe. Für uns alle.“

4

Die ganze Nacht hatte er nicht schlafen können, hatte seine Kissen zerwühlt, war in der Wohnung auf- und abgetigert, hatte den Fernseher ein- und wieder ausgeschaltet, war sogar in den kalten Regen hinausgetreten, um sich irgendwie von den immer wieder vor seinen Augen auftretenden Bildern zu befreien. Es war so furchtbar gewesen. Immer wieder die zerstückelte Leiche vor Augen, überlagert von den lachenden Gesichtern, die ihm von dem in der Vermisstenakte abgehefteten Foto entgegenstrahlten. Die Gesichter von Matthias Krämer und seinen Töchtern. Zudem noch die hübsche, junge Frau im Rollstuhl, die ihn so flehentlich angesehen hatte, als könne er die Katastrophe, die dieser Familie ins Haus stand, noch irgendwie verhindern.

Und mit genau diesem winzigen Hoffnungsschimmer war er sehr früh am Morgen ins Büro gefahren, auch wenn sein ganzer Körper sich anfühlte, als wäre er von einer Herde Bisons überrannt worden. Seine Frau hatte ihn besorgt angesehen und ihm angeboten, ihm ein deftiges Frühstück zuzubereiten, bevor sie zur Arbeit ging. Aber er hatte abgewinkt und sich lediglich eine Tasse extra starken Kaffees gegönnt, der seine Lebensgeister jedoch auch nicht wirklich aus ihrem Versteck hatte locken können. Vielmehr schienen sie sich auch nach dem Kaffee träge im hinteren Stübchen seines Gehirns zu räkeln, ähnlich wie die Katzen der Bäuerin auf dem Kaminsims.

Im Büro angekommen, hatte der Bericht der Gerichtsmedizin bereits auf seinem Schreibtisch gelegen. Anscheinend hatte Dr. Wilkens die Nacht durchgearbeitet. Der getötete Mann sei, wie bereits vermutet, zwischen 30 und 40 Jahre alt gewesen. Todesursächlich sei nicht die Getreidemühle, vielmehr sei er vermutlich bereits einige Stunden zuvor ums Leben gekommen, wie genau, könne man aufgrund der fehlenden oder nur noch in kleinen Stücken vorhandenen Körperteile nicht sagen. Organisch sei der Mann, soweit man es beurteilen könne, kerngesund gewesen. Gift habe bei dem Mord mit sehr hoher Wahrscheinlichkeit keine Rolle gespielt, ebenso wenig seien Drogen oder Alkohol im Spiel gewesen. Und dann der alles erschlagende Satz: Der DNA-Test hat ergeben, dass es sich bei dem Toten mit einer an 100 Prozent grenzenden Wahrscheinlichkeit um den vermissten Matthias Krämer handelt.

Mit einem lauten Stöhnen hatte Büttner den Bericht auf seinen Schreibtisch sinken lassen und saß nun, den Kopf in den Händen vergraben, einfach nur da und starrte in den Regen hinaus, der inzwischen in wahren Sturzbächen vom Himmel fiel und einen noch trostloseren Novembertag ankündigte, als es bereits die vorherigen gewesen waren. Vermutlich würde es den ganzen Tag nicht richtig hell werden, befürchtete er.

„Moin“, erklang es von der Tür her, aber Büttner sah nicht auf, als Hasenkrug hereinspazierte und sich wie ein nasser Hund schüttelte, bevor er seinen Regenschirm in den dafür vorgesehen Behälter stellte und sich sogleich am Kaffeeautomaten zu schaffen machte, weil Frau Weniger erst eine Stunde später ihren Dienst antreten würde.

„Auch einen Kaffee, Chef?“

„Einen dreifachen bitte“, knurrte Büttner aus den Tiefen seiner Hände heraus.

„Kurze Nacht gehabt?“

„Keine Nacht gehabt.“

„Oha.“ Hasenkrug sah aus den Augenwinkeln die Akte auf Büttners Schreibtisch liegen und schluckte. „Schlechte Nachrichten?“, fragte er vorsichtig.

„Die allerschlechtesten.“

„Mist!“

„Sie sagen es.“ Büttner hob seinen Kopf und ließ gleich darauf ein herzhaftes Gähnen vernehmen. Mit kleinen Augen blinzelte er zu Hasenkrug hinüber und verzog das Gesicht zu einer Grimasse. „Sie kennen sich mit diesem Ungetüm aus?“, fragte er konsterniert, als er sah, dass der Automat diesmal nicht einfach nur seltsame Geräusche von sich gab, sondern auch herrlich duftenden Kaffee.

„Natürlich.“

„Und warum haben Sie mir das nicht gesagt?“

„Sie haben mich nicht danach gefragt.“

„Spalter“, erwiderte Büttner knapp, nahm jedoch die dampfende Tasse, die ihm sein Assistent nun reichte, dankbar entgegen. Vorsichtig nippte er an dem heißen Getränk und versank wieder in Gedanken, als er plötzlich ein herzhaftes Gähnen, gepaart mit einem leisen Jaulen, unter seinem Schreibtisch vernahm. „Na, Heinrich“, sagte er dumpf, „war auch für dich ein wenig früh heute Morgen, oder?“

„Oh, Sie haben ja Ihren Hund dabei“, stellte Hasenkrug mit einem Lächeln fest. Er mochte den struppigen kleinen Kerl, den Büttner nach seinem letzten Fall quasi adoptiert hatte. „Gibt es einen bestimmten Grund, warum Sie ihn heute mitgebracht haben?“, fragte er, nachdem Heinrich schwanzwedelnd auf ihn zugelaufen war, um sich jetzt von ihm den Kopf kraulen zu lassen.

„Mir war so, als könnte ich ihn heute noch gebrauchen.“

„Inwiefern?“ Hasenkrug stand auf, füllte eine Schüssel mit Wasser und stellte sie vor Heinrich ab. Der jedoch schnüffelte nur kurz daran, um sich dann wieder zu Büttners Füßen unter den Schreibtisch zu verziehen.

Büttner zuckte mit den Schultern. „Keine Ahnung. War nur so ’ne Idee.“

Für eine Weile schwiegen sich die beiden Männer an, während Hasenkrug sich den Bericht von der Gerichtsmedizin durchlas und dabei immer wieder ein unwilliges Grunzen von sich gab. „Wann fahren wir zu Frau Krämer?“, fragte er leise, nachdem er ihn mit einem tiefen Seufzer auf den Schreibtisch hatte zurückfallen lassen.

„Puh! Diese Frage hatte ich befürchtet." Büttner strich sich müde übers Gesicht. „Am besten machen wir das gleich." Er warf einen Blick auf die Uhr, die vor ihm an der Wand hing. „Halb acht. Bis wir in Greetsiel sind, ist es acht. Hm. Eine etwas unchristliche Zeit vielleicht, schließlich ist heute Samstag. Andererseits glaube ich kaum, dass Frau Krämer heute Nacht auch nur ein Auge zugetan hat." Mit einem plötzlichen Elan, der Heinrich von seinem Schlafplatz aufschrecken ließ, sprang Büttner auf und griff nach seinem Mantel. „Kommen Sie, Hasenkrug, bringen wir es hinter uns. Schlechte Nachrichten werden nicht dadurch besser, dass man sie verschweigt."

„Oh, guck mal, Mama, ein Hund! Der ist ja süß!", freute sich eines der vielleicht siebenjährigen Zwillingsmädchen, als sie Heinrich neben Büttner und Hasenkrug an der Haustür entdeckte. „Darf ich den streicheln?"

„Sei bitte vorsichtig, Frieda, er will das vielleicht nicht", erwiderte Karina Krämer schwach, wandte ihren Blick aber nicht von den Polizisten ab, die soeben den Hausflur betraten und sie mit ernsten Gesichtern ansahen. „Ist es wegen ... sind Sie wegen Matthias ...?", fragte sie kaum hörbar, und eine Träne rann ihr übers Gesicht, die sie aber sofort wegwischte.

Büttner schluckte schwer. „Es ... tut mir sehr leid, Frau Krämer."

Unwillig wischte sich die junge Frau eine weitere Träne von der Wange, als ihre Tochter Frieda sie ansah und mit strahlenden Augen fragte: „Oh, bitte, Mami, dürfen wir mit ihm spazieren gehen?“

„Ich weiß nicht ...“ Sie sah erst den Hund, dann Büttner aus großen, feuchten Augen fragend an.

„Ich finde, das ist eine hervorragende Idee, er hat heute noch gar keinen Morgenspaziergang gehabt“, sagte der und nickte. „Sein Name ist Heinrich, und er ist ziemlich gut erzogen. Die Kinder werden keine Schwierigkeiten mit ihm haben.“ Er drückte Frieda die Leine in die Hand, nachdem sie und ihre Schwester Martha eilig in ihre knallgelben Gummistiefel gestiegen waren und ihre rosafarbenen Regenjacken angezogen hatten. Dann warf er seinem Assistenten einen bedeutungsvollen Blick zu und der nickte wissend, als die Mädchen, einen nun gut gelaunten Heinrich an der Leine, durch den Regen in Richtung Fischerhafen von dannen trotteten.

„Die Mädchen scheinen ihren Vater noch gar nicht zu vermissen“, bemerkte Büttner vorsichtig, nachdem Karina Krämer sie in die Küche geführt und einen Kaffee aufgesetzt hatte.

„Sie glauben, dass er immer noch auf Recherchereise ist“, erwiderte sie und brach unvermittelt in ein herzergreifendes Schluchzen aus. Sie schlug die Hände vors Gesicht und ihr ganzer Körper schien unter den Schluchzern zu vibrieren.

„Wann haben Sie ...“, setzte Hasenkrug zur nächsten Frage an, wurde aber von seinem Chef durch eine harsche

Geste unterbrochen. „Wie wär's mal mit ein wenig Sensibilität!", zischte er seinem Assistenten ungehalten zu und funkelte ihn aus zusammengekniffenen Augen böse an. Hasenkrug verzog beleidigt das Gesicht, erwiderte aber nichts. Büttner sah sich in der Küche um, während Karina Krämer sich entschuldigte und Richtung Badezimmer davon rollte. Die Krämers schienen sehr ökologisch orientierte Menschen zu sein, stellte er mit Blick auf die zum Trocknen aufgehängten Kräuter, die in Echtholz gehaltenen Möbel und die im Regal stehenden Lebensmittel fest. Alles Bio. Selbst das Waschpulver, das in einer kleinen Nische neben der auf Rollstuhlhöhe aufgeständerten Waschmaschine stand, trug ein Biosiegel, genauso wie das Radio ein Energiesparsiegel. Diese Dinge waren ganz offensichtlich nicht im Discounter um die Ecke gekauft worden.

„Bitte entschuldigen Sie", schniefte Karina Krämer, als sie Minuten später mit rotgeweinten Augen wieder in die Küche kam, „es kam plötzlich über mich und ..."

Büttner winkte ab. „Dafür haben wir vollstes Verständnis, Frau Krämer. Wenn es Ihnen lieber ist, kommen wir zu einem anderen Zeitpunkt noch mal wieder."

„Nein, nein", hob sie abwehrend die Hände, „es geht schon. Ich will ja auch, dass ... bitte, wie ist mein Mann ums Leben gekommen?"

Büttner räusperte sich vernehmlich, während Hasenkrug unruhig auf dem Stuhl herumrutschte und um mehrere Nuancen blasser wurde. „Wie genau er ums Leben kam, wissen wir noch nicht, weil ..."

„War es ein Unfall?“, unterbrach ihn Karina Krämer, und in ihren Augen keimte so etwas wie Hoffnung auf.

„Ein Unfall ist leider ausgeschlossen“, sagte Büttner mit dünner Stimme und strich sich mit den Händen fahrig über seine Hosenbeine.

„Selbstmord?“, hauchte Karina Krämer.

Büttner schüttelte den Kopf und biss sich auf die Lippen. „Er ist ermordet worden, Frau Krämer, daran gibt es keinen Zweifel.“

Ihrer Kehle entfuhr ein erstickter Schrei, und für eine ganze Weile saß sie nur schreckensbleich da und starrte mit leerem Blick vor sich auf den Holzfußboden.

„Kann ich ihn sehen?“, fragte sie dann, ihre Stimme nur mehr ein Flüstern.

„Das geht leider nicht, es ist ... Sie würden ihn ... nein, das geht auf keinen Fall.“ Büttner warf Hasenkrug einen verzweifelten Blick zu, der aber wandte sich ab und zupfte verlegen an den Aufschlägen seines Jacketts herum.

„Bitte, sagen Sie mir die Wahrheit, Herr Kommissar.“

„Ihr Mann wurde ... wir haben ihn“, Büttner holte tief Luft und stieß dann ein wenig zu laut hervor: „Wir haben ihn in einer Getreidemühle gefunden. Bei einem Landwirt.“

„In einer Getreidemühle?“, keuchte Karina Krämer entsetzt, und ihre sowieso schon bleiche Gesichtsfarbe wurde wächsern.

„Ja. Er war nicht mehr ... ihm fehlten der Kopf und die Extremitäten.“

Karina Krämer stand nun eindeutig unter Schock und starrte ihn mit offenem Mund ungläubig an.

„Es tut mir außerordentlich leid." Büttner wusste nicht, wann er sich zum letzten Mal so dermaßen miserabel gefühlt hatte, wie in diesem Moment. „Wir werden alles tun, um den Mörder Ihres Mannes zu finden", versprach er, bemerkte aber im gleichen Moment, wie hohl diese Floskel klang. Die junge Witwe reagierte nicht auf ihn.

„Können Sie sich vorstellen, wer Ihrem Mann das angetan haben könnte, Frau Krämer?"

Schweigen. „Sie sagten, Ihr Mann sei auf Recherchereise gewesen. Worum ging es dabei?"

Nach wie vor zeigte die Angesprochene keinerlei Reaktion. Doch gerade, als Büttner Hasenkrug einen Wink gegeben hatte, dass sie besser gehen sollten, sagte sie mit belegter Stimme, jedoch ohne den Blick zu heben: „Bienen, es ging um Bienen."

„Wie bitte?" Büttner sah sie überrascht an.

„Mein Mann wollte durch Deutschland reisen und mit Imkern sprechen. Das Bienensterben, wissen Sie." Langsam hob Karina Krämer den Kopf und sah Büttner mit einem seltsamen Ausdruck in den Augen an. „Sie wissen doch, dass die Bienen durch den Einsatz von Pestiziden millionenfach getötet werden."

„Ja, ja sicher." Büttner erinnerte sich an das Gespräch mit seiner Tochter Jette. Auch sie hatte davon gesprochen, dass die Bienen unter den angeblich so segensreichen Entwicklungen der Agrarwirtschaft schwer zu leiden hatten. Und vor allem hatte sie erwähnt, dass ... „Frau Krämer", sagte er betont ruhig, als er sich die Gesprächsdetails noch mal vor seinem inneren Auge vergegenwärtigt hatte, „hatte Ihr Mann einen Computer?"

Karina Krämer guckte irritiert. „Natürlich hatte er einen Computer. Er war Journalist."

„Hatte er ihn mitgenommen, als er verreiste?"

„Er hatte seinen Laptop dabei und sein Tablet. Und sein Smartphone natürlich."

„Waren das die einzigen Geräte in seinem Besitz?"

„Nein." Sie machte eine Kopfbewegung in Richtung Arbeitszimmer. „Drüben steht noch ein PC. An dem hat er gearbeitet, wenn er zuhause war. Das fand er angenehmer, wegen des großen Bildschirms."

„Wir würden den Computer gerne mitnehmen."

„Warum?"

„Reine Routine." Als Karina Krämer nickte, gab er Hasenkrug einen Wink, das Gerät ins Auto zu bringen.

„War Ihr Mann der Einzige, der den Computer nutzte?"

„Nein, ich arbeite auch daran. Habe aber selber auch noch einen Laptop."

„Sie sind berufstätig?" Diese Möglichkeit hatte Büttner noch gar nicht in Betracht gezogen.

„Ja, ist das so erstaunlich?" Ihre Stimme klang plötzlich bitter.

„N-nein, natürlich nicht. Ich dachte nur, wegen der ...ähm ... Kinder."

Sie sah ihn aus verquollenen Augen prüfend an, und ihm war klar, dass sie wusste, was er eigentlich hatte sagen wollen. „Ich arbeite meistens von zuhause aus, da lässt sich vieles gut miteinander verbinden", sagte sie dennoch ruhig.

„Natürlich." Büttner kam sich vor wie ein Idiot. Diese verdammten Vorurteile, von denen man immer überzeugt war, sie nicht zu haben, die einen aber trotzdem hinterrücks immer wieder einholten. Diese Frau konnte nicht laufen, das war alles. Mit ihren geistigen Fähigkeiten hatte das absolut gar nichts zu tun. Ja, er war ein echter Idiot. Zweifelsohne. Er räusperte sich verlegen.

„Darf ich fragen, was Sie beruflich machen?"

„Ich bin Rechtsanwältin. Fachanwältin für Umweltrecht, um genau zu sein."

„Umweltrecht. Soso." Büttner schürzte die Lippen. „Dann haben Ihr Mann und Sie sich an der einen oder anderen Stelle sicherlich hervorragend ergänzt."

„Ja, wir haben uns häufig ausgetauscht."

„Gut, Frau Krämer", sagte Büttner, als er durchs Fenster sah, dass Hasenkrug den PC bereits im Auto verstaut hatte, „ich denke, dass wir uns mal wieder auf den Weg machen. Ich hätte da nur noch eine Frage."

„Bitte."

„Würden Sie irgendwem den Mord an Ihrem Mann zutrauen?"

In den Augen der jungen Frau meinte Büttner ein kurzes, nervöses Aufflackern zu sehen, das jedoch sofort wieder verschwand. Sie schüttelte den Kopf. „Nein, ich wüsste nicht, warum das jemand tun sollte."

Büttner stand auf und reichte ihr die Hand. „Wie ist das passiert?", fragte er leise und deutete mit dem Kopf auf ihren Rollstuhl.

„Ein Autounfall. Vor drei Jahren."

Büttner nickte und fuhr zusammen, als sie im nächsten Moment erschrocken ausrief: „Oh, der Kaffee! Ich habe ihn ganz vergessen! Bitte entschuldigen Sie!"

Büttner winkte ab. „Überhaupt kein Problem. Machen Sie sich darum bloß keine Gedanken.“ Er hörte die Haustür aufgehen, und für einen winzigen Moment blitzte, mit einem Blick in den Flur, der Schalk in den Augen Karina Krämers auf. „Ihren Hund wollen Sie aber wieder mitnehmen, oder?“

„Oh, mein Gott, Heinrich, den hätte ich beinahe vergessen“, murmelte Büttner konsterniert, als ihm der Hund auch schon fröhlich kläffend in die Arme sprang und ihm mit so viel Hingabe durchs Gesicht schleckte, als hätte er nicht zu hoffen gewagt, sein Herrchen jemals wiederzusehen.

„Mama, Mama, bitte, bitte, dürfen wir auch so einen Hund haben?“, kam eines der Zwillingsmädchen, die sich zum Verwechseln ähnlich sahen, gleich hinter dem Hund zur Tür herein. „Papa hat bestimmt auch nichts dagegen. Ich weiß, dass er Hunde total gerne mag.“

Büttner schluckte und strich dem Mädchen reflexartig über den Kopf.

„Kommt mal her, Martha und Frieda“, hörte er die Mutter im Rausgehen mit tränenerstickter Stimme sagen, „ich muss mit euch reden.“

5

„Boah, das ist ja voll krass“, bemerkte Jette, während sie genüsslich an ihrem Nutellabrötchen kaute und nebenbei ihr Tablet bearbeitete, „ihr habt ne zerstückelte Leiche in der Getreidemühle gefunden!? Wie abgefahren ist *das* denn!“

Büttner seufzte. Ein paar Tage hatten sie die Presse hinhalten können, nun aber war der Mord an Matthias Krämer *der* Aufmacher in allen Medien. Selbst mehrere Fernsehsender hatten bereits im Präsidium vorgesprochen, und der Pressesprecher der Polizei hatte alle Mühe gehabt, sie abzuwimmeln. Vergeblich. Inzwischen kursierten Filmbeiträge auf allen Kanälen, ob im Fernsehen oder im Internet. Zu erfahren war allerdings nicht viel Neues. Denn zu seiner Erleichterung hatte er registriert, wie Bäuerin Gesine Beekmann und auch die anderen Mitglieder ihrer Familie die Presseleute allesamt hatten auflaufen lassen, wenn sie sie baten, zu den Geschehnissen Stellung zu beziehen. „Ach, lasst doch den armen Mann in Frieden ruhen“, hatte sie sichtlich aufgebracht gerufen, „sonst schieb ich euch eigenhändig hinterher, so wahr ich hier stehe! Dass ihr euch nicht schämt!“ Einer der Boulevardmagazin-Reporter war sich daraufhin nicht zu blöd gewesen, ihr ein paar Hunderteuroscheine in die Kittelschürze zu stecken und sie ermunternd anzulächeln, mit dem Ergebnis, dass er schon im nächsten Moment Uroma Wübkeas Gehstock mit den Worten *Verschwinde bloß, du elender Bastard!* schmerzlich zu spüren bekam.

„Die Sache ist wirklich tragisch, Jette", ermahnte Büttner seine Tochter mit finsterem Blick, „kein Grund, leuchtende Augen zu bekommen. Das Opfer hinterlässt eine an den Rollstuhl gefesselte Frau und siebenjährige Zwillinge. Während du hier vor Sensationslust kaum dein Brötchen runterschlucken kannst, wissen die nicht, wohin mit ihrer Trauer. Also, reiß dich ein bisschen zusammen. Dieses ist die Realität und nicht irgendeine deiner dämlichen Schmonzetten aus dem Privatfernsehen!"

„Sorry", hauchte Jette zerknirscht, während sie mit den Zähnen ihre Unterlippe malträtierte. Solch energische Ausbrüche ihres Vaters kannte sie kaum, die Lage musste also wirklich ernst sein.

„Sag mal", lenkte Büttner ein, nachdem er Jette für ein paar Minuten in ihrem schlechten Gewissen hatte schmoren lassen, „bist du eigentlich noch immer an dem Blog von diesem Beedingsta interessiert?"

„*Bee-a-friend21*", half ihm Jette auf die Sprünge und nickte. „Klar, komisch ist nur, dass er sich seit meinem Geburtstag nicht mehr zu Wort gemeldet hat."

Büttner sog hörbar die Luft ein. „Gar nicht mehr?", fragte er lauernd.

„Nee. Aber warum interessiert dich das eigentlich? Ist dir doch sonst auch alles egal, was mit den Bienen wird. Dabei geht es denen echt schlecht. Mann, ey, die Menschheit ist echt so blöd. Gräbt sich das eigene Grab. Wenn ich mal was zu sagen habe ..."

Büttner hörte seiner Tochter gar nicht mehr zu, sondern war in Gedanken schon längst wieder bei seinem Fall. Konnte es diesen Zufall wirklich geben? Er fummelte in seinen Hosentaschen nach seinem Handy, das seine Tochter gemeinhin mit *retro-grandma-style* titulierte, und fand es schließlich in seinem Jackett. Während Jette sich noch aufgebracht über die *verdammten Bienenmörder* ausließ und diese *alle an die Wand stellen* wollte, ging er ins Wohnzimmer und tippte die Nummer seines Assistenten. „Hasenkrug", bellte er in den Hörer, „veranlassen Sie sofort, dass sich unsere IT-Experten mit einem Blogger namens *bee-a-friend21* auseinandersetzen. *Bee* mit Doppel-E. Und zwar sollen sie den Computer unseres Opfers so lange durchkämmen, bis sie bestätigen oder dementieren können, dass es sich bei dem Blogger und Matthias Krämer um eine und dieselbe Person handelt."

„Ihnen auch einen guten Morgen, Chef", erwiderte Hasenkrug verschnupft, „darf ich fragen, woher Sie diesen plötzlichen Geistesblitz haben?"

„Nein, das dürfen Sie nicht, sondern sehen Sie jetzt zu, dass die ITler endlich mal aus dem Quark kommen. Die brauchen sowieso schon wieder viel zu lange. Sagen Sie ihnen, sie sollen mir keine Doktorarbeit über irgendwelche hirnrissigen Programmiersperenzchen abliefern oder sich über dilettantisch formatierte Datenträger auslassen, wie sie es sonst so gerne tun, sondern lediglich feststellen, ob auf der Festplatte irgendwas Verwertbares zu unserem Fall zu finden ist. Das kann doch so schwer nicht sein."

Büttner sah förmlich durchs Telefon, wie Hasenkrug bei seiner Tirade den Kopf einzog. Befriedigt legte er ohne ein weiteres Wort einfach auf. Wäre ja noch schöner, wenn einer von denen noch gute Laune hätte, während er den wohl grausamsten Fall seiner Karriere aufzuklären hatte.

Nur wenige Stunden später saß Büttner wieder im Wohnzimmer der Familie Krämer, während Hasenkrug von ihm zum Recherchedienst verdonnert worden war, um die Lebensumstände von Matthias Krämer zu durchleuchten. Im Haus herrschte eine bedrückende Stille. Selbst Heinrich, den Büttner auch jetzt wieder dabei hatte, war es diesmal nicht gelungen, die Zwillinge aus der Reserve zu locken, die mit verquollenen Augen im Arm ihrer Oma auf dem Sofa gesessen und ihnen mit traurigem Blick entgegen gesehen hatten. Karina Krämer hatte ihre Mutter gebeten, mit den Mädchen ins Kinderzimmer zu gehen und ihnen eine Geschichte vorzulesen.

„Sie realisieren noch nicht ganz, was passiert ist. Es ist nicht einfach, den Kindern zu erklären, dass sie ihren Vater nie wieder sehen. Sie haben sehr an ihm gehangen, er hat viel mit ihnen gemacht. Sie verstehen nicht wirklich, was es heißt, dass er für immer weg bleibt. Ich bin nur froh, dass sie zu zweit sind, das macht es vielleicht ein bisschen erträglicher", sagte Karina Krämer jetzt und fuhr sich mit den Fingern über die geröteten Augen. Sie sah erbärmlich aus. Dunkle

Schatten lagen unter ihren Augen, immer wieder presste sie nervös die Lippen zusammen und fuhr sich mit fahrigen Bewegungen über die Oberschenkel. Es war überflüssig zu fragen, wie es ihr ging.

„Ich hoffe, Sie haben genügend Unterstützung“, sagte Büttner daher nur. Wie furchtbar es sein musste, sich nicht ganz und gar der eigenen Trauer hingeben zu können, sondern gegenüber den Kindern auch noch eine gewisse Stärke zeigen zu müssen, damit diese sich nicht in ihrem Leid verloren.

„Ja, sicher. Meine Mutter, unsere Freunde. Sie sind alle für uns da. Die Nachbarn reißen sich schier darum, uns mit Mittagessen versorgen zu dürfen.“ Karina Krämer stieß ein gequältes Lachen hervor. „Sie haben sich über die Frage, wer uns wann was kochen darf sogar schon in die Haare bekommen.“ Sie schüttelte den Kopf, fügte dann aber noch leise hinzu: „Aber sie meinen es ja alle nur gut mit uns. Ich bin ihnen sehr dankbar.“

„Frau Krämer“, beschloss Büttner nach einem kurzen Moment der Stille, zur Sache zu kommen, „wie Sie uns selbst erzählten, hat sich Ihr Mann in der letzten Zeit sehr stark für Bienen interessiert. Auf seinem Computer haben wir auch allerhand Dateien dazu gefunden. Es sieht so aus, als habe er der Agrarlobby, nun, sagen wir mal, massiv das Leben schwer gemacht.“ Er machte eine kleine Pause, um zu sehen, wie Karina Krämer auf diese Worte reagierte, die aber sah ihn aus leeren Augen nur ausdruckslos an. „Vor allem auf eine Sache sind wir gestoßen, die uns Kopfzerbrechen bereitet und uns zumindest vermuten lässt, dass sie gegebenenfalls etwas mit dem Mord an Ihrem Mann zu tun haben könnte. Ich weiß nicht, ob Ihnen bekannt ist, dass Ihr Mann einen Internet-Blog betrieb, der sich der Rettung der Bienen verschrieben hat. Er betrieb ihn unter dem Namen *bee-a-friend21.*"

Hatte Karina Krämer bis zu diesem Augenblick noch starr vor sich hin gesehen, so schoss jetzt auf einmal ihr Kopf in die Höhe, und sie atmete hörbar ein und aus. „Und was soll ausgerechnet dieser Blog mit Matthias' Tod zu tun haben?", presste sie mehr empört als irritiert hervor.

„Sie wussten also von diesem Blog?"

„Ja, natürlich. Es gibt ihn seit ungefähr einem Jahr."

Büttner nickte. Das war auch die Auskunft, die er von seinen ITlern bekommen hatte. „Ich könnte mir vorstellen, dass Ihr Mann sich mit diesem Blog auch Feinde gemacht hat."

„Aber nur, weil man seine Meinung sagt, wird man doch nicht gleich umgebracht!"

„In diesem Bereich der Agrarindustrie geht es um viel Geld, Frau Krämer. Um sehr viel Geld sogar. Und wenn es um viel Geld geht, kennen manche Menschen keinerlei Skrupel", gab Büttner zu bedenken. Im Gegenteil werden Menschen häufig für deutlich weniger umgebracht, dachte er bei sich, sprach es aber nicht aus.

Karina Krämer, die bisher vornüber gebeugt in ihrem Rollstuhl gesessen hatte, ließ jetzt unvermittelt ihren Oberkörper zurückfallen, als habe ihr jemand einen Stoß versetzt. Um ihre Mundwinkel zuckte es, als wollte sie etwas sagen, doch dann schien sie es sich anders zu überlegen. Mit stumpfen Augen betrachtete sie ein Bild an der Wand, das ihren Mann glücklich strahlend in einem bunten Bauerngarten zeigte. Er deutete mit dem Finger auf irgendetwas, das Büttner von seinem Platz aus nicht genau erkennen konnte. Unvermittelt nickte Karina Krämer ein paar Mal kaum merklich mit dem Kopf und kniff die Augen zusammen. „Nein, ich glaube nicht, dass es zwischen diesem Blog und dem Mord an Matthias einen Zusammenhang gibt“, sagte sie dann bestimmt, und ihre Stimme klang plötzlich deutlich kräftiger als zuvor. Fast kam es Büttner so vor, als müsse sie sich selber Mut zusprechen.

„Ich habe vollstes Verständnis dafür, dass Sie davor zurückscheuen, sich mit der mächtigen Agrarlobby anzulegen“, erwiderte Büttner seufzend, „aber leider führt unter diesen Umständen wohl kein Weg daran vorbei, hier bei den Ermittlungen anzusetzen.“ Dass auch er selbst nur wenig Lust verspürte, in dieses Wespennest zu stechen, verschwieg er an dieser Stelle lieber. Dabei breitete sich alleine beim Gedanken daran, was ihnen auf diesem verminten Gebiet womöglich bevorstand, ein tiefes Unbehagen in ihm aus.

„Können Sie mir sagen, wo Ihr Mann sich zum Zeitpunkt seines Todes hätte aufhalten sollen?“, fuhr er mit seiner Befragung fort.

„Er rief mich am Mittag vor seinem Verschwinden aus Göttingen an, er hatte da irgendwas an der Uni zu tun gehabt. Allerdings wollte er noch am gleichen Abend zurückfahren, um pünktlich zum Gentechnik-Kongress wieder da zu sein. Daran wollte er dann am nächsten Tag teilnehmen.“

„Sie sprechen von dem Kongress in Oldenburg."

„Ja. Auf dem Weg wollte er allerdings noch bei zwei, drei Imkern vorbei, die noch auf seiner Liste standen. Er konnte noch nicht sagen, ob er am Abend zuhause schlafen würde, er machte es von den Umständen abhängig."

„Und trotzdem haben Sie ihn bereits am nächsten Morgen als vermisst gemeldet?" Büttner sah sie erstaunt an.

„Ja. Wissen Sie, er rief, wenn er unterwegs war, immer zuverlässig am Abend an, um den Kindern eine gute Nacht zu wünschen. Er ließ sich dann von ihnen erzählen, was sie am Tag so erlebt und getrieben hatten." Sie stieß ein leises Schnauben aus, bevor sie fortfuhr: „Er hatte dann das Gefühl, trotz seiner Abwesenheit keinen Tag im Leben seiner Kinder zu verpassen, das war ihm sehr ..." Ihre Stimme brach, noch bevor sie den Satz zu Ende sprechen konnte. Schnell griff sie nach einem Taschentuch und schnäuzte sich. „Entschuldigen Sie bitte", näselte sie aus dem Taschentuch hervor, Büttner aber winkte nur mit einer kurzen Handbewegung ab. „Und an diesem Abend hat er nicht angerufen?", fragte er leise.

Sie schüttelte den Kopf. „Nein", schniefte sie, „und auch am nächsten Morgen nicht. Ich hatte schon die ganze Nacht so ein komisches Gefühl gehabt. Es war wie eine latente Angst, die sich in meinem Körper breit machte. Am Morgen habe ich dann alle Krankenhäuser im Umkreis von 150 Kilometern angerufen, ob er vielleicht einen Unfall gehabt hatte. Und dann habe ich die Vermisstenanzeige bei der Polizei aufgegeben."

„Verstehe. Danke, Frau Krämer, ich denke, das war's dann fürs Erste. Nur noch eine Frage: Gibt es einen Imker oder irgendjemanden aus der Szene, zu dem Ihr Mann einen intensiven Kontakt, also so eine Art ständigen Informationsaustausch gepflegt hat?"

„Ja, seinen Freund Henri. Er ist Imker. Sie kannten sich seit der Schule. Er lebt auch hier in Greetsiel."

„Nachname?"

„Tönjes. Henri Tönjes."

Büttner notierte sich den Namen. „Sonst noch jemand?"

Karina Krämer überlegte kurz und sagte dann: „Mit einem Christian hat er viel telefoniert. Den kenne ich aber nicht persönlich. Sie haben sich irgendwie im Laufe der Recherchen kennen gelernt. Er ist wohl auch Imker. Und Landwirt, soviel ich weiß."

„Einen Nachnamen haben Sie aber nicht?"

„Nein. Ich könnte aber mal bei Henri anrufen. Ich denke, dass er ihn auch kennt."

„Wenn Sie so freundlich wären", nickte Büttner.

Karina Krämer griff zum Telefon, das sie in einem Beutel an ihrem Rollstuhl mit sich führte. Nach einem kurzen Telefonat sagte sie ruhig: „Beekmann. Christian Beekmann." Doch noch während sie den Namen aussprach, zeigte sich der gleiche überraschte Ausdruck auf ihrem Gesicht, wie er sich jetzt auch in Büttners Miene spiegelte. „Beekmann", fragte sie mit brüchiger Stimme, „hieß nicht so der Bauer, bei dem man Matthias' Leiche gefunden hat?"

6

Aufgewühlt von dem soeben Gehörten fuhr Büttner ins Präsidium zurück. Zunächst hatte er überlegt, direkt zu Christian Beekmann zu fahren, hatte sich jedoch dann dazu entschlossen, erst einmal mit Hasenkrug die Ergebnisse seiner Recherche zu besprechen. Vielleicht hatte ja auch diese schon einen wie auch immer gearteten Hinweis auf die Beziehung Krämers zu dem jungen Landwirt ergeben, den man dann bei dessen Vernehmung gleich würde verwenden können.

Hasenkrug saß mit gerunzelter Stirn an seinem Schreibtisch, als Büttner sein Büro betrat und Frau Weniger über die Schulter zurief, sie möge ihm bitte einen starken Kaffee bringen. „Wie weit sind Sie gekommen, Hasenkrug?“, rief er seinem Assistenten entgegen, „irgendwas Interessantes dabei?“

Hasenkrug seufzte vernehmlich und bedachte seinen Chef mit einem Mitleid heischenden Blick, obwohl er wusste, dass er eine solche Gefühlsregung auch nicht annähernd von Büttner erwarten konnte. Dennoch, so dachte er, konnte es ja nicht schaden, seinem Vorgesetzten zu demonstrieren, dass er ihm mit der Vorgabe, die Lebensumstände von Matthias Krämer zu analysieren, bitter Unrecht getan hatte. Büttner wusste, dass Hasenkrug nichts mehr hasste, als im Innendienst irgendwelche Unterlagen zu studieren. Und gab es nicht genügend andere Kollegen, die für solch eine Aufgabe viel besser geeignet waren? Natürlich hatte auch Hasenkrug sofort auf diese zurückgegriffen und ihnen Aufgaben zugeteilt. Dennoch konnte es doch wohl nicht angehen, dass sein Chef in der Weltgeschichte herumfuhr, während er hier im Büro verschimmelte. „Es ist alles unglaublich viel, Chef", erwiderte er nun mit Leidensmiene.

„Ich will nicht wissen, ob es viel ist, ich will wissen, ob etwas Interessantes dabei ist", wies Büttner ihn zurecht. „Also?"

Hasenkrug rollte entnervt mit den Augen. „Wir haben eine ganze Menge. Es war so viel, dass ich noch drei Kollegen gebeten habe ..."

Büttner unterbrach ihn mit einer harschen Geste. „Gejammer führt uns hier nicht weiter. Fakten, Hasenkrug, Fakten!" Er warf einen Blick auf die Uhr. Der Nachmittag war weit fortgeschritten, draußen setzte bereits die Dämmerung ein. Er würde seine Frau anrufen müssen, dass sie ihm den Schweinebraten mit der fetten Schwarte warm hielt. Schon den ganzen Tag freute er sich darauf, auch wenn sie ihm zum xten Mal vorgehalten hatte, dass ihm weniger fettes Essen vermutlich eine ruhigere Nacht bescheren würde. Aber, wenn er ermittelte, brauchte er Energie. Und die bekam er nun mal nicht, wenn er an ein paar Salatblättern knabberte. Nein, ein vernünftiges Essen musste bei dieser Anstrengung schon sein. Ein paar Kilo abnehmen, wie es ihm seine Susanne bereits seit Jahren ans Herz legte, konnte er doch immer noch – zum Beispiel, wenn die Ostfriesen endlich davon absahen, ständig Ihresgleichen zu ermorden.

Während Frau Weniger den Kaffee reinreichte, war Hasenkrug aufgestanden und machte sich am Whiteboard zu schaffen. Mit einem fetten schwarzen Edding schrieb er in die Mitte des Boards den Namen Matthias Krämer und malte – was Büttner reichlich theatralisch fand – ein ebenso schwarzes Kreuz daneben.

„Zunächst die bekannten Ergebnisse aus der Internet-Recherche“, begann Hasenkrug gleich darauf mit der Präsentation seiner Ergebnisse. „Wir haben die E-Mails und die Blogeinträge der letzten sechs Monate gecheckt. Er hatte unheimlich viele Unterstützer für seine Sache, ein fester Stamm von ungefähr zwanzig Personen hat sich in häufiger Regelmäßigkeit an den von Matthias Krämer angestoßenen Diskussionen beteiligt, alle anderen haben sich nur ab und zu mal zu Wort gemeldet und ihrem Ärger auf mehr oder weniger sachliche Weise Luft gemacht.“

Bei diesen Ausführungen überlegte sich Büttner, zu welcher Kategorie der Diskutanten wohl seine Tochter Jette gehörte. Wohl eher zu den unsachlichen, befürchtete er, denn in Sachen Diplomatie hatte sie seiner Ansicht nach noch ein wenig Nachhilfe nötig. Bei dem Gedanken an ihre verbale Hasstirade vom

Morgen gegen die *verdammten Bienenmörder* stieß er unwillkürlich einen tiefen Seufzer aus.

„Irgendwas nicht in Ordnung Chef?", ließ sich Hasenkrugs verunsicherte Stimme vernehmen.

„Nein, nein. Machen Sie einfach weiter."

„Also, interessanter als die Befürworter sind natürlich in diesem Fall die Gegner, die in diesem Blog ebenfalls zahlreich vertreten waren." Hasenkrug begann, von Matthias Krämer ausgehend die ersten Pfeile und weitere Namen aufs Board zu kritzeln. „Am auffälligsten beschimpft und zum Teil auch bedroht wurde Krämer von einem Mann namens Walter Meise, seines Zeichens Mitarbeiter in einer Fabrik für Pflanzenschutzmittel mit Sitz in Bayern. Ein weiterer, der ihn als Ökospinner und Schlimmeres bezeichnete, ist Bertus Foelkers. Er ist Landwirt von Saromondos Gnaden in der Gegend von Aurich."

„Was soll das genau heißen, *von Saromondos Gnaden*?", hakte Büttner nach.

„Landwirt Foelkers gefällt sich darin, genmanipuliertes Saatgut der Firma Saromondo auf seinen Feldern zu testen. Streng kontrolliert selbstverständlich, völlig ungefährlich, rein zu wissenschaftlichen Zwecken. Schreibt er."

„Hm." Büttner sog die Unterlippe zwischen seine Zähne. Da hatten sie es ja wirklich mit ganz entzückenden Verdächtigen zu tun. „Gibt's in dieser Kategorie noch mehr Sympathieträger?"

„Ja. Wir haben noch eine Frau. Dr. Silke Schulze-Brenner. Sie vertritt den Bauernverband, Region Ostfriesland, als Pressesprecherin und gibt lauter schlau klingende Sachen von sich. Bleibt dabei weitgehend sachlich, scheint aber ansonsten ein harter Knochen zu sein und hat für Krämers Kampf für das Verbot bestimmter Pestizide keinerlei Verständnis, als da namentlich wären ..." Hasenkrug begann hektisch, in seinen Unterlagen zu blättern.

„Langweilen Sie mich bloß nicht mit Bezeichnungen von chemischen Substanzen, die mir sowieso nichts sagen, Hasenkrug", wies ihn Büttner sogleich zurecht.

„Es könnte aber womöglich wichtig werden", erwiderte Hasenkrug eingeschnappt.

„Sollte es so sein, dann ist dann ja immer noch ein guter Zeitpunkt, sich einem Chemiestudium zu widmen. Ich hoffe, das waren zunächst alle Verdächtigen aus der Rubrik Agrarlobby?"

„Soweit sie in oder an einflussreichen Positionen sitzen, ja."

„Gut. Was gibt es zu Krämers Privatleben zu sagen?"

„Ehefrau, zwei Kinder. Das ist uns bekannt. Die Eltern leben auf Teneriffa, er hatte aber kaum noch Kontakt zu ihnen. Er war Einzelkind. Krämer lebte mit seiner Familie in finanziell gut situierten Verhältnissen, Doppelverdiener, beide mit akademischer Ausbildung. Matthias Krämer hatte übrigens Biologie studiert und mit Diplom abgeschlossen, bevor er freier Journalist wurde. Das Häuschen in Greetsiel ist schuldenfrei, entstammt einer Erbschaft, die Karina Krämer vor ungefähr zehn Jahren gemacht hat, als ihre Großmutter starb. Matthias Krämers Hobbys waren Tennis und ökologisches Gärtnern. Außerdem war er passives Mitglied der Freiwilligen Feuerwehr, des Boßelvereins, des örtlichen Fußballvereins, des ..."

„Passt schon, Hasenkrug. Sprich, er führte, wenn er sich nicht gerade als lobbyfressender Blogger betätigte, das stinknormale Leben eines treusorgenden Familienvaters."

„Nicht ganz", schüttelte Hasenkrug den Kopf, und ein wissendes Lächeln schlich sich auf sein Gesicht.

„Machen Sie's nicht so spannend, Hasenkrug. Raus mit der Sprache. Er wird doch wohl kein außereheliches Verhältnis gepflegt haben."

An Hasenkrugs bedepperten Gesichtsausdruck war unschwer zu erkennen, dass sein Chef ihm mit dieser Feststellung soeben die Pointe vermasselt hatte. Büttner hob erstaunt die Augenbrauen. „Nicht wirklich, oder?"

„Doch. Sieht zumindest so aus." Hasenkrug sog, immer noch sichtlich eingeschnappt, die Luft ein.

„Und woher wissen Sie das?"

„Wir haben uns zunächst über eine regelmäßige monatliche Abbuchung gewundert, die von seinem Konto abging. Es war immer der gleiche Betrag. Genau 500 Euro. Ohne Betreff."

„Eine Menge Geld. An wen wurde dieser Betrag ausgezahlt?"

„An eine gewisse ...", Hasenkrug blätterte erneut in seinen Unterlagen. „An eine gewisse Britta Tönjes."

„Tönjes?", stieß Büttner überrascht hervor. „Hm. Das ist ja interessant."

„Stimmt was nicht mit ihr?"

„Genau das gilt es herauszufinden, Hasenkrug. Karina Krämer erwähnte einen Mann, der angeblich seit Grundschultagen der beste Freund unseres Opfers war. Er heißt Henri Tönjes. Wissen wir, ob der irgendwas mit dieser Britta Tönjes zu tun hat?“

„Sie hat einen Ehemann gleichen Namens.“

„Und hat dieses Ehepaar auch Kinder?“

„Sie haben einen Sohn. Timotheus Kasimir Aurel.“

„Oh, mein Gott.“ Büttner durchfuhr ein kurzes Schaudern. „Und wie alt ist dieses arme Geschöpf?“

„18 Monate.“

„Ein Kuckuckskind von Krämer?“

„Das müssten wir noch überprüfen. Timotheus ist natürlich als ehelicher Sohn von Henri und Britta Tönjes eingetragen. Ein Hinweis auf Matthias Krämer liegt nicht vor.“

„Na ja, da werden wir also mal genauer nachhaken. Wenn das Kind 18 Monate alt ist, dann heißt das ja noch lange nicht, dass das Verhältnis zwischen Krämer und Britta Tönjes, sollte es denn jemals bestanden haben, noch bis zum Tod des Opfers anhielt. Gibt es ansonsten noch Interessantes aus dem Leben Krämers zu berichten?“

„Er hatte anscheinend Ärger mit einem Zeitschriftenverlag.“

„Mit einem Zeitschriftenverlag? Inwiefern?“

„Es gibt eine gerichtliche Auseinandersetzung. Die erste Verhandlung sollte in der nächsten Woche stattfinden.“

„Worum ging’s dabei?“

„Matthias Krämer behauptete, der Verlag habe nicht genehmigte und fachlich fragwürdige Passagen in ein mit ihm geführtes Interview gesetzt, um ihm zu schaden.“

„Klingt ominös. Ging es in diesem Artikel auch ums Bienensterben?"

„Ja. Das ging aus der Korrespondenz zwischen Krämer und dem Verlag hervor, die wir in seinem Computer gefunden haben. Allerdings war der Inhalt der von ihm beklagten Passagen wohl so gar nicht auf Krämers Linie."

„Und warum sollte ein Verlag so etwas tun?"

„Ich habe keine Ahnung."

„Nun, darum werden wir uns also auch kümmern müssen." Büttner zog die Stirn in Falten und sagte dann: „Ich frage mich nur, warum Karina Krämer all das nicht erwähnt hat, als ich sie nach möglichen Mordmotiven und potenziellen Verdächtigen fragte."

„Sie wird noch völlig neben sich stehen, Chef."

„Kann sein. Wir werden sie dahingehend also noch mal befragen müssen. Na", fügte er gedehnt hinzu und ließ seine Schultern kreisen, um seine verspannte Nackenmuskulatur zu lockern, „da kommt ja noch ein ganzes Stückchen Arbeit auf uns zu."

„Womit fangen wir an, Chef?"

„Ich würde vorschlagen, dass wir morgen als Erstes zur Familie Tönjes fahren, während unsere Frau Weniger die Vertreter der Lobbyinteressen aus dem Blog sowie den Chef dieses ominösen Fachverlages zum Verhör ins Präsidium lädt. Außerdem möchte ich sämtliche Telefonkontakte Krämers der letzten Wochen auf meinem Schreibtisch haben. So", er klopfte sich mit einem Seufzen auf die Schenkel, „und da das ja jetzt geklärt ist, kann ich getrost nach Hause fahren und mich doch noch pünktlich meinem Abendessen widmen."

Büttner war schon fast zur Tür heraus, als ihm noch etwas einfiel. „Ach, Hasenkrug, was ich noch gar nicht erwähnte: Unser Opfer war, man höre und staune, auch mit unserem Jungbauern Christian Beekmann in intensivem fachlichen Austausch, wie ich von Frau Krämer erfahren habe. Und ich frage mich, warum dieser junge Mann nicht längst hier vorgesprochen hat, nachdem bekannt war, um wen es sich bei der Überkapazität in seiner Getreidemühle handelte. Auch darum werden wir uns also am morgigen Tag zu kümmern haben. Ich wünsche eine angenehme Nachtruhe, Hasenkrug."

„Ein *Danke für die gute Arbeit* hätte mich ja auch gefreut", murrte der, als Büttner die Tür hinter sich zugezogen hatte, und warf noch einen letzten prüfenden Blick auf seine Grafik, bevor er das Büro verließ.

7

Timotheus war ein aufgeweckte Kerlchen. Fröhlich vor sich hin brabbelnd, ein in gestreifte Strumpfhosen gekleidetes Beinchen lässig auf die Tischplatte seines Kinderstuhls gelegt, löffelte er seinen Joghurt und stieß dabei immer wieder glucksende Laute aus. Während seine Mutter in der Küche dabei war, Tee aufzusetzen, beobachtete Büttner ihn amüsiert und brach unvermittelt in lautstarkes Lachen aus, als der Kleine sich nach einem prüfenden Blick in seinen Joghurtbecher dazu entschloss, diesen über seinen bestrumpften Fuß zu stülpen und ihn ordentlich damit auszuwischen, was unweigerlich eine gewisse Sauerei nach sich zog.

Angelockt von Büttners Lachen steckte Britta Tönjes den Kopf zur Tür herein, erfasste die Situation mit einem genervten Blick und schnappte sich ihren Sohn mit einem entschuldigenden Gemurmel, um ihn neu einzukleiden. Sie schien derzeit wenig Sinn für Humor zu haben, stellte Büttner fest.

Minuten später stand die junge Mutter mit ihrem Sohn wieder im Zimmer und setzte ihn ins Laufgitter. Hatte Büttner jetzt lautstarkes Geschrei erwartet, so sah er sich getäuscht, denn Timotheus begann sofort, mit wachem Blick seine Spielsachen zu inspizieren. In diesem Moment betrat auch Sebastian Hasenkrug das Zimmer, der an diesem Morgen noch einen Arzttermin gehabt hatte. Büttner machte ihn mit Britta Tönjes bekannt.

„Sie sagten, Sie sind wegen Matthias hier“, eröffnete die junge Frau das Gespräch, nachdem alle an dem großen Esstisch Platz genommen hatten. „Eine furchtbare Geschichte, ich kann es immer noch nicht glauben.“ Sie strich sich mit zitternden Fingern eine Strähne ihres rötlich gelockten Haares aus der Stirn. Ihr mit Sommersprossen übersätes, schmales Gesicht zeigte eine ungesunde Blässe, ihre übernächtigten Augen wanderten immer wieder gehetzt durch den Raum, als würde sie von irgendwoher einen Angriff erwarten.

„Wie standen Sie zu Matthias Krämer?“, fragte Büttner, während er an seinem Tee nippte.

„Unsere Familien sind seit vielen Jahren befreundet. Mein Mann kannte Matthias schon seit der Grundschulzeit. Er ist völlig fertig.“

„Wo ist Ihr Mann jetzt?“

„Einkaufen. Er müsste gleich wieder zurück sein.“

„Er geht nicht arbeiten?“

„Nein.“ Sie begann nervös, ihre Finger zu kneten. „Er ist arbeitslos. Seit mehr als drei Jahren schon. Wissen Sie, es ist zurzeit nicht einfach, hier in Ostfriesland einen Job zu finden.“

„Was hat Ihr Mann für eine Ausbildung?“

„Er ist Agraringenieur.“

„Und Sie, Frau Tönjes? Arbeiten Sie?“

„Ja, aber nur stundenweise in einem Callcenter.“ Sie blickte zu ihrem Sohn hinüber, der nach wie vor mit sich und der Welt zufrieden schien. „Wissen Sie, ein Kind beansprucht viel Zeit."

Büttner nickte, auch wenn er bei sich dachte, dass Henri Tönjes ja wahrscheinlich über mehr Zeit verfügte, als ihm lieb war. Gerade wollte er dahingehend eine Bemerkung machen, als die Tür aufflog und ein athletisch aussehender Mann im Zimmer stand. Ganz offensichtlich hatte Henri Tönjes zumindest genug Zeit, sich seiner körperlichen Ertüchtigung zu widmen, schoss es Büttner durch den Kopf.

„Wir haben Besuch?", fragte Tönjes und zog seine rechte Augenbraue in die Höhe. „Davon hattest du gar nichts gesagt, Schatz."

„Die Herren sind von der Polizei", erwiderte sie lahm, „Herr Büttner und Herr Hasenpflug."

„Ähm, Krug", warf Hasenkrug rasch ein, „mein Name ist Hasenkrug."

„Ja", erwiderte Britta Tönjes nur und fügte dann hinzu: „Sie sind wegen Matthias hier."

Büttner sah, wie sich Henri Tönjes' Stirn umwölkte. Er hob die Hände, ließ sie aber sofort wieder fallen. „Mein Gott, ja, Matthias", stieß er dann kopfschüttelnd hervor, und aus jedem seiner Worte sprach Fassungslosigkeit. Er ließ sich neben seiner Frau auf einen Stuhl sinken und klopfte nervös mit seinen Fingern auf den Tisch. „Wie können wir Ihnen weiterhelfen?", fragte er und sah die beiden Polizisten abwechselnd an.

„Karina Krämer sagte uns, dass Sie Imker sind", beschloss Büttner, zunächst mit dem weniger verfänglichen Thema anzufangen.

„Das ist richtig, ja."

„Und ich nehme an, Sie standen fachlich in einem engen Austausch mit Matthias Krämer? Ich meine, weil er sich ja gerade in den letzten Monaten journalistisch mit dem Thema Bienen auseinandersetzte."

„Ja, auch das ist richtig." Henri Tönjes nickte seiner Frau dankbar zu, die ihm eine Tasse Tee einschenkte.

„Könnten Sie sich vorstellen, Herr Tönjes, dass der Tod von Matthias Krämer irgendetwas mit seinem diesbezüglichen Engagement zu tun hat?"

Bei diesen Worten ließ der Angesprochene seinen Teelöffel, den er gerade aufgenommen hatte, langsam wieder auf die Untertasse zurück gleiten. Er sah Büttner aus schmalen Augen an. „Wie meinen Sie das?", fragte er lauernd.

„Nun, er hatte sich mit seiner intensiven Recherche und vor allem seinem Internet-Blog wahrlich nicht nur Freunde gemacht. Wir haben uns die Inhalte der Diskussion angeschaut. Sie triefen zum Teil vor Hass, und an der einen oder anderen Stelle wird ihm offen gedroht."

Henri Tönjes sah Büttner aus großen Augen an, sagte jedoch nichts.

„Sie kennen doch seinen Blog *bee-a-friend21*?"

Tönjes zögerte kurz. „*Bee-a* ... Ja. Ja, sicher." In seine Augen trat ein eigentümliches Flackern. „Aber Sie glauben doch nicht im Ernst, dass irgendwer Matthias umbringt, nur weil er seine Meinung vertritt. Er will doch nur aufklären, mehr nicht. Und das ist ja schließlich sein Job als Journalist."

„Er hat sich mit einer mächtigen Lobby angelegt." Büttner schnaubte. „Mit einer sehr mächtigen sogar."

„Zu Recht", rief Tönjes aus und schien plötzlich sehr aufgebracht, „wissen Sie, Herr Kommissar, wie viele Bienenvölker mir schon verreckt sind? Im letzten Jahr hatte ich einen Ausfall von mehr als 70 Prozent!"

„Und Sie glauben, dass sie an den Pestiziden gestorben sind, wie Ihr Freund Krämer es in seinem Blog behauptet?"

„Ich glaube es nicht, ich weiß es", presste Henri Tönjes hervor.

„Was genau passiert mit den Bienen, wenn sie mit den Pestiziden in Kontakt kommen?", hakte Hasenkrug nach.

„Sie verlieren ihren Orientierungssinn und finden nicht mehr zu ihrem Stock zurück. Sie krepieren dann irgendwo da draußen." Tönjes unterstrich seine Worte mit einer ausladenden Bewegung seiner Arme.

„Aber Sie können sich nicht vorstellen, dass Krämer wegen dieser Geschichte sein Leben lassen musste?", wiederholte Büttner seine Frage.

Henri Tönjes überlegte einen langen Augenblick und rutschte sichtlich nervös auf seinem Stuhl hin und her, schüttelte dann aber den Kopf. „Nein, ich glaube nicht, dass jemand soweit gehen würde. Was genau hätten sie denn davon? Wir sind eine große Bewegung, werden täglich mehr. Die Diskussion wird doch mit dem Tod von Matthias nicht aufhören. Ganz im Gegenteil."

Für eine ganze Weile herrschte Schweigen im Zimmer, durchbrochen nur vom Gebrabbel des kleinen

Timotheus. Büttner zog angestrengt die Stirn in Falten, während er an seinem Tee nippte und über den Tassenrand hinweg das Ehepaar Tönjes beobachtete. Irgendetwas störte ihn an den Beiden, er wusste nur nicht so genau zu sagen, was es war. Es schien von ihnen eine gewisse Anspannung auszugehen, die zu einem Teil sicherlich durch den Tod ihres Freundes begründet war. Aber Büttner hatte das unbestimmte Gefühl, dass hier noch mehr in der Luft lag. Er konnte es nur noch nicht greifen. Er stellte seine Tasse ab, warf einen schnellen Blick auf seinen Assistenten und räusperte sich vernehmlich. „Wir möchten Ihnen ja keine Unannehmlichkeiten bereiten", sagte er dann betont ruhig, „aber mein Kollege Hasenkrug würde sich sehr gerne mal Ihre Bienenstöcke ansehen. Einfach nur so, weil er schon seit Längerem mit dem Gedanken spielt, selbst in die Imkerei einzusteigen. Wäre das vielleicht möglich, Herr Tönjes? Oder sind die Stöcke nicht hier in der Nähe?"

Bei Büttners Worten hatte sich Hasenkrug an seinem Tee verschluckt und wurde nun von einem heftigen Hustenreiz geschüttelt. Er warf seinem Chef einen entsetzten Blick zu, sah sich, heftig nach Luft schnappend, aber nicht in der Lage, irgendetwas darauf zu erwidern.

„Ach, Hasenkrug", schüttelte Büttner den Kopf, „das muss Ihnen doch nicht unangenehm sein. Wenn Sie schon mal hier sind, ergreifen Sie doch einfach die Gelegenheit. Oder was meinen Sie, Herr Tönjes?"

Henri Tönjes sprühte nicht gerade vor Begeisterung, zuckte aber ergeben mit den Schultern. „Ich habe hier in der Nähe ein kleines Gartenstück bekommen, ich ... Sie kennen das Grundstück sicherlich, es gehört zum Besitz der Familie Beekmann."

„Ach was", entfuhr es Büttner. „Meinen Sie den großen Garten direkt am Wohnhaus der Beekmanns?"

„Ja, genau. Sie haben mir eine größere Ecke zur Verfügung gestellt."

„Kostenlos?"

„Ja, sicher. Die Bauern sind doch froh, wenn die Bienen im Frühjahr und Sommer ihre Pflanzen bestäuben."

„Also, Hasenkrug, dann mal rein in die Montur und sich alles mal anschauen. Bin gespannt, was Sie nachher zu erzählen haben. Hm. Sie haben doch sicherlich noch so einen weißen Anzug für meinen Kollegen", wandte er sich dann wieder an Tönjes und deutete einen Schleier über dem Gesicht an. „Es wäre doch nicht schön, wenn er Stiche davontrüge."

„Sicher", nickte Tönjes, „ich habe immer mehrere Schutzanzüge da."

„Aber, Chef, ich", stammelte Hasenkrug und sein Gesicht hatte nun eine recht ungesunde Farbe angenommen, „also, eigentlich ..."

„Danken Sie mir nicht, Hasenkrug, ich habe wirklich gerne für Sie gefragt."

„Also, dann gehen wir mal", sagte Henri Tönjes und erhob sich. „Ich freue mich doch, wenn jemand Interesse an der Imkerei hat. Leider sind wir zurzeit eine aussterbende Spezies. Ich hoffe aber, dass sich das in absehbarer Zeit wieder ändert."

„Sie wollen mir doch nicht wirklich erzählen, dass Ihr Kollege besonders scharf darauf war, sich die Bienenvölker meines Mannes anzusehen“, blitzte Britta Tönjes Büttner aus schmalen Augenschlitzen an, als die beiden Männer verschwunden waren. „Was soll das Ganze, Herr Kommissar?“

Büttner nahm einen Schluck von seinem Tee, dann kam er ohne Umschweife zur Sache: „Matthias Krämer hat in den letzten anderthalb Jahren jeden Monat 500 Euro auf Ihr Konto überwiesen, und ich wüsste gerne, was es damit auf sich hat.“

Bei seinen Worten war Britta Tönjes wie von der Tarantel gestochen aufgesprungen, ließ sich aber sogleich darauf wieder auf ihren Stuhl zurückfallen. Ihr Gesicht war nun wie versteinert, sie atmete angestrengt ein und aus. „Das geht Sie gar nichts an“, stieß sie dann aus zusammengepressten Lippen hervor.

„Wir ermitteln in einem Mordfall. In einem sehr abscheulichen Mordfall sogar“, erwiderte Büttner gedehnt, „glauben Sie mir, Frau Tönjes, da geht uns alles etwas an.“

„Sie schnüffeln in meinen Finanzen herum?“, rief sie nun mit schriller Stimme so empört aus, dass Timotheus unweigerlich anfing zu weinen. Sie stand auf, strich ihm sanft über den Kopf, bis er sich beruhigt hatte, dann setzte sie sich wieder Büttner gegenüber an den Tisch. Wieder begann sie, nervös ihre Finger zu kneten.

„Wir haben nicht Ihre Finanzen überprüft, sondern die von Herrn Krämer. Also, noch mal, warum überweist er Ihnen seit genau 18 Monaten so viel Geld?“

Britta Tönjes stieß hörbar die Luft aus und sagte dann: „Er wollte uns helfen. Mein Mann ist arbeitslos. Wir haben dieses Haus gebaut. Ja, er hat uns ein wenig unter die Arme gegriffen."

„Kommen Sie, Frau Tönjes, Sie wollen mir doch nicht wirklich erzählen, dass Matthias Krämer nur den barmherzigen Samariter gespielt hat. Also, warum?"

„Sagen Sie's mir, wenn Sie mir nicht glauben", erwiderte sie trotzig und schlug die Arme vor dem Körper zusammen.

„Wenn ein Mann monatlich einen festen Betrag in dieser Höhe an eine Frau überweist, dann könnte man zumindest darauf kommen, dass es sich dabei um Unterhaltszahlungen handelt", bemerkte Büttner mit einem Blick auf den kleinen Timotheus, der sich in seinem Laufstall nun auf eine Decke gekuschelt hatte und hingebungsvoll an seinem Daumen lutschte. „Immerhin ist auch Ihr Sohn genau 18 Monate alt."

„Timotheus ist der Sohn meines Mannes", schnaubte Britta Tönjes, „Matthias hat mit ihm überhaupt nichts zu tun. Was für eine infame Unterstellung! Bitte gehen Sie jetzt, diese Unverschämtheiten muss ich mir nicht gefallen lassen!" Sie wies mit ausgestrecktem Arm auf die Tür.

„Nun, wir werden auch ohne Sie herausbekommen, worum es sich bei diesen Zahlungen handelt", sagte Büttner und stand auf. „Für Sie wäre es allerdings besser, wenn Sie es uns gleich sagten, das könnte Ihnen eine Menge Unannehmlichkeiten ersparen, glauben Sie mir."

„Bitte gehen Sie jetzt“, wiederholte Britta Tönjes unbeeindruckt.

„Gut. Wie Sie meinen. Dann werde ich jetzt mal Ihren Mann fragen, ob er mehr darüber weiß. Ich muss ja sowieso noch meinen Kollegen bei den Beekmanns einsammeln.“ Büttner wandte sich zum Gehen, wurde jedoch von Britta Tönjes’ verzweifelter Stimme zurückgehalten. „Also gut, ich sag’s Ihnen. Aber nur, wenn Sie mir versprechen, dass mein Mann nichts davon erfährt.“

„Nun, versprechen kann ich Ihnen nichts dergleichen, aber ich werde sehen, was sich machen lässt.“ Er setzte sich wieder auf seinen Stuhl.

Britta Tönjes nickte und sagte dann mit zittriger Stimme: „Es war vor gut zwei Jahren. Matthias kam eines Abends überraschend zu mir, Henri war nicht da, das wusste er aber nicht. Der Unfall von Karina war erst wenige Monate her, die ganze Familie stand noch unter Schock. Wir alle standen unter Schock. Karina war von einem Tag auf den anderen querschnittsgelähmt. Es war so furchtbar.“ Sie fuhr sich nervös mit den Händen übers Gesicht. „Matthias war völlig fertig mit den Nerven, er weinte. Ich ... ich wollte es nicht, aber plötzlich ... ich habe ihn getröstet, ihn in den Arm genommen und dann ... ist es einfach passiert.“ In Britta Tönjes’ Augen standen nun Tränen.

„Und dann waren Sie plötzlich schwanger.“

„Ja. Henri und ich hatten es schon ein paar Jahre versucht, aber es hatte nie geklappt.“ Sie sah Büttner mit flehenden Augen an. „Bitte, Herr Kommissar,

Sie dürfen Henri nichts davon erzählen. Er war so glücklich über die Schwangerschaft, über das Kind! Ich habe es einfach nicht übers Herz gebracht, ihm von der Sache mit Matthias zu erzählen. Bitte, Herr Kommissar, machen Sie jetzt nicht alles kaputt!"

„Wieso ich?", fragte Büttner gedehnt. „Ich habe Sie nicht in diese Situation gebracht, Frau Tönjes." Er konnte es nicht leiden, wenn die Leute ganz offensichtlich Ursache und Wirkung verwechselten.

„Sie wissen genau, was ich meine", erwiderte Britta Tönjes unwillig und funkelte ihn böse an.

„Aber bitte erklären Sie mir mal", fuhr Büttner unbeeindruckt fort, „warum Herr Krämer dann Geld an Sie zahlte. Ich meine, wenn alle davon ausgingen, dass es bei diesem Kind mit rechten Dingen zuging, bestand dafür doch gar keine Notwendigkeit."

Er bemerkte, wie Britta Tönjes bei diesen Worten zusammenzuckte. Unbehaglich zog sie ihre Strickjacke enger um sich. „Ich ..." Nach diesem einen Wort biss sie sich auf die Lippen und schwieg.

„Sie haben ihn erpresst", riskierte Büttner einen Schuss ins Blaue. „Sie haben ihm gedroht, seiner Frau von der Geschichte zu erzählen, wenn er nicht zahlt."

„Nein", rief sie schrill auf und fuchtelte wie zur Abwehr mit den Armen, „es war ganz anders! Ich habe ihm nur gesagt, dass es in unserer Situation nicht ganz einfach wird, das Kind würde doch so viel Geld kosten. Er ... war sofort bereit, sich seiner Verantwortung zu stellen."

Büttner glaubte ihr kein Wort. „Sie sind sich aber sicher, dass Timotheus das Kind von Herrn Krämer ist?", fragte er.

„Ich habe es nie testen lassen", erwiderte Britta Tönjes leise.

„Herr Krämer zahlt Ihnen monatlich 500 Euro, obwohl er keinerlei Beweise hat, dass das Kind tatsächlich von ihm ist?", rief Büttner ungläubig aus.

„Ja. Genauso ist es."

„Nun, Frau Tönjes, dann will ich mich damit jetzt mal zufrieden geben", sagte Büttner kopfschüttelnd. „Eine Frage hätte ich aber noch: Was wird denn jetzt, wenn Herr Krämer nicht mehr zahlt? Wer bezahlt dann das alles hier?"

„Ich weiß nicht, wie es jetzt werden soll", erwiderte Britta Tönjes, und ihre Stimme war nur noch ein Flüstern.

Büttner erhob sich von seinem Stuhl. „Halten Sie sich bitte zu unserer Verfügung, wir werden mit Sicherheit noch mehr Fragen an Sie haben, Frau Tönjes." Er hob seine Hand an einen imaginären Hut, dann ging er zur Tür hinaus. Als er ins Auto stieg, bemerkte er aus den Augenwinkeln, dass Britta Tönjes ihm durchs Fenster hinterher blickte.

Nachdenklich bahnte er sich seinen Weg durch die Straßen von Greetsiel. Obwohl es inzwischen aufgehört hatte zu regnen und sogar ein paar Sonnenstrahlen vorwitzig durch die dichten Wolken blitzten, war auch an diesem Tag kaum ein Mensch auf der Straße zu sehen. Nur ein paar Kinder in Gummistiefeln sprangen fröhlich lachend durch die großen Pfützen, die sich auf den Straßen gesammelt hatten. Büttner hielt kurz an und fuhr die Scheibe herunter. Er sog die frische, vom Regen gereinigte Nordseeluft tief in seine Lungen und bemerkte, dass sie an diesem Tag etwas fischig roch. Nein, dachte er amüsiert, in Greetsiel roch die Luft eigentlich immer etwas fischig. Seine Frau liebte diesen Duft, verband sie damit doch ihre glücklichen Sommertage in der Kindheit, die sie oft bei den Großeltern ganz in der Nähe des Fischerhafens von Neuharlingersiel verbracht hatte. Büttner schaute die Straße hinab. Ja, dachte er, hier in Greetsiel hatte sich viel getan. Man hatte den kleinen Ort herausgeputzt wie eine kleine, nostalgische Puppenstube, um sie für die zahlreichen Touristen, die während der Saison hier anlandeten, so attraktiv wie möglich zu machen.

Als eine frische Windböe ins Auto fuhr und ihm kühl über die Wangen strich, ließ Büttner die Scheibe wieder hochfahren, machte auf der Straße kehrt und fuhr kurzentschlossen ins Zentrum hinein, soweit dieses für den Autoverkehr freigegeben war. Er würde ein wenig frischen Granat einkaufen. Seine Frau liebte die frisch gepulten Nordseekrabben, und er wollte ihr damit eine Freude machen. Es wäre ja auch ein Frevel, so meinte er, aus Greetsiel ohne frischen Granat wieder herauszufahren. Sein kurzer Spaziergang vom Parkplatz in den Ortskern führte ihn direkt am Kutterhafen vorbei. Die Krabbenkutter schienen erst vor Kurzem wieder eingelaufen zu sein, denn auf ihnen waren noch diverse Fischer in schwerem Ölzeug dabei, Kisten zu stapeln und an Land zu tragen. Einer der Fischer lief mit einer blauen Kiste auf dem Arm direkt in das nächste Fischgeschäft hinein. Büttner strahlte und lief schnuppernd hinter ihm her. Ja, genauso frisch wollte er seinen Granat haben! Mit Rührei und deftigem Schwarzbrot würde er ganz köstlich schmecken. Als er gleich nach dem Fischer das Geschäft betrat, sah er als Erstes eine alte Dame, die ihm sehr bekannt vorkam. Wübkea Beekmann, ohne Zweifel. Sie kramte gerade konzentriert ein paar Münzen aus ihrem Portemonnaie und legte sie mit zittrigen Fingern auf den Tresen.

„Moin, Frau Beekmann“, sagte er laut in den Raum, als sie ihr Portmonnaie wieder sicher in ihrer Tasche verstaut hatte. Es dauerte einen kurzen Moment, bis dieser Gruß zu ihr durchgedrungen war, dann aber hob sie langsam den Kopf und sah ihn prüfend von oben bis unten an.

„Kennen wir uns?“, fragte sie misstrauisch.

„Sicher. Ich war die Tage bei Ihnen auf dem Hof. Mein Name ist David Büttner. Ich bin von der Kriminalpolizei.“

Nach kurzem Zögern nickte sie wissend. „Ja, Sie sind der dicke Mann, der mit Gesine gesprochen hat. Über die Leiche. Die in unserer Getreidemühle.“

„Wie viele Leichen habt ihr denn sonst noch so auf dem Hof, dass du das so betonst“, brummte eine andere ältere Kundin, die Büttner schon die ganze Zeit über mit unverhohlener Neugierde gemustert hatte.

„Nicht so viele, wie du in deinem Keller“, ätzte Uroma Wübkea zurück. Die beiden schienen, wenngleich ungefähr gleich alt, nicht die besten Freundinnen zu sein.

„Und was darf's bei Ihnen sein?", fragte eine freundliche Stimme vom Tresen her.

„Bin ich schon dran?", vergewisserte sich Büttner und sah sich im Laden um.

„Ja, die beiden Damen wurden schon bedient", nickte die Verkäuferin.

„Nun, ich", setzte Büttner an, warf dann aber einen irritierten Blick zu den alten Damen zurück, die keinerlei Anstalten machten, den Laden zu verlassen, sondern ihn nach wie vor mit ihren Blicken durchlöcherten. Sei's drum, dachte er bei sich und sagte laut: „Ich hätte gerne ein Pfund Granat."

„Gepult oder ungepult?"

„Gepult bitte."

„Ja, also wir pulen den Granat ja immer selbst", ließ sich Wübkeas allerliebste Feindin vernehmen. „Schmeckt dann viel frischer."

„Jo, ist ja auch viel billiger", ergänzte Wübkea.

„Oha, immer noch der alte Geizhals."

„Besser als immer die Kinder anbetteln zu müssen, so wie du."

„Schandmaul!"

„Selber!"

„Machen die das öfter?", zischte Büttner der Verkäuferin zu, die ihm gerade sein Wechselgeld in die Hand drückte.

„Ständig. Seit bestimmt hundert Jahren. Wie man hört, haben die sich schon im Sandkasten die Schaufeln über die Rübe gezogen", zischte die Verkäuferin zurück.

„Hm. Na dann." Er wandte sich zum Gehen, die beiden Damen folgten ihm auf dem Fuße.

„Darf ich Sie mitnehmen, Frau Beekmann?", fragte er, als er sah, dass Uroma Wübkea sich anschickte, ihren Weg zu Fuß fortzusetzen.

„Ich fahr nicht mit fremden Männern mit."

Büttner grinste. „Aber wir kennen uns doch, Frau Beekmann. Ich bin von der Polizei."

„Polizei?" Sie musterte ihn wieder von oben bis unten. „Stimmt, Sie sind doch der dicke Mann ..."

„Ja, ja", unterbrach Büttner sie schnell, „ich fahre sowieso zu Ihrem Hof raus. Steigen Sie ein, dann müssen Sie nicht so weit laufen." Er fragte sich, wie sie ansonsten den weiten Weg vom Dorf zum Hof schaffen wollte, denn der lag bestimmt knappe zwei Kilometer von Greetsiel entfernt in Richtung Leybucht, mitten in den Poldern.

Uroma Wübkea überlegte kurz, dann nickte sie. „Ist es weit bis zu Ihrem Auto?"

„Nein, er steht auf dem Parkplatz, gleich hier um die Ecke."

„Na, dann kommen Sie mal, junger Mann." Wübkea drehte sich in die angegebene Richtung und schlurfte los.

„Ts, wenn das deine arme Mütter wüsste!" Wübkeas Altersgenossin verzog das mit tiefen Falten durchfurchte Gesicht und schüttelte unwillig den Kopf.

„Ich verspreche Ihnen, dass Frau Beekmann nichts passiert", zwinkerte Büttner ihr verstohlen zu.

„Pü, ist mir doch egal." Damit warf die Dame, so weit es ihr steifer Hals noch zuließ, den Kopf in den Nacken und wandte sich nun ebenfalls zum Gehen. „Und ich sach noch“, hörte Büttner sie vor sich hin murmeln. „Aber Wübkea war ja schon immer die Unvernunft in Person.“

„War das eine Freundin von Ihnen, Frau Beekmann?“, fragte Büttner, nachdem sie endlich beide angeschnallt im Auto saßen, was im Falle seiner Begleitung nicht ganz einfach gewesen war, hatte sie sich doch nicht so recht entscheiden können, mit welchem Fuß sie nun zuerst einsteigen sollte.

„Eine Freundin?“, keifte sie und sah ihn an, als hätte er ihr soeben ein unmoralisches Angebot gemacht, „das war doch Greta Jakobs!“

„Ach so. Entschuldigung.“

Sie nickte und schaute mit gerunzelter Stirn in die trübgraue Landschaft hinaus. „Ich hab Christian gleich gesagt, dass er Hedda nicht heiraten soll. Aber er wollte ja nicht auf mich hören“, sagte sie dann unvermittelt.

„Und warum sollte Christian diese Hedda nicht heiraten?“, ging Büttner auf diesen scheinbaren Themenwechsel ein.

„Schlechtes Blut.“

„Warum?“

„WARUM?“ Büttner zuckte zusammen, so schrill hatte Uroma Wübkea ihm ins Ohr geschrien. „DAS FRAGEN SIE NOCH?“

„Entschuldigen Sie bitte, dass ich mich in Ihrer Familiengeschichte noch nicht so gut auskenne“, tat Büttner zerknirscht, musste sich aber redlich Mühe geben, ernst zu bleiben. „Würden Sie mich bitte aufklären, was es mit dieser Hedda auf sich hat?"

„Na, sie ist doch die Enkelin von Greta. Nun sagen Sie nur, das wussten Sie nicht!" Sie klang nun ehrlich empört.

„Nein, bisher nicht, aber nun bin ich ja Gott sei Dank informiert." Romeo und Julia in Greetsiel. Na, das war ja mal was.

„Sie müssen gleich abbiegen", fuhr sie ihn an und deute mit dem Kopf nach rechts.

„Danke, das war mir bekannt."

Nur wenig später fuhren sie auf den großen Hofplatz vor. Das Scheunentor stand offen, und bei seinem Anblick drehte sich Büttner unwillkürlich der Magen um. „Ich trage Ihnen noch die Einkäufe ins Haus", bot er sich als Träger an, aber seine Begleiterin achtete gar nicht auf ihn, sondern war schon auf dem Weg in den Stall. „Muss dringend mal nach Erna sehen", murmelte sie.

Büttner machte sich mit den Einkaufstaschen der alten Dame auf den Weg und stellte sie, nachdem er geklopft, aber niemand geantwortet hatte, einfach in der Küche auf den Tisch. Dann lief er in Richtung Garten, um zu schauen, ob Hasenkrug seine Lektion in der Imkerei schon beendet hatte.

Nach gut hundert Metern stieß er auf eine Überdachung aus Holz, unter der sechs Bienenstöcke aufgereiht standen. Henri Tönjes hatte einen geöffnet und deutete mit den Fingern hinein. Hasenkrug nickte, guckte unter seinem Schleier aber ziemlich genervt aus der Wäsche, wie Büttner fand.

„Na, Hasenkrug, wie hat Ihnen die kleine Fortbildung gefallen?“, rief Büttner den beiden entgegen.

„Er ist ein sehr gelehriger Schüler“, erwiderte Tönjes und nickte Hasenkrug anerkennend zu. Anscheinend hatte er von Hasenkrugs ablehnender Haltung gar nichts bemerkt. Oder er verstand es einfach, gute Miene zu bösem Spiel zu machen.

„Ich habe einen Bienenstich“, jammerte Hasenkrug anklagend und deutete auf seine rechte Hand, die in einem dicken, ellenbogenlangen Gummihandschuh steckte. Dann zog er sich, nachdem der Imker den Bienenstock wieder abgedichtet hatte, den Schleier vom Kopf. Auch entledigte er sich der Handschuhe und wuschelte sich ein paar Mal durchs lichte Haar.

„Die Segnungen der Natur“, erwiderte Büttner trocken. „Ich würde jetzt noch gerne mit Christian Beekmann sprechen. Haben Sie eine Ahnung, ob er zuhause ist?“, wandte er sich dann an Henri Tönjes.

„Ich habe ihn gerade ins Haus gehen sehen“, nickte der und reichte Hasenkrug die Hand. „Wenn Sie noch mal Interesse haben, jederzeit gerne“, lächelte er.

„Danke. Passt schon“, murmelte der und wandte sich ruckzuck zum Gehen. Seinen Chef würdigte er keines Blickes.

8

Karina Krämer saß in ihrem Rollstuhl vor der Terrassentür und starrte wehmütig in den trüben Novembertag hinaus. Früher hatte sie auch bei solch einem Wetter lange Spaziergänge gemacht, war mit ihren Kindern den Deich entlang oder durchs Watt gelaufen und hatte ihnen lustige Geschichten erzählt, von einer kleinen Meerjungfrau, die, zum Leidwesen ihrer Eltern, unbedingt mal aus dem Wasser steigen und das flache Land hinter dem Deich erkunden wollte.

Seit ihrem Unfall aber saß sie einfach nur da, als Gefangene ihres eigenen Körpers, der ihr nicht mehr gehorchte. Natürlich trieb sie auch heute noch Sport, soweit es ihr möglich war. Auch war sie immer noch viel mit den Mädchen draußen. Aber nie wieder würde es so unbeschwert sein, wie es früher gewesen war. Da machte sie sich nichts vor. Und schon sehr bald würde es Winter sein. Mit viel Pech würde es dann ebenso häufig und kräftig schneien wie im letzten Jahr. Und dann würden sich die Wände dieses Hauses, das sie doch eigentlich so sehr liebte, um sie schlingen wie die Tentakeln eines Riesenkraken, die sie zu würgen begannen, bis sie kaum noch Luft bekam. Ja, diese Winter, in denen sie das Haus nicht verlassen konnte, waren die Hölle. Matthias hatte sie dann ab und zu einfach auf den Arm genommen, sie zum Auto getragen und war mit ihr durch die Gegend gefahren, damit sie überhaupt mal etwas anderes sah.

Matthias. Er war immer so voller Leben gewesen, so fröhlich, so wissbegierig, so liebevoll. Und so sexy. Ja, Karina hatte sich auch nach den vielen Jahren, die sie nun schon zusammen waren, gar nicht satt sehen können an seinem schlanken, muskulösen Körper und dem kantigen Gesicht mit den immer ein wenig spöttisch dreinblickenden blauen Augen. Wie sehr hatte sie es geliebt, ihm mit den Händen durch sein dichtes, dunkles Haar zu fahren und zart über die Grübchen zu streichen, die sich mit jedem Lächeln tief in seine Wangen gruben. Mit seinen kräftigen Händen hatte er ihren Körper in Ekstase versetzt, sie hatten sich häufig bis zur Erschöpfung geliebt – bis zu ihrem Unfall. Mit ihrer Querschnittslähmung hatte sich etwas in ihrem Körper verändert. So sehr sie sich auch bemüht hatte, es wieder aufleben zu lassen, so hatte der Unfall ihr doch nicht nur die Fähigkeit genommen, sich aufrecht auf ihren eigenen zwei Beinen in der Welt zu bewegen, sondern auch das sexuelle Lustempfinden betäubt. Mehr und mehr hatte sie sich daraufhin von Matthias zurückgezogen, ihn kaum noch an sich heran gelassen. Ja, ihre Beziehung war irgendwann eine rein platonische geworden, und nicht nur Matthias, sondern auch sie selbst hatten sehr darunter gelitten.

Natürlich hatte Matthias sich seine Enttäuschung nicht anmerken lassen, sondern im Gegenteil immer noch versucht, sie aufzumuntern, wenn sie mal wieder in Tränen aufgelöst in seinen Armen gelegen und nichts, aber auch rein gar nichts empfunden hatte, was auch nur annähernd einem sexuellen Verlangen gleichgekommen wäre.

Obwohl Karina ihn nie danach gefragt hatte, so war sie sich doch die ganze Zeit über sicher gewesen, dass Matthias sein körperliches Verlangen irgendwann bei einer anderen Frau gestillt hatte. Alleine die Vorstellung, wie ihr Ehemann mit einer anderen Frau nun das erlebte, was früher zwischen ihnen so wundervoll gewesen war, hatte ihr wahre Höllenqualen bereitet. Der Geruch einer fremden Frau an seiner Kleidung, ja, an seinen Wangen, war die reinste Folter für sie gewesen. Aber dennoch hatte sie gewusst, dass er sie niemals verlassen würde. Nicht nur, weil es sein Pflichtgefühl ihr und den Kindern gegenüber nicht zugelassen hätte. Nein, sie wusste, dass sie immer die einzige Frau gewesen war, die er je wirklich geliebt hatte. Ja, sie wären ganz sicher miteinander alt geworden, wenn nicht ...

„Ich habe uns auch ein wenig Kuchen mitgebracht“, wurde sie jäh aus ihren Gedanken gerissen. Britta! Karina hatte in ihrem Trübsinn ganz vergessen, dass ihre Freundin vor wenigen Minuten das Haus betreten und in der Küche den Tee bereitet hatte. Britta hatte einen Haustürschlüssel, für alle Fälle. Meistens kündigte sie ihr Kommen daher nur mit einem vereinbarten Klingelzeichen an und schloss dann selber auf. Heute war sie mit einem knappen *Hallo, ich bin's* sogleich in der Küche verschwunden, und Karina hatte sie beinahe im selben Moment auch schon wieder vergessen. Zu sehr war sie in ihren Tagträumereien versunken gewesen, in die sie seit Matthias' Tod noch häufiger verfiel, als es davor schon der Fall gewesen war.

„Kuchen, schön." Karina nickte. Ihr ganzer Abstellraum stand voller Kuchen, nahezu jede Nachbarin hatte im Laufe der Tage welchen vorbeigebracht. Aber das wollte sie Britta nicht sagen. Langsam rollte sie zum Esstisch, an dem Britta dabei war, das Teegeschirr herzurichten. „Schön, dass du da bist", murmelte sie kaum hörbar.

Britta sah sie besorgt an. „Ich dachte mir, dass dir bei diesem Wetter bestimmt die Decke auf den Kopf fällt." Als Karina nichts erwiderte, ließ sie sich auf einen Stuhl sinken und widmete sich dem gedeckten Apfelkuchen, zu dem sie noch ein wenig Sahne geschlagen hatte. Karina musterte ihre Freundin und stellte fest, dass diese kaum besser aussah als sie selbst. Auch ihr schmales, mit Sommersprossen übersätes Gesicht zeigte tiefe, dunkle Augenringe, die Wangen wirkten eingefallen. Das rötliche Haar hatte sie achtlos mit einer Klammer am Hinterkopf zusammengefasst, ihre Hände zitterten leicht. Ihr zierlicher Körper steckte in ausgeleierten Jogginghosen und einem viel zu großen Sweatshirt.

„Wo sind denn eigentlich die Zwillinge?", fragte Britta nun in die Stille hinein.

„Meine Mutter hat sie mitgenommen. Sie wollte mit ihnen nach Emden in die Kunsthalle, um sie abzulenken. Da findet heute irgendein Kindermalkurs oder so was statt. Und du? Heute ohne den Kleinen da?“

„Henri ist mit ihm zum Kinderarzt. Hat ihn gerade abgeholt, nachdem er mit einem von den Polizisten bei den Bienen war. Impfung. Ich ... mir war nicht danach.“

Karina seufzte. „Matthias’ Tod wirft uns alle aus der Bahn. Ich habe keine Ahnung, wie es jetzt weitergehen soll.“ Noch vor einem Tag wäre sie bei diesen Worten in Tränen ausgebrochen. Aber Tränen hatte sie keine mehr. In ihr war nur noch Leere.

Lustlos stocherte Britta in ihrem Kuchen herum, dann fragte sie unvermittelt: „Wann ist die Beerdigung?“

Karina zuckte lahm mit den Schultern. „Matthias“, sie stockte, „also das, was von ihm ... er ist noch in der Gerichtsmedizin. Der Kommissar geht davon aus, dass er bald freigegeben wird. Der Bestatter wartet nur noch auf mein Okay. Aber ich weiß noch nicht, wann ich soweit bin.“

Für eine Weile sagte keine der Frauen ein Wort, in die Stille hinein war nur das monotone Ticken eines Weckers zu hören, der auf einer Kommode stand.

„Die Polizei erwähnte Henri gegenüber einen Blog, der angeblich von Matthias betrieben wurde. *Bee-a-friend21.* Weißt du was darüber?“, fragte Britta dann leise.

Karina sah sie aus zusammengekniffenen Augen an. „Die Polizei geht davon aus, dass dieser Blog was mit dem Mord an Matthias zu tun hat.“

„Ja, das sagte dieser Büttner. Ich habe Henri darauf angesprochen, aber er weicht mir aus. Ich hab dann mal im Internet nachgesehen, aber ... nun, ich habe diesen Blog nicht gefunden. Wurde er gelöscht?"

„Kann sein. Aus ermittlungstaktischen Gründen vielleicht. Was weiß ich." Karina schob ihren Teller beiseite. Sie hatte keine Lust auf Kuchen. Sie hatte keine Lust auf irgendwas.

„Aber Matthias war doch gar nicht so – radikal", ließ Britta nicht locker. „Ich meine, er hat recherchiert, das war sein Job. Henri und er waren häufig am Fachsimpeln, über Bienen, Gentechnik und so. Aber auch das bewegte sich immer auf einer sachlichen Ebene." Sie strich sich mit fahrigen Fingern eine Strähne aus der Stirn. „Ich meine, um für solch einen Blog ermordet zu werden, da gehört doch mehr dazu, oder?" Dieser letzte Satz hatte so verzweifelt, ja, empört geklungen, als wollte Britta damit Matthias' Tod ungeschehen machen.

Karina schaute ihre Freundin ausdruckslos an. „Ich ... sei mir bitte nicht böse, Britta, aber ich wäre jetzt gerne alleine." Sie fühlte sich plötzlich unendlich müde.

„Natürlich." Britta schob sich noch einen Bissen Kuchen in den Mund und leerte ihre Tasse, bevor sie aufstand. Sie ging um den Tisch herum und drückte Karina einen Kuss auf die Stirn. „Sag Bescheid, wenn ich irgendwas für dich tun kann, Süße!"

Als Britta gegangen war, dachte Karina für einen kurzen Moment nach und fasste dann einen Entschluss. Bevor sie sich ins Arbeitszimmer begab, warf sie einen langen Blick auf das Foto von Matthias, auf dem er so glücklich strahlend im Bauerngarten stand. Für einen kurzen Moment war es Karina, als würde er ihr zuzwinkern. Sie lächelte, und ihre Müdigkeit war plötzlich wie weggewischt. Ja, sie wusste jetzt, was sie zu tun hatte.

9

Die große Küche der Beekmanns schwoll über vor Kindergeschrei, als Hauptkommissar Büttner sie mit einem kräftigen Klopfen an die Tür betrat. Wie auf so vielen ostfriesischen Bauernhöfen stand die Haustür auch hier immer offen, und wer etwas von den Bauern wollte, machte sich ohne zu Zögern auf den Weg in die Küche, wo sich gemeinhin das Leben abspielte. An diesem Nachmittag war der Küchentisch an der Eckbank festlich geschmückt, in der Mitte prangte eine große Torte mit fünf Kerzen darauf. Allem Anschein nach wurde hier ein Kindergeburtstag gefeiert, erfasste Büttner die Situation auf einen Blick.

„Papa, wir haben Besuch", rief ein kleiner, strohblonder Junge in das Geschrei hinein und zeigte grinsend in seine Richtung.

„Bist du das Geburtstagskind?", fragte Büttner und grinste zurück.

„Ja. Hast du ein Geschenk mitgebracht?"

Büttner hob die Arme und ließ sie dann wieder sinken. „Nein, tut mir leid. Ich hatte keine Ahnung, dass hier heute gefeiert wird. Aber ich wünsche dir alles Gute!"

Der Junge nickte und wandte sich wieder seinen Gästen zu, die gerade das neue Fahrrad bewunderten, das er von seinen Eltern bekommen hatte.

„Moin. Was kann ich für Sie tun?", meldete sich im nächsten Moment eine dunkle Stimme zu Wort.

„Moin. Mein Name ist Büttner, mein Assistent hier ...", Büttner sah sich stirnrunzelnd um, Hasenkrug aber war weit und breit nicht zu sehen. „Na ja", sagte er schulterzuckend, „ist ja auch egal. Ich bin von der Kriminalpolizei. Sind Sie Christian Beekmann?"

„Ja." Der Mann musterte ihn misstrauisch.

„Ich würde mich gerne mal mit Ihnen unterhalten. Allerdings", er machte eine ausladende Bewegung mit den Armen, „wäre es schön, wenn wir das an einem etwas ruhigeren Ort tun könnten."

„Sie sehen ja, was hier los ist", erwiderte Beekmann und nickte zur Geburtstagstafel hinüber. „Eigentlich müsste ich mich jetzt ..."

„Ist Ihre Frau nicht da?", unterbrach Büttner ihn mit einem Stirnrunzeln. „Es wäre wirklich wichtig. Es geht um den Mord an Matthias Krämer."

„Ja, ja, das dachte ich mir schon, aber ... ach was." Christian Beekmann machte eine wegwerfende Handbewegung und ging zu Tür. „Janna", schrie er dann über den Flur, „kommst du bitte mal?"

Im nächsten Augenblick öffnete sich eine Tür am Ende des Gangs und ein vielleicht neunzehnjähriges Mädchen schaute ihn fragend an. „Was gibt's?"

„Du müsstest mal kurz nach der Rasselbande sehen. Das hier ist Kommissar Büttner von der Kriminalpolizei. Er will mich sprechen. Wegen Matthias."

Büttner hätte aus der Erfahrung mit seiner Tochter heraus sein Haus verwettet, dass Janna jetzt einen Flunsch ziehen würde. Aber weit gefehlt. Sie kam mit einem strahlenden Lächeln auf ihn zu und streckte ihm die Hand entgegen. „Echt?“, sagte sie sichtlich erfreut, „Sie sind der Vater von Jette? Das ist ja voll krass. Ich bin immer total neidisch, dass Sie einen so coolen Job haben. Mein Vater ist Amtsleiter vom Rechtsamt in Emden, boah, wie langweilig ist das denn!“

„Sie kennen meine Tochter?“

„Klar. Wir gehen doch beide in Emden aufs Gymnasium.“

„Demnach wohnen Sie nicht hier in Greetsiel“, schloss Büttner messerscharf, denn dann hätte das Mädchen mit hoher Wahrscheinlichkeit das Gymnasium in Norden besucht.

„Janna wohnt in Twixlum“, bestätigte Beekmann, „sie ist die Tochter meines Schwagers. Sie ist nur hier, um Jelko zum Geburtstag zu gratulieren.“

„Tja, dann geh ich mal die Kids einnorden“, nickte Janna und schenkte Büttner ein weiteres Lächeln. „War cool, Sie kennen zu lernen, Herr Büttner!“

„Ganz meinerseits“, murmelte der und sah Christian Beekmann fragend an. „Wo gehen wir hin?“

„Am besten in mein Büro. Da sind wir ungestört.“

Nun, Beekmann war eindeutig ein Mann der Tat und kein Buchhalter, schlussfolgerte Büttner aus dem Chaos, das sich ihm wenig später in Form seines Schreibtisches bot. Dieser war mit unordentlichen Stapeln Papier und Ordnern verdeckt, aus deren Mitte ein Computerbildschirm hervor lugte. Eine Tastatur dazu war nicht zu sehen. Wahrscheinlich war sie unter irgendwelchen Dokumenten vergraben.

„Furchtbare Sache, das mit Matthias“, sagte Beekmann, nachdem er einen Stapel Zeitschriften von einem Stuhl entfernt und Büttner bedeutet hatte, sich zu setzen. Er selber blieb stehen und lehnte sich gegen die Fensterbank.

„Sie waren gut mit ihm befreundet“, stellte Büttner ohne Umschweife fest und sah den großen, blonden Mann mit der typisch gesunden Gesichtsfarbe eines Landwirts prüfend an.

„Wir haben uns ab und zu mal gesehen“, relativierte Christian Beekmann diese Aussage, „er interessierte sich für Bienen.“

„Und damit kennen Sie sich aus.“

„Jo.“

„Genauso wie Henri Tönjes.“

„Sie haben schon mit Henri gesprochen?“, fragte Beekmann mit hochgezogenen Brauen.

„Erstaunt Sie das?“

„Nee. Nicht wirklich.“

„Ich habe gerade die Bienenstöcke von Herrn Tönjes gesehen. Haben Sie die gemeinsam?“

Beekmann schüttelte abwehrend die Hand. „Nee, nee. Meine Bienen stehen hinter dem Stall, an der Böschung. Ich kümmere mich höchstens mal um Henris, wenn er keine Zeit hat. Und umgekehrt.“

„Wie lange kannten Sie Matthias Krämer schon?“

Beekmann schürzte die Lippen und strich sich übers Kinn. „Hm. Seit einem Jahr vielleicht. Ungefähr. Da kam er hier mal an und wollte was zu den Bienen wissen.“

„Haben Sie die gleiche Erfahrung gemacht wie Henri Tönjes? Er sagt, ihm sind im letzten Jahr über 70 Prozent der Bienen eingegangen."

„Jo. Sind die Pestizide dran schuld, sagt er."

„Sind Sie anderer Meinung?"

„Nee. Kann schon sein."

„Und Sie setzen hier keine Pestizide ein?"

„Doch. Aber die tun den Bienen nichts. Sonst würde ich sie nicht nehmen."

„Kennen Sie den Internetblog von Herrn Krämer? Er führte ihn unter dem Namen *bee-a-friend21*."

Beekmann kniff die Augen zusammen und zögerte einen kurzen Moment. „Nee, kenn ich nicht", antwortete er dann.

Büttner sah den jungen Landwirt, dessen Kopf nun knallrot angelaufen war, erstaunt an. „Das wundert mich aber jetzt. Die Hauptkampagne von Herrn Krämer schien über diesen Blog zu laufen. Er hat sich da schwer ins Zeug gelegt. Und sich nicht nur Freunde damit gemacht."

„Hab nicht so viel zu tun mit dem Internet, ist nicht so mein Ding."

„Und er hat diesen Blog Ihnen gegenüber nie erwähnt?" Büttner war nicht gewillt, diese Aussage so stehen zu lassen. Er glaubte Beekmann nicht.

„Nee, sach ich doch."

„Krämers Frau sagt, Sie hätten oft mit Matthias Krämer telefoniert."

„Das ist richtig, ja. Er wollte viel wissen. Hat immer wieder nachgefragt."

„Und es hat Sie nicht gewundert, dass Krämer ausgerechnet bei Ihnen in der Getreidemühle gefunden wurde?“, wechselte Büttner abrupt das Thema, um Beekmanns Reaktion zu testen.

Doch wenn der jetzt irritiert war, dann ließ er es sich nicht anmerken. „Doch, schon. Finden ja nicht jeden Tag ne Leiche da drin.“ Er versuchte ein Lächeln, das aber misslang und eher zu einer Fratze geriet.

„Warum haben Sie sich denn nicht gleich bei uns gemeldet, nachdem bekannt geworden war, dass es sich bei der Leiche um Matthias Krämer handelte?“

Christian Beekmann sah ihn überrascht an. „Was hätte das bringen sollen?“

„Sie hätten uns sagen können, dass Sie ihn gekannt haben.“

Beekmann hob die Brauen. „Das wissen Sie doch auch so. Sonst wären Sie ja jetzt nicht hier.“

Der Mann hatte eine bestechende Logik, das musste Büttner zugeben. Und außerdem glaubte er nach diesem Gespräch auch nicht mehr, dass der junge Landwirt irgendwas mit dem Mord zu tun hatte. Das sagte ihm sein Bauchgefühl.

„Gut, Herr Beekmann“, sagte er und stand auf, „das wär’s dann erstmal für heute. Wenn ich noch Fragen habe, komme ich wieder auf Sie zu.“

„Jo. Jederzeit.“

„Ach“, drehte sich Büttner auf dem Weg zur Tür noch mal um, „wie geht es eigentlich dem Rest Ihrer Familie? Haben sie alle den Schock gut verkraftet?“

„Welchen Schock?“ Christian Beekmann sah ihn aus großen Augen an.

„Ich dachte nur …“, Büttner machte eine abwehrende Handbewegung, „ach, vergessen Sie's!“ Er hatte ja schon mehrfach festgestellt, dass diese ostfriesischen Bauern nicht mal eine zerstückelte Leiche in der Getreidemühle sonderlich befremdlich fanden.

Rasch bahnte er sich seinen Weg durch den Flur, in dem sich nun die gesamte Kinderschar versammelt hatte, um Topfschlagen zu spielen. Janna hatte dem kleinen Jelko gerade die Augen verbunden, drehte den jauchzenden Jungen ein paar Mal um sich selbst und zwinkerte dem Kommissar verschwörerisch zu. Büttner grüßte kurz und machte dann, dass er raus kam.

Wieder an der frischen Luft, atmete er ein paar Mal tief durch. Der Regen hatte wieder eingesetzt, wie er missmutig feststellte, und ein kühler Wind blies um die Ecken. Er schlug den Weg zum Auto ein und hätte fast seinen Assistenten vergessen, der gerade aus der Scheune gerannt kam, als Büttner den Motor startete.

„Ach, Hasenkrug, wo waren Sie denn so lange?“, fragte er überrascht, als sein Assistent sich neben ihn in den Sitz fallen ließ.

Hasenkrug schnaubte. „Die alte Bäuerin …“

„Wübkea?“

„Ja. Sie wollte mir was auf meinen Bienenstich tun, weil der so fürchterlich gebrannt hat.“

„Ach herrje“, bemerkte Büttner und machte sich gar nicht erst die Mühe, den ironischen Unterton zu verbergen, „aber von einer Amputation konnte man noch absehen?“

Hasenkrug zog eine beleidigte Schnute. „Dann wollte mir Uroma Wübkea noch ihre Erna zeigen.“

„Die Kuh.“

„Ja. Und dann auch noch alle anderen vierundvierzig Kühe. Ich kenne sie nun alle beim Namen.“

„Na, Hasenkrug“, sagte Büttner lakonisch, „da können Sie ja heilfroh sein, dass Uroma Wübkea nicht die Bienen zu ihren Lieblingstieren auserkoren hat.“ Mit einem dröhnenden Lachen trat er aufs Gaspedal.

10

Kaum, dass die Polizisten den Hof wieder verlassen hatten, stand Henri Tönjes, der zwischendurch zuhause gewesen war, plötzlich in der Tür und beobachtete das bunte Treiben in der Küche mit gerunzelter Stirn. Sein Sohn Timotheus hatte beim Anblick der vielen schreienden Kinder ängstlich die kleinen Ärmchen um seinen Hals geschlungen und angefangen zu weinen.

„Ich muss dich sprechen", rief er gegen das Geschrei an und winkte Christian Beekmann, mit ihm zu kommen.

„Hab Kindergeburtstag", erwiderte der knapp und wischte seine mit Schokoladensoße beschmierten Hände an einem Handtuch ab.

„Ist wichtig, Christian", ließ Henri Tönjes nicht locker.

„Geht nicht heute Abend? Siehst ja, was hier los ist. Und Hedda ist nicht da. Hat gemeint, ich könnte das ruhig auch mal alleine machen." Er blickte missmutig auf die sich am Boden rangelnden Kinder, die anscheinend beschlossen hatten, ihre überschüssige Energie nun gegeneinander einzusetzen.

„Geh nur", mischte sich Janna ein und schob ihren Onkel Richtung Tür. „Ich krieg die kleinen Krieger hier schon in den Griff."

„Glaubst du?" Nach Christians Gesichtsausdruck zu urteilen, hielt er genau das für ein Ding der Unmöglichkeit.

„Ich weiß es", nickte Janna bestimmt und griff sich zum Beweis schon den ersten Rabauken, der sich gerade dazu entschlossen hatte, seinen Kumpeln am Boden ein wenig Schokoladensoße über den Kopf zu gießen. „Außerdem werden sie ja in rund einer halben Stunde schon abgeholt. Ich denke, dass sie bis dahin noch eine reelle Überlebenschance haben."

Christian Beekmann zuckte ergeben die Schultern und bedeutete seinem Freund Henri, mit ihm zu kommen. Mit einem kritischen Blick nach draußen, wo bereits die Dämmerung einsetzte und es nun wieder in Strömen regnete, beschloss er, lieber den direkten Weg durch die Wirtschaftsküche in den Kuhstall zu nehmen. Er zog die hier abgestellten Gummistiefel und einen Overall über. Als er, dicht gefolgt von Henri, den Stall betrat, bemerkte er seinen Vater, der bereits dabei war, die Kühe zu füttern. Der kleine Timotheus zog aufgrund des ihm entgegenströmenden deftigen Geruchs vergorener Grassilage die Nase kraus. Als er jedoch die Kühe erblickte, die ihm genüsslich schmatzend aus trägen Augen entgegensahen, fing er laut an zu juchzen und mit den Armen zu rudern. Sein Vater stellte ihn auf den Boden, wo er sofort mit tapsigen Schritten einer Kuh entgegenstolperte, die ihren Kopf durch das Fressgitter gesteckt hatte.

„Geburtstag überstanden?“, fragte Ubbo Beekmann seinen Sohn und nickte Henri zur Begrüßung knapp zu, was der mit einem *Moin!* erwiderte.

„Janna macht den Rest.“ Christian Beekmann nahm seinem Vater die Forke aus der Hand. „Kannst schon mit dem Melken anfangen, Vadder, ich kümmer mich weiter ums Füttern.“

Ohne ein weiteres Wort trottete Ubbo Beekmann davon und traf am Melkstand auf seinen Vater, den alten Okko, der sich bereits am Melkgeschirr zu schaffen machte.

„Was gibt's denn so dringend?“, fragte Christian, als sein Vater außer Hörweite war.

„Die Polizei war bei uns“, bemerkte Henri düster und beobachtete aus dem Augenwinkel seinen Sohn, der nun versuchte, einen im Mittelgang liegenden Haufen Silage zu erklimmen.

„Bei mir auch“, nickte Christian, „sind eben wieder weg.“

„Ich weiß, der eine wollte unbedingt meine Bienen sehen, vorhin. War kurz mit ihm hier und dann mit Timotheus zur Impfung.“

„Und? Wo ist das Problem?“

„Sie reden dauernd von dem Blog.“

„Ja, und?“ Christian Beekmann schaufelte in aller Seelenruhe die Silage an ihren Platz.

„Sie meinen, der hat was mit dem Mord an Matthias zu tun.“ Henri Tönjes warf einen kritischen Blick zur Getreidemühle, die am anderen Ende des Stalls leise vor sich hin surrte.

„Und? Hat er?“

„Woher soll denn ich das wissen?“, erwiderte Henri und klang jetzt deutlich ungehalten.

Christian schnaufte, stützte sich an seiner Forke ab und sah seinen Freund prüfend an. „Ist `ne ziemliche Sauerei das“, sagte er dann. „Hätte nicht gedacht, dass die soweit gehen.“

Henri nickte. „Ist ein scheiß Geschäft. Ich glaube, Matthias hat’s übertrieben, was meinst du?“

„Jo. Sieht wohl so aus.“ Christian nahm seine Arbeit wieder auf und sagte dann wie nebenbei: „Solltest mal nach deinem Jungen gucken, der haut gerade ab.“

Henri schnappte nach Luft und hechtete dann hinter Timotheus her, der wohl soeben beschlossen hatte, sich außerhalb des Stalls mal ein wenig umzusehen. Dann lief er, das vor Empörung schreiende Kind auf dem Arm, wieder zu seinem Freund zurück.

„Meinst du“, brüllte er gegen seinen Sohn an, „dass wir auch in Gefahr sind?“

„Wir? Warum?“ Christian wog den Kopf hin und her. „Glaub nicht.“

„Und wenn doch?“, Henri setzte seinen strampelnden Sohn wieder ab, der sich glucksend sofort auf den nächsten Silohaufen warf und sich genüsslich in der stinkenden Masse wälzte.

„Nu mach dir mal nicht ins Hemd“, brummte Christian, „die haben an uns kleinen Eumeln doch gar kein Interesse.“

„Wenn du meinst.“ Henri klang nicht überzeugt.

„Jo. Mein ich.“

„Gut. Ich geh dann mal wieder." Henri schnappte sich seinen Sohn, der sofort wieder in lautes Protestgeheul ausbrach.

„Wird schön stinken im Auto", bemerkte Christian mit einer knappen Kopfbewegung zu Timotheus.

„Nicht nur im Auto." Henri verzog das Gesicht. Er hörte Brittas Standpauke jetzt schon.

Als Henri in Richtung Stalltor ging, sah Christian ihm nachdenklich hinterher. Seine Augen hatten sich zu schmalen Schlitzen verengt. Dann zuckte er mit den Schultern und fuhr in seiner Arbeit fort.

11

Als Hauptkommissar David Büttner am nächsten Morgen sein Büro betrat, stand Hasenkrug bereits seit geraumer Zeit vor dem Whiteboard und ergänzte konzentriert seine *Beziehungsgrafik*, wie er sie nicht ganz ohne Stolz nannte. In dem Geflecht aus Namen und Funktionen fanden sich nun auch die am vorherigen Tag befragten Personen wieder, wie Christian Beekmann, Henri und Britta Tönjes und sogar Uroma Wübkea.

„Sie halten Uroma Wübkea trotz ihres zugegebenermaßen respekteinflößenden Gehstocks aber nicht wirklich für eine der Hauptverdächtigen, oder?", schmunzelte Büttner, wurde aber sogleich wieder ernst, als er einen Blick auf die auf seinem Schreibtisch liegende Liste warf, die über die Telefonverbindungen Matthias Krämers in den letzten Tagen und Stunden seines Lebens Aufschluss gab. „Hm, ganz offensichtlich galt der letzte Anruf, den unser Opfer mit seinem Handy getätigt hat, einem Mann namens Fiete Voss auf dessen Festnetzanschluss. Und zwar gegen halb sechs am Abend. Danach nichts mehr.“ Büttner zog die Stirn in Falten und legte den Kopf in den Nacken. „Wenn ich mich richtig erinnere“, setzte er zu einer Erklärung an, die sich gerade in seinem Kopf zusammenformte, „dann sagte uns Karina Krämer, dass ihr Mann jeden Abend zuverlässig anrief, um seinen Töchtern eine gute Nacht zu wünschen. An diesem Abend aber hätten die Mädchen vergeblich auf diesen Anruf gewartet.“ Büttner nahm einen Schluck Kaffee, dann fuhr er fort: „Wenn wir diesen Pflichtanruf als absolut sicher annehmen, dann können wir davon ausgehen, dass Matthias Krämer kurz nach seinem letzten Anruf starb, denn ansonsten hätte er ja wahrscheinlich wenig später mit seinen Kindern telefoniert. Schließlich dürften die Mädchen nicht allzu spät am Abend ins Bett gehen.“

„Gut kombiniert, Chef“, nickte Hasenkrug und rieb sich seinen Finger, an dem der rot geschwollene Bienenstich jetzt einen heftigen Juckreiz auslöste.

„Mal sehen“, ging Büttner nicht auf die Bemerkung seines Assistenten ein, „die Anrufe zuvor galten einer gewissen Adelheid Teschner in Bad Zwischenahn, einem Bertus Foelkers und davor seinem Freund Henri Tönjes. Bertus Foelkers, hm.“ Büttner warf einen Blick auf Hasenkrugs Zeichnung und wurde fündig. „Wusste ich doch, dass ich den Namen schon mal gehört hatte. Bertus Foelkers ist der Landwirt von Saromondos Gnaden. Da wüsste ich doch zu gerne, was die beiden an diesem Nachmittag zu besprechen hatten. Für wann ist dieser Foelkers hier vorgeladen, Hasenkrug?“

„Er kommt heute Mittag. Um 14 Uhr, meines Wissens.“

„Und wissen wir auch, wer diese Adelheid Teschner ist?“

„Ja. Sie ist Imkerin. Ich habe mit ihr telefoniert. Krämer hatte sich für den nächsten Tag mit ihr zum Interview verabredet, ist aber nicht erschienen.“

„Alles andere hätte mich angesichts der Umstände auch gewundert“, knurrte Büttner.

„Das Gleiche gilt übrigens auch für Fiete Voss, den letzten Telefonkontakt. Er ist auch einer der Imker, die Krämer noch interviewen wollte.“ Hasenkrug warf einen Blick auf die Wanduhr. „Im Übrigen wartet im Vernehmungsraum nun Herr Meise auf uns, Chef.“

„Wer ist Herr Meise?“, zog Büttner verwundert die Augenbrauen in die Höhe.

„Walter Meise. Vertreter für Pflanzenschutzmittel. Die Firma sitzt in Bayern, Herr Meise ist Außendienstmitarbeiter für den Bezirk Weser-Ems.“

„Wenn ich mich richtig entsinne, dann hat sich dieser Walter Meise auch auf *bee-a-friend21* zu Wort gemeldet.“

„So ist es. Er hat dabei, nun, sagen wir mal, auf einen gewissen Fundus an Kraftausdrücken zurückgegriffen.“

„Ein Bayer eben. Die können das gut. Stehen alle in guter Tradition vom seligen Franz-Josef Strauß“, bemerkte Büttner süffisant. „Na gut, kommen Sie, Hasenkrug, dann schauen wir uns diesen Menschen mal an.“ Damit schob Büttner ein paar Zettel zusammen, griff nach seinem Kaffee und wandte sich der Tür zu.

„Darf ich fragen, woher Sie jetzt angereist sind, Herr Meise?“, fragte Büttner sein Gegenüber, als er sich an den Tisch im trist gehaltenen Vernehmungsraum gesetzt und Hasenkrug zu seiner Linken Platz genommen hatte.

„Ich hatte sowieso Termine in der Gegend, bei Aurich, da passte das ganz gut."

„So." Büttner musterte den Herrn mittleren Alters mit zusammengekniffenen Augen. Er hatte eine gedrungene Statur und war stark übergewichtig. Am unteren Ende seines aufgedunsenen, hochroten Gesichts trotzte ein beachtliches Doppelkinn den Gesetzen der Schwerkraft mehr schlecht als recht. Auch war Walter Meise ganz offensichtlich nervös, denn auf seinem fliederfarbenen Hemd zeichneten sich unter den Achseln große Schweißflecken ab und er trommelte mit den Fingern auf dem Tisch herum.

Büttner bedeutete Hasenkrug mit einem Fingerzeig, das Aufnahmegerät einzuschalten und den Standardtext für das Protokoll aufzusprechen. „Sie wissen, warum Sie hier sind, Herr Meise?", eröffnete er dann das Gespräch.

Bevor er antwortete, räusperte sich Meise vernehmlich. „Man sagte mir, ich solle als Zeuge in einem Mordfall vernommen werden." Meises Akzent war unverkennbar norddeutsch, er schien lediglich einen bayrischen Arbeitgeber zu haben. Büttner war enttäuscht. Er hatte fest mit einer bayrisch-preußischen Auseinandersetzung gerechnet, was ihm viel Spaß gemacht hätte.

„Das ist richtig. Sagt Ihnen der Name Matthias Krämer irgendwas?"

„Matthias Krämer?" Meise schob nachdenklich die Unterlippe vor, dann schüttelte er den Kopf. „Nein. Nie gehört."

„Hm. Aber das Internetportal mit dem Namen *bee-a-friend21*, das sagt Ihnen was.“ Büttner hatte es bewusst als Feststellung und nicht als Frage formuliert.

Bei der Erwähnung des Blogs setzte auf Meises Gesicht ein interessantes Farbspiel ein. Es erinnerte Büttner spontan an den Mastgucker der Piraten bei Asterix und Obelix, dessen Gesichtsfarbe beim Anblick der Gallier im Nu von schwarz auf leichenblass wechselte.

„Ich ... verstehe nicht“, stammelte Meise.

Büttner grinste verhalten. „Sie hatten wohl angenommen, nicht identifiziert werden zu können, wenn Sie sich im Blog mit einem Pseudonym anmelden. Nun, ich muss Ihnen leider mitteilen, dass Sie sich da getäuscht haben. Wir sind zwar nicht die NSA oder der BND, aber über gewisse Mittel verfügen wir auch. Und, tja, so wird aus einem *Goofy* auch ganz schnell mal ein Walter Meise. Faszinierend, nicht wahr?“

Meises Gesichtsfarbe wurde noch um eine Nuance blasser. „Und was hat das jetzt ...?“

„Was das mit dem Mord an Matthias Krämer zu tun hat?“, half Büttner ihm mit jetzt energischer Stimme auf die Sprünge.

„Ja, ich meine, ich ...“ Meise ließ ein ungesundes Keuchen vernehmen und fingerte ein Taschentuch aus der Hosentasche, um sich den Schweiß von der Stirn zu wischen.

Büttner lehnte sich zurück und warf Hasenkrug einen zufriedenen Blick zu.

„Wo waren Sie in der Nacht von Mittwoch auf Donnerstag letzter Woche?“, übernahm nun Hasenkrug wie auf Stichwort die Befragung.

„Ich ... Sie verdächtigen mich eines Mordes?“, krächzte Meise und fingerte nervös an seiner Krawatte herum, als würde er nur schlecht Luft bekommen.

„Wir fragen Sie lediglich, wo Sie in der Mordnacht waren. Ab ca. 17 Uhr. Reine Routine“, erwiderte Hasenkrug ruhig.

Walter Meise kramte in seiner Aktentasche nach seinem Smartphone und tippte mit seinen Wurstfingern auf dem Display herum. Nach einer gefühlten Ewigkeit sagte er: „Da habe ich in einem Hotel in Emden übernachtet. Vorher habe ich in einer Pizzeria was zu Abend gegessen. Am nächsten Morgen hatte ich schon ab sechs Uhr Termine bei unterschiedlichen Landwirten im Landkreis.“

„Gibt es Zeugen?“

„Die Wirtin hat mich gesehen und die Kellner in der Pizzeria.“

„Wir werden das überprüfen.“

Meise nickte.

„Können Sie uns denn sagen, was Sie dazu getrieben hat, in dem Blog von Matthias Krämer unflätige Beschimpfungen und unzweideutige Drohungen gegen seine Person auszustoßen?“, kam nun Büttner aufs Thema zurück.

„Aber ich wusste doch nicht mal, wie er heißt, ich ...“

„Sehen Sie, und genau das glaube ich Ihnen nicht, Herr Meise“, fuhr ihm Büttner dazwischen. „Aber noch mal: Was hat Sie dazu veranlasst, Herrn Krämer derart zu bedrohen?“

„Er hat mit seinem Blog alle Landwirte gegen mich aufgewiegelt. Er hat sie aufgefordert, keine Produkte mehr von mir zu kaufen. Das wäre mein Ruin gewesen!“, rief Meise aufgebracht.

„Wie genau muss ich mir das vorstellen, Herr Meise? Da sitzt ein *bee-a-friend21* an seinem Rechner und fordert die User auf, keine Produkte mehr von *Goofy* zu kaufen?“ Büttner grinste süffisant.

„Ach, Sie wissen doch genau, wie ich das meine! Da wettert einer ohne Sinn und Verstand gegen die böse Agrarindustrie, und alle fallen drauf rein!“ Meises Gesichtsfarbe zeigte nun wieder ein ungesundes Rot.

„Diese dummen, dummen Bauern aber auch!“ Büttner beugte sich zu Meise vor und sagte dann mit leiser Stimme: „Meinen Sie nicht, Herr Meise, dass die Verbraucher schon ganz gut selber wissen, was sie wollen und was nicht?“

„Das sag ich doch! Da muss doch nicht so ein Dahergelaufener kommen und miese Stimmung verbreiten. Wo kämen wir denn da hin, wenn sich alle so geschäftsschädigend verhalten würden, wie dieser, dieser ...“ In seiner Wut war Walter Meise aufgesprungen, wurde aber mit einem Fingerzeig Hasenkrugs aufgefordert, sich sofort wieder zu setzen. Wie ein Mehlsack fiel er daraufhin auf seinen Stuhl zurück.

„Was machen denn Sie in Sachen Verbraucheraufklärung, Herr Meise?“, fragte Hasenkrug. „Ich meine, wo steht denn auf Ihren Pestiziden, dass sie für Bienen tödlich sind?“

„Das stimmt doch gar nicht! Da müssen Sie mir erstmal den Beweis liefern! Da ...“ Meise ließ gerade seine Faust krachend auf den Tisch niederfahren, als Hasenkrug ihm einen Stapel Zettel über den Tisch schob. „Meine Mitarbeiter sind bei ihrer Recherche auf diese Studie gestoßen, die eindeutig belegt, dass die von Ihrer Firma verkauften Pestizide ..."

„Lassen Sie's mal gut sein, Hasenkrug", brummte Büttner und legte ihm beschwichtigend seine Hand auf den Arm. „Das ist hier doch gar nicht unser Thema. Was mich interessiert ist lediglich die Tatsache, dass wir eine Leiche haben, die unter grausamen Umständen zu Tode gekommen ist. Also, Herr Meise, was haben Sie dazu zu sagen?"

„Aber ich könnte doch nie jemanden in einer Getreidemühle ...", Meise schüttelte den Kopf.

„Woher wissen Sie denn, dass wir Matthias Krämer in einer Getreidemühle gefunden haben?", fragte Büttner lauernd.

„Aber das stand doch in jeder Zeitung!"

„Aber ohne den Namen des Opfers. Das haben wir bewusst unterbunden."

„Ich ... aber ... so viele Mordopfer wird es hier in der letzten Zeit ja wohl nicht gegeben haben, oder? Da ist es ja wohl naheliegend, dass es sich hier um den Mann aus der Getreidemühle handelt."

„Wenn Sie meinen." Büttner sah ihn mit einem unergründlichen Gesichtsausdruck an. „Nun, da können Sie ja jetzt froh sein, dass Sie niemand mehr bei Ihren zweifelhaften Geschäften stört, Herr Meise. Wie wir festgestellt haben, ist der Blog von *bee-a-friend21* schon seit einigen Tagen nicht mehr im Netz zu finden." Diese Info hatte Büttner erst am Abend zuvor von seiner Tochter Jette erhalten, die über das Abschalten des Blogs sehr empört gewesen war und ihm dafür die Schuld hatte in die Schuhe schieben wollen. Dabei war das Abschalten gar nicht auf Betreiben der Polizei oder der Staatsanwaltschaft hin erfolgt. Warum auch?

„Ich habe mit dem Mord nichts zu tun“, bekräftigte Meise seine Aussage und klang plötzlich so trotzig wie ein kleines Kind.

„Weiß Ihr Chef eigentlich, was Sie so im Internet treiben?“, fragte Büttner, wartete die Antwort aber gar nicht mehr ab, denn Meises erschrockener Gesichtsausdruck sprach Bände. „Sie kennen sich gut aus bei den ostfriesischen Landwirten, oder?“ schickte er daher gleich die nächste Frage hinterher.

Meise antwortete nicht, sondern sah den Polizisten nur misstrauisch an.

„Bestimmt kennen Sie auch den Hof der Beekmanns nahe Greetsiel?“

„Ubbo und Christian Beekmann. Ja. Bei denen war ich schon.“

„Die wollten Ihre Produkte aber nicht haben.“

„Das ist richtig.“

„Und kennen Sie auch einen Mann namens Henri Tönjes?“ Büttner meinte ein kurzes Flackern in Meises Augen zu erkennen, war sich aber nicht sicher.

„Henri Tönjes. Der Name sagt mir nichts. Ist wahrscheinlich kein Landwirt, oder?“, antwortete Meise nach kurzem Überlegen.

„Gut, Herr Meise, das war’s dann fürs Erste“, ignorierte Büttner die Frage und schlug mit flachen Händen auf den Tisch. „Sie halten sich bitte zu unserer Verfügung, falls wir weitere Fragen haben.“

„Dem haben Sie's aber gegeben, Chef", bemerkte Hasenkrug, als sie kurze Zeit später wieder in ihrem Büro waren. „War da was Persönliches dabei?"

„Persönliches? Kenne ich in meinem Job nicht", sagte Büttner und grinste breit.

„Und? Glauben Sie, dass er was mit dem Mord zu tun hat?"

Büttner zuckte die Schultern. „Seiner Reaktion nach eher nicht. Der ist nur einer von den armen Würstchen, die sich in der Anonymität des Internets stark fühlen und mächtig auf die Kacke hauen, weil sie im echten Leben nichts zu sagen haben." Er schnaubte. „Dieser Meise ist doch der Prototyp einer gescheiterten Existenz. Nein, ehrlich gesagt glaube ich nicht, dass er der Mörder ist. So abgebrüht, dass er jemanden tötet, die Leiche auseinander schneidet, um sie dann in einer Getreidemühle zu zermetzeln, ist er nicht. Aber wer weiß. Manchmal gibt es ja nicht nur *den* einen Mörder, sondern auch noch viele Helfershelfer. Wir werden ihn auf jeden Fall im Auge behalten."

12

„Eure Leiche lebt wieder“, verkündete Jette lapidar am Mittagstisch und drehte sich nebenbei Spaghetti *frutti di mare* auf die Gabel.

David Büttner ließ daraufhin seine Gabel auf dem Weg zum Mund wieder sinken und starrte seine Tochter aus großen Augen an. Er holte tief Luft und bemerkte dann säuerlich: „Ich hab dir schon mal gesagt, Jette, dass ich nicht möchte, dass du über das Schicksal der armen Familie irgendwelche Witze machst. Und außerdem“, er warf einen gestrengen Blick auf ihr Tablet, „legst du dieses Ding jetzt mal weg. Wir sind jetzt beim Essen, falls du es noch nicht bemerkt hast.“

„Guck doch selbst“, bemerkte Jette ungerührt und hielt ihm das Tablet unter die Nase. „Tagelang war *bee-a-friend21* off und jetzt ist er auf wundersame Weise wieder auferstanden.“

Büttner warf einen kritischen Blick auf das Display. Tatsächlich. Nicht nur war der Blog wieder online, nein, selbst *bee-a-friend21* schien es wieder zu geben. Zumindest postete er wieder. „Wie kann denn das sein?“, sagte Büttner mehr zu sich selbst, aber Jette antwortete prompt: „Ist doch kein Ding, Paps. Da hatte noch irgendjemand außer eurer Leiche Zugriff auf den Account und nutzt den jetzt. Ein Co-Administrator oder so."

„So. Und das geht so einfach?"

„Wenn der Kerl, also eure Leiche, ihm den Zugang eingerichtet hat, logo." Jette streute ein wenig Parmesan über ihre Spaghetti.

„Ist das jetzt denn irgendwie von Bedeutung für euren Fall?", meldete sich nun Büttners Frau Susanne zu Wort, die der Unterhaltung bisher schweigend gefolgt war.

„Das kann ich nicht sagen." Büttner seufzte. „Ich frage mich nur gerade, warum der Blog zunächst abgeschaltet war und jetzt wieder online ist."

„Vielleicht aus Respekt vor dem Opfer."

„Hmmh", ließ sich Jette mit vollem Mund vernehmen und tippte auf dem Display herum. „Kamm gu schein. Guck ma. Die ham schogar ´nen Nafruf eingeschellt."

„Jette!", ermahnte sie ihr Vater, zog aber dennoch interessiert die Augenbrauen hoch und nahm ihr das Tablet aus der Hand.

bee-a-friend21 ist nicht tot.
der kampf geht weiter. jetzt erst recht.

„Da sieh mal einer an", murmelte Büttner, „das klingt ja reichlich reaktionär." Die Worte des Nachrufs erinnerten ihn an seine Jugend in den siebziger Jahren. Derartige Schwüre waren damals quasi an der Tagesordnung gewesen – als Kriegserklärung an die herrschende Klasse. War dieser Nachruf auch als solche zu verstehen?

Nachdenklich stocherte Büttner für einige Minuten in seinem Essen herum, das ihm sowieso nicht so besonders schmeckte. Er bevorzugte gute deutsche Hausmannskost. Im Gegensatz zu Jette. Und heute war ihr Tag, weil sie mal ausnahmsweise nicht über Mittag in der Schule blieb.

Er schob seinen Teller beiseite. Dann fingerte er sein Handy aus der Hosentasche und sagte wenig später: „Hasenkrug, *bee-a-friend21* ist wieder online. Ich will wissen, von welchem Rechner aus er agiert und wer er ist. Heute noch.“ Mit einem Blick auf seine Armbanduhr stand er auf. „Tut mir leid, Susanne“, er deutete auf seinen noch halbvollen Teller, „ich muss ins Präsidium, da wartet eine Vernehmung auf mich.“

„Morgen gibt's Speckpfannkuchen“, erwiderte sie und schmunzelte wissend.

Büttner lächelte dankbar und drückte ihr einen Kuss auf die Stirn. „Danke für die Info“, sagte er dann an Jette gewandt, bevor die Tür hinter ihm ins Schloss fiel.

„Wir haben die IP-Adresse“, verkündete Sebastian Hasenkrug, kaum dass Büttner sein Büro betreten hatte.

„Wen haben Sie?“, knurrte der zurück und nahm dankbar die Tasse Kaffee entgegen, die Frau Weniger ihm reichte.

„Die IP-Adresse“, wiederholte Hasenkrug.

„Und was, bitte schön, soll das sein?“

„Ach so. Na ja. Wir wissen jetzt, über welchen Rechner *bee-a-friend21* wieder an den Start gegangen ist.“

„Und?“

„Es ist ein Anschluss in Australien.“

Büttner verschluckte sich angesichts dieser Eröffnung ganz fürchterlich an seinem Kaffee und bedeutete seinem Assistenten, ihm eines der Küchentücher zu reichen, die neben der Kaffeemaschine standen. „Australien?“, krächzte er mit krebsrotem Gesicht und wischte sich mit dem Tuch über die tränenden Augen. „Wieso Australien?“

Hasenkrug zuckte die Achseln. „Keine Ahnung.“

„Und das ist sicher?“

„Unsere ITler sagen, es gibt keinen Zweifel.“

„Australien.“ Büttner schüttelte den Kopf. Das half ihnen ja nun nicht wirklich weiter. Denn wie, um Himmels Willen, sollten sie an jemanden heran kommen, der ihnen genau gegenüber auf der anderen Erdhalbkugel saß und sich für die gemeine deutsche Honigbiene stark machte!

„Wir hätten dann die Vernehmung“, sagte Hasenkrug in Büttners Gedanken hinein und zeigte auf die Wanduhr.

„Ist er schon da, der Herr ... wie hieß er noch gleich?“

„Bertus Foelkers.“

„Das ist der Landwirt von Saromondos Gnaden.“

„Richtig.“

Büttner wischte sich ein letztes Mal mit dem Papiertuch über die Augen, dann erhob er sich, um sich dem nächsten Termin zu widmen.

Bertus Foelkers war ein Mann um die sechzig, der sich für seinen Besuch bei der Polizei ganz offensichtlich in Schale geschmissen hatte. Die Ostfriesen würden sagen, er trug sein *Sönndagspackje* oder, in Jettes Worten, sein Sonntagsoutfit. Nur die Schirmmütze aus dunkelblauem Jeansstoff, die er nervös in seinen schwieligen Fingern knetete, schien nicht ganz zum Rest der Kleidung passen zu wollen. Sein geädertes, bläulich schimmerndes und leicht verquollenes Gesicht deutete darauf hin, dass er einem Gläschen Alkohol nicht abgeneigt gegenüber stand, seine lichten Haare waren von einer Seite des Kopfes auf die andere gekämmt, die recht ausgeprägte Glatze aber wurde dadurch eher spärlich verdeckt.

„Moin", grüßte Büttner, stellte sich und seinen Assistenten vor und setzte sich dem Mann gegenüber.

„Moin." Foelkers Blick hetzte zwischen den beiden Polizisten hin und her, als wäre er das ausgespähte Opfer einer Treibjagd.

„Herr Foelkers, Sie bauen auf Ihren Feldern genmanipuliertes Getreide der Firma Saromondo an", kam Büttner gleich zur Sache.

„Alles korrekt. Ist nichts Verbotenes", erwiderte der Landwirt wie aus der Pistole geschossen.

„Davon gehe ich aus", nickte Büttner. „Davon sind aber nicht alle begeistert. Die Imker zum Beispiel befürchten, dass ihre Bienen an diesem Getreide zugrunde gehen."

„So'n Quatsch!" Foelkers schüttelte unwillig den Kopf. „Haben nichts zu essen, da in der Dritten Welt. Ist alles für `ne gute Sache."

„Für `ne gute Sache?“, stieß Hasenkrug empört hervor. „Sie glauben doch nicht wirklich, dass auch nur ein afrikanisches Kind mehr zu essen bekommt, weil ...“

„Hasenkrug“, rollte Büttner mit den Augen, „auch jetzt geht es nicht um Grundsatzdiskussionen. Nach wie vor ermitteln wir in einem Mordfall und haben nicht über die Ernährungslage in der Dritten Welt zu befinden.“

„Mord?“, keuchte Landwirt Foelkers und blickte wieder wie ein gehetztes Reh, „damit habe ich nichts zu tun!“

„Hat man Ihnen nicht gesagt, warum wir Sie vorgeladen haben?“, fragte Büttner mit gerunzelter Stirn.

„Nur, dass ich heute kommen soll. Zeugenbefragung. Oder so was.“

„Sie kennen den Blog *bee-a-friend21*?“

„Wat für’n Block?“

„Sie haben im Internet unter dem Namen *Giftpilz* mit einer Person diskutiert, die sich *bee-a-friend21* nennt.“

„Nee.“

„Doch.“

„Nee.“

„Doch.“

„Nee. Bin nie im Internet.“

„Wir haben aber festgestellt, dass die Kommentare zum Thema Bienensterben eindeutig von Ihrem Computer aus eingestellt wurden.“ Hasenkrug sah den Bauern mit geschürzten Lippen zweifelnd an.

„Hm. Wie isses möglich." Foelkers schüttelte wieder den Kopf, als wollte er sagen *Tsts, die Tücken der Technik!*

„Hat sonst noch jemand Zugang zu Ihrem Computer, Herr Foelkers?" Büttner dämmerte, dass er mit dem Landwirt auf der Stelle trat.

„Johann sitzt oft davor. Meine Tochter sacht immer, der kricht noch eckige Augen." Foelkers brach unvermittelt in ein brüllendes Gelächter aus, verstummte aber kurz darauf wieder und knetete weiterhin an seiner Mütze herum.

„Johann?", hakte Hasenkrug nach.

„Mein Enkel. Patenter Kerl. Kommt ganz nach mir."

„Wie alt ist Johann, wenn ich fragen darf?"

Der Landwirt zählte es kurz an seinen schwieligen Fingern ab. „Einundzwanzig", sagte er dann.

„Und Johann interessiert sich für Bienen?"

„Ach watt."

„Und warum sollte er dann zu diesem Thema im Internet diskutieren?"

Foelkers' Blick verfinsterte sich. „Muss sich immer wehren, der Junge. In der Berufsschule und so. Am Gymnasium auch schon. Dabei machen wir nichts Unrechtes. Haben für alles eine Genehmigung. Ist alles in Ordnung."

„Wenn es wirklich Johann war, dann hat er im Internet massiv einen anderen Teilnehmer bedroht." Hasenkrug blätterte in den Unterlagen. „Ich zitiere: *Ich knall dich ab, du Sau, wenn du hier noch weiter so`ne Scheiße erzählst.* Und das ist noch eine der harmloseren Drohungen. Könnte das von Johann sein?"

Landwirt Foelkers zuckte die Schultern und schob die Unterlippe vor. „Weiß nicht, was der Junge da so schreibt."

„Das ist kein Dummejungenstreich, Herr Foelkers, wir ermitteln in einem Mordfall", entfuhr es Büttner schärfer, als er es beabsichtigt hatte. „Was Ihr Enkel da geschrieben hat, deutet zumindest darauf hin, dass er einen ganz schönen Hass auf die Bienenfreunde schiebt. Ist das so?"

Foelkers starrte auf den Boden und schwieg.

„Wir werden Ihren Enkel vorladen."

„Tja. Wat mutt, dat mutt."

„Sie haben von dem Toten in der Getreidemühle gehört, Herr Foelkers?"

„Jo. Das war bei Ubbo Beekmann. Verzwickte Sache."

„Das sehen wir genauso."

„Und jetzt?"

Büttner, der annahm, dass dieses *Und jetzt?* wohl so viel heißen sollte wie *Und was hat das mit mir zu tun?* antwortete: „Derjenige, der von Ihrem Enkel im Internet bedroht wurde, ist der Tote in der Getreidemühle von Ubbo Beekmann. Verstehen Sie jetzt?"

Als Foelkers nicht antwortete, fuhr Büttner fort: „War Ihr Enkel jemals auf dem Hof von Beekmanns?"

„Klar. Ist doch da inner Ausbildung."

„Ihr Enkel ist bei Bauer Beekmann in der Ausbildung?" Büttner war baff. Die Zusammenhänge wurden ja immer verworrener.

„Jo. Seit mehr als einem Jahr schon."

„Und am Wochenende fährt er nach Hause?"

„Jo. Meistens." Plötzlich grinste Foelkers über das ganze Gesicht. „Hat'n Auge auf die Lütte geworfen, der Jung."

„Auf Mareike?", fragte Hasenkrug und guckte irritiert.

„Quatsch." Der Landwirt machte eine wegwerfende Handbewegung. „Ist doch erst acht. Nee, auf die andere. Janna."

„Er hat sich in die Nichte von Christian Beekmann verguckt?"

„Jo. Will's ja nicht zugeben. Is aber so. Seinem Opa macht er nix vor."

„Gut." Büttner sah ein, dass sie mit dem Landwirt nicht weiterkamen. Sie würden sich mit dem Jungen befassen müssen. Ihm kam das ganze so langsam wie eine Verschwörung vor. Sowohl Henri Tönjes als auch Christian Beekmann taten so, als hätten sie mit dem Blog von Matthias Krämer kaum etwas oder gar nichts zu tun. Und doch hatte er, Büttner, von Anfang an das Gefühl gehabt, dass sie nicht die Wahrheit sagten. Es war nun an ihm und seinen Kollegen herauszufinden, welches Geheimnis sich um diesen ominösen Blog rankte.

13

Das Wasser im Kanal plätscherte sachte vor sich hin, die mit Feuchtigkeit geschwängerte Luft lag trist und schwer über den Wiesen, es wehte kaum ein Lüftchen. Dennoch zog Johann den Reißverschluss seiner braunen Wachsjacke noch ein wenig höher, so dass jetzt auch sein Hals vor der kalten, feuchten Luft geschützt war, die sich wie mit spitzen Zähnen durch seine Kleidung hindurch bis in seine Haut fraß. Mit klappernden Zähnen schlug Johann die Arme vor seinem Körper zusammen und starrte in die graue Landschaft hinaus, die sich hinter dem Kanal bis zum weiten Horizont erstreckte. In der warmen Jahreszeit grasten hier die Kühe, und er hatte immer viel Spaß dabei, ihnen beim Wiederkäuen zuzusehen. Kühe waren so friedliche Tiere, immer zufrieden und ausgeglichen, wenn man sie nur in Ruhe ließ. Johann empfand eine unbändige Freude, wenn sich die Stalltüren im Frühjahr erstmals nach einem langen, kalten Winter wieder öffneten und sie aus ihrer Gefangenschaft auf die saftig grünen Wiesen entlassen wurden. Wie wild gebärdeten sich die Tiere dann, machten derart hohe Luftsprünge, wie man sie einem solch ungelenk erscheinenden Tier niemals zugetraut hätte. Ja, an solch einem Tag war es, als würden sie nur für ihn, Johann, einen Tanz aufführen, um ihm zu zeigen, wie sehr sie sich freuten, der Enge und dem Mief des Stalls entronnen zu sein.

Zum ersten Mal hatte Johann dieses Gebaren im vorletzten Frühjahr beobachten können. Im August zuvor hatte er seine Ausbildung bei den Beekmanns begonnen. Zuhause hatte er sich nie die Frage gestellt, ob sich die rund zwanzig Kühe seines Vaters wohl fühlten. Sie hatten eben da gestanden, angekettet in ihrer Box. Tag für Tag, Monat für Monat, Jahr für Jahr. Am Morgen und am Abend waren sie gemolken, zwischendurch gefüttert worden. Johann hatte es nie infrage gestellt. Natürlich hatte er die Kühe anderer Bauern im Sommer auf den Weiden gesehen, das ließ sich in Ostfriesland kaum vermeiden. Auch hatte er seinen Großvater, den er sehr mochte, mal gefragt, warum denn bei ihnen die Kühe immer im Stall stünden. *Für viel Weideland ist kein Platz, den brauchen wir fürs Getreide* hatte sein Opa geantwortet, und Johann hatte sich mit dieser Auskunft zufrieden gegeben.

Nun aber, da er wusste, wie glücklich die Kühe über frische Luft und Bewegungsfreiheit waren, dachte er oft darüber nach, wie er seinen Vater und seinen Opa davon überzeugen konnte, auch ihren Tieren ein wenig von dem ausreichend vorhandenen Ackerland als Weiden zur Verfügung zu stellen. An einem der Wochenenden, an denen er zuhause gewesen war, hatte er einen ersten Versuch gestartet, sie auf diese

Problematik anzusprechen. Aber sein Vater hatte ihn nur mit einer unwirschen Geste abgebügelt, als wollte er ein lästiges Insekt verscheuchen. Sein Opa hatte geschwiegen.

Sei's drum. Das war alles nicht so wichtig. Denn sein eigentliches Martyrium hatte viel früher angefangen, nämlich als seine Mitschüler am Gymnasium begannen, ihn so komisch anzusehen. *Umweltschwein* und *Genfresser* hatten sie ihn genannt, wenn wieder mal etwas zu den Versuchen seines Vaters in der Zeitung gestanden hatte, für die er sich von der Firma Saromondo mit genmanipuliertem Saatgut beliefern und bezahlen ließ. Selbst die Lehrer hatten im Unterricht Diskussionen zu diesem Thema angezettelt und ihn dabei mit einem solch seltsamen Blick gemustert. Am schlimmsten aber war die Missachtung der Nachbarskinder gewesen. Sein ganzes Leben, seit seiner Geburt, hatte er mit Lennart, Henning und Inken gespielt. Die besten Kumpels waren sie gewesen, immer unzertrennlich. Doch dann hatte ihr Vater beschlossen, seinen Hof auf biologische Landwirtschaft umzustellen, und plötzlich war alles ganz anders gewesen als zuvor. Zuerst hatten sich die Väter in die Haare gekriegt und Gerichtsprozesse gegeneinander geführt. Dann hatten schließlich die Mütter, die bis dahin die besten Freundinnen gewesen waren, kein Wort mehr miteinander gesprochen. Und schließlich waren auch seine drei Freunde am Telefon nur noch kurz angebunden gewesen, hatten Verabredungen platzen lassen und sich schließlich ganz von ihm zurückgezogen.

Mit jedem Tag, der in Hass und Streit verging, war die Wut in Johann ein kleines Stück weiter seinen Körper hinauf gekrochen. Er hatte gespürt, wie sie sich einem Krebsgeschwür gleich in ihm ausbreitete, sich in seine Gedanken und schließlich in seine Fäuste schlich. Nach und nach begann er sich gegen die Attacken seiner Mitmenschen zu wehren, zunächst verbal, dann auch körperlich. Niemals würde er das knirschende Geräusch des zerberstenden Nasenbeins vergessen, das er seinem ehemaligen Kumpel Henning in einem Anfall unbändiger Wut verpasst hatte. Es hatte so grauenhaft geklungen. Was folgte, war eine Strafanzeige und eine Verurteilung wegen Körperverletzung. Seither war er vorbestraft. Und dabei hatte er doch eigentlich nichts anderes gewollt, als von seinen ehemaligen Freunden gemocht zu werden.

Als er mit der Ausbildung bei den Beekmanns anfing (in der Nähe seines elterlichen Hofes hatte ihn keiner als Azubi nehmen wollen), verfolgte er die Diskussionen, die bei Tisch geführt wurden, mit wachsendem Interesse. Er mischte sich nie ein und tat, als wäre er gar nicht anwesend. Immer häufiger war in den Gesprächen der Name Matthias Krämer gefallen. Und dieser Matthias Krämer war in den Augen Christian Beekmanns ein Held. Weil er kämpfte. Für die gute Sache. Für das Überleben der Bienen. Und gegen Menschen wie Bertus Foelkers, seinen Großvater, und Franz Brenner, seinen Vater.

Manchmal hatte er, Johann, diesen Matthias Krämer sogar zu Gesicht bekommen. Der hatte sich dann mit Christian Beekmann und Henri Tönjes, dem Imker, in einen Raum zurückgezogen, wo sie sich Stunde um Stunde besprachen. Johann hatte mal an der Tür gelauscht und den Namen dieses Internetblogs aufgeschnappt. *Bee-a-friend21.* Neugierig hatte er ihn am nächsten Wochenende auf dem Computer seines Großvaters geöffnet – und war angesichts des Diskussionsinhalts in eine solch verzehrende Wut geraten, wie er sie noch nie erlebt hatte, nicht mal, als er Henning das Nasenbein zerschmetterte. Würde er denn nie seine Ruhe haben? Würde dieses Thema ihn immer und überall verfolgen? Würde er immer und immer wieder für die Entscheidungen seines Vaters und seines Großvaters verantwortlich gemacht werden, obwohl er doch niemals wirklich gefragt worden war, ob er sie für richtig hielt?

Also hatte er sich einen Nickname zugelegt und dagegen gehalten. Einfach nur dagegen. Aus Prinzip, nicht aus Überzeugung. Er hatte sich da reingesteigert, war in seinen Angriffen immer schärfer geworden, bis hin zu Morddrohungen. Wo andere zuhause einen Boxsack hatten, um sich am Ende eines anstrengenden Tages abzureagieren, hatte er auf diesen *bee-a-friend21* eingeprügelt. Verbal zumindest.

Womöglich hätte es Johann bei seinen verbalen Internetattacken gegen *bee-a-friend21* belassen, wenn sich nicht dieser hochgelobte Matthias Krämer, der ach so unerschrockene Kämpfer an der Bienenfront, an Janna herangemacht hätte. An seine Janna, die ihm jede Nacht im Traum erschien, mit ihrem hinreißenden Lächeln in den rehbraunen Augen und ihrem seidigen blonden Haar. Ständig war dieser Krämer um sie herumgeschlichen, hatte ihr Komplimente gemacht, sie sogar angefasst. Und sie? Statt dem alten Sack, der ihr Vater hätte sein können, eine klare Abfuhr zu erteilen, hatte sie ihm ihr gurrendes Lachen geschenkt, ihm schöne Augen gemacht. Und eines Tages, Johann wäre beinahe in Ohnmacht gefallen, hatte sie Matthias Krämer geküsst. Einfach so, aus heiterem Himmel. Sie hatte sein Gesicht in ihre Hände genommen und ihn geküsst. Minutenlang. Es war ein sehr inniger Kuss gewesen - und er hatte Johann das Herz aus dem Leib gerissen.

Immer noch fröstelnd zog Johann bei dem Gedanken an die Geschehnisse seine Jacke enger um sich. Der feine Nieselregen, der sie seit Wochen beinahe täglich begleitete, hatte wieder eingesetzt. Aber er merkte es kaum, zu sehr war er mit dem beschäftigt, was ihm in den vergangenen Jahren widerfahren war. Und vorhin dann, wie aus dem Nichts, hatten diese beiden Polizisten vor ihm gestanden. Büttner und Hasenpflug, oder so ähnlich. Sie hatten mit ihm sprechen wollen, wegen der Leiche. Wegen Matthias Krämer. Aber er hatte nichts gesagt. Gut, nun wussten sie also, dass er Hasstiraden gegen *bee-a-friend21* im Internet ausgestoßen hatte. Und sie hatten sogar behauptet, dieser *bee-a-friend21* sei Matthias Krämer gewesen. Das war ihm, Johann, bis zu diesem Zeitpunkt gar nicht klar gewesen. Aber egal. Selbst, wenn dem so war, alles andere wussten sie nicht. Und das war auch gut so. Matthias Krämer hatte seinen Tod doch selber provoziert, indem er andere provozierte. Wo also war das Problem?

Ganz langsam machte sich Johann auf den Nachhauseweg. Bei jedem zweiten Schritt blieb er mit seinen Gummistiefeln im Matsch stecken, und dieser gab ein laut schlotzendes Geräusch von sich, wenn er sie wieder herauszog. Die Weiden waren zu dieser Zeit eine einzige Schlammwüste. Aber Johann liebte sie bei jedem Wetter. Vor allem aber, wenn die Kühe auf ihnen Freudensprünge vollführten.

14

„Warum hat Matthias nichts davon gesagt?" Christian Beekmann sah in die dunkle Nacht hinaus, wo sich das Licht der Straßenlaternen funkelnd in den Pfützen brach und sich die ersten Schneeflocken in den Nieselregen gemischt hatten. Nur sehr selten fuhr ein Auto vorbei, auch Fußgänger waren zu dieser späten Stunde kaum noch auf der Straße. „Hast du es gewusst?"

Sein Freund Henri blies den Rauch seiner Zigarette aus und schüttelte den Kopf. Ganz spontan hatten sie sich in der kleinen Greetsieler Eckkneipe verabredet, weil sie das Bedürfnis nicht nur nach einem Gespräch, sondern auch nach einer Zigarette hatten. Eigentlich hatten beide schon seit Längerem mit dem Rauchen aufgehört, die schrecklichen Ereignisse aber hatten den Wunsch nach Nikotin wieder in ihnen erwachen lassen. Und da es in der näheren Umgebung nur noch diese eine Raucherkneipe gab, hatten sie sich eben hier auf ein Bier und eine Zigarette verabredet. Der ganze Raum lag in einem dichten Nebel, so wie es früher eigentlich in allen Kneipen gewesen war. Man konnte kaum die Hand vor Augen sehen.

„Gunda, bringst du mir bitte noch `ne Frikadelle mit Pommes und Mayo“, rief Henri der Wirtin zu, und Christian schloss sich seinem Wunsch an, indem er zwei Finger in die Luft streckte.

„Nee“, sagte Henri dann. „Matthias hat zwar ständig von diesem Blog gesprochen und gesagt, dass er ihn wirklich toll findet. Aber dass er ihn selber betrieben hat, dass er selber *bee-a-friend21* war“, Henri legte seinen Kopf in den Nacken und blies ein paar Rauchringe in die Luft, „nee, das habe ich nicht gewusst. Frag mich nur, warum er es uns nicht gesagt hat. Hätten ihn doch unterstützen können.“

„Und ich dachte schon, ich bin der Einzige, der es nicht gepeilt hat. Als dieser Polizist mich drauf ansprach, muss ich ziemlich doof geguckt haben. Hab gesagt, dass ich mit dem Internet nichts zu tun habe. Ich glaube, dabei bleib ich auch. Die müssen ja nicht alles wissen.“

Henri nickte. „Ging mir genauso. Aber ich hab noch mal drüber nachgedacht. Kann schon sein, dass die ihn aus dem Weg haben wollten. Matthias' Zeitungsartikel gingen schon ans Eingemachte, und dann noch der Blog ... puh, da hat er sich ja wirklich was getraut!“

Gunda schob ihnen mit einem Lächeln die Frikadelle und die Pommes auf den Tisch. Henri griff sogleich zu und tauchte eine Pommes in die Mayonnaise. Er hatte den ganzen Tag kaum etwas gegessen und schob einen gewaltigen Kohldampf.

„Ich versteh das aber trotzdem nicht“, schüttelte Christian den Kopf. „Matthias ist doch nicht der Einzige, der sich für Umweltthemen einsetzt. Guck dir Greenpeace an und so. Die sind doch noch viel radikaler. So viele Getreidemühlen kannste gar nicht aufstellen, dass die da alle Platz drin finden. Nee, ich glaub, dass da noch mehr dahinter steckt.“

„Hm. Und was?“ Henri klang nicht überzeugt. „Sonst war der doch total unauffällig. Hatte seine Familie, mit der er nach Karinas Unfall ja nun genug zu tun hatte.“

„Er hat mit Janna rumgeknutscht.“

„Was?“ Henri, der gerade sein Bierglas angehoben hatte, ließ es wieder sinken und sah seinen Freund aus großen Augen an. „Mit eurer Janna?“

„Jo.“ Christian biss herzhaft in seine Frikadelle.

„Das glaub ich nicht. Wer behauptet denn so was?“

„Johann.“

„Der spinnt doch.“

„Nee. Ich hab die zwei auch mal zusammen gesehen. Matthias hatte gerade seine Hände unter Jannas Bluse.“

Henri holte tief Luft. „Das ist ja `n Ding. Und du hast nichts dagegen unternommen?“

„Sie ist volljährig.“

„Aber Matthias ...“

„Er war auch volljährig.“

„Ja, schon, aber Karina, sie ...“ Henri schluckte.

„Da lief es wohl nicht mehr so zwischen Matthias und Karina. Du weißt schon, nach dem Unfall und so. Da hatte sich was verändert bei Karina.“

„Woher willst du das wissen?“ Henri schob sich einen weiteren Pommes in den Mund und blickte düster zu zwei Frauen hinüber, die Pfeile auf eine Dartscheibe warfen.

„Hat er mal angedeutet.“

„Aber deswegen muss er es doch nicht gleich mit anderen Frauen treiben!“

Christian schnaubte. „Er war ein Mann im besten Alter, Henri. Oder kannst du dir vorstellen, niemals wieder ... nee, ich kann ihn verstehen. Und Janna ist ja nun auch nicht von schlechten Eltern.“

„Sie ist viel zu jung für ihn“, brummte Henri.

„Das sagte Johann auch. Der war total durch `n Wind. Hat auch ein Auge auf Janna geworfen, aber sie lässt ihn abblitzen. Puh, der hat gekocht vor Wut, der Kleine. Hat gemeint, ich müsse es Janna verbieten. Watt `n Quatsch. Ist doch nicht meine Tochter. Da sollen sich andere drum kümmern.“

Henri schob seinen noch halbvollen Teller zur Seite und verfiel minutenlang in dumpfes Brüten, während Christian mit großem Appetit weiteraß. „Meinst du, Johann hat ihn umgebracht?“, sagte er dann so unvermittelt, dass Christian vor Schreck eine Pommes fallen ließ.

„Das ist nicht dein Ernst, Henri!“ Christian schaute zunächst verdattert, brach dann aber in ein lautes Gelächter aus. „Johann! Im Leben nicht!“, gackerte er.

„Man kann nie wissen, wozu Menschen sich durch Eifersucht hinreißen lassen. Glaub mir, da passieren die dollsten Dinger.“ Henri sah seinen Freund finster an.

„Klar, weiß ich doch. Aber Johann? Nee, totaler Blödsinn“, winkte Christian entschieden ab. „Da stecken die von der Agrarmafia dahinter. Jede Wette.“

„Da warst du dir vorhin aber noch nicht so sicher“, gab Henri zu bedenken.

„Nu aber. Alles andere ist doch Bullshit. Außerdem ist das Sache der Polizei, das herauszufinden. Hab mit meinem eigenen Job genug zu tun.“

Henri nickte. „Vermutlich hast du recht. Johann mag ja ein bisschen verdreht sein. Aber blöd ist der nicht.“

„Mein Reden. Aber das mit dem Blog versteh ich immer noch nicht. Dass Matthias uns nichts davon gesagt hat. Muss doch `nen Grund haben, oder?“

Henri zuckte die Schultern. „Wird ihn wohl irgendwas von abgehalten haben. Können ihn ja jetzt nicht mehr fragen.“

„Nee. Sach ma, Henri“, machte Christian einen abrupten Themenwechsel. „Ich hab da so ’ne Anzeige inner Ostfriesenzeitung gesehen. Wäre vielleicht `n Job für dich. Ich schick sie dir mal rüber.“

Henris Stirn umwölkte sich. Er hasste es, auf seine Arbeitslosigkeit angesprochen zu werden. Er fühlte sich dann wie ein Versager. Britta sah ihn auch immer so vorwurfsvoll an, wenn mal wieder `ne Absage kam. Dabei konnte doch er nichts dafür, dass die keinen mehr mit fast Vierzig wollten. Sie sollten ihn doch alle damit in Ruhe lassen.

15

Sebastian Hasenkrug machte ein Gesicht wie sieben Tage Regenwetter. „Ich geh da nicht mehr hin“, schmollte er, während er sich am Kopierer zu schaffen machte, der soeben einen Papierstau vermeldet hatte. „Die Alte hat `se doch nicht mehr alle! “ Die ganze Nacht über hatte er sich geärgert. Er war Polizist und nicht der Depp vom Dienst. Und das hatte gefälligst jeder zu respektieren. Jeder. Und sei er noch so alt und verschroben.

„Aber, Hasenkrug“, seufzte Büttner, grinste aber verschmitzt. „Sie haben Uroma Wübkeas Herz im Nu erobert, da können Sie doch stolz drauf sein. Und dass sie Sie gebeten hat, mal ein wenig mit anzufassen, nun, das ist ja eigentlich nicht zuviel verlangt.“

„Mal ein wenig mit anzufassen?“ Hasenkrug schnaubte vor Empörung und zerrte mit ganzer Kraft an einem Zettel, der sich in den Tiefen des Kopierers auf Abwege begeben hatte. „Ein totgeborenes Kalb zur Seite zu schaffen, geht ja wohl ein wenig zu weit!“

„Nun, blöd war natürlich, dass der Hund dazwischen kam.“ Büttners Grinsen wurde breiter.

Hasenkrug schauderte. „Und dann sagte sie, ich solle keine Angst vor dem kläffenden Köter haben, der sei nur sauer, weil er gerade vorgehabt habe, die Zunge des Kalbs zu vernaschen. Das ist doch in höchstem Maße ekelerregend!"

„Ach was. Das sind die Freuden des Landlebens, Hasenkrug. Vielleicht sollten Sie mal Ferien auf dem Bauernhof machen, wo Sie sich doch nun schon so gut auskennen, mit Kühen, Kälbern, Hunden und so."

„Sehr witzig. Kann mich zurückhalten." Hasenkrug tauchte aus den Tiefen des Kopierers wieder auf und warf einen finsteren Blick auf Heinrich, der unter dem Schreibtisch seines Chefs friedlich vor sich hin schnarchte.

„So, dann kommen wir jetzt mal zur Sache, da Sie dieses Ding", Büttner deutete auf den Kopierer, „nun ja endlich erfolgreich überwältigt haben. Um nicht den Überblick zu verlieren, würde ich jetzt gerne mal alles zusammenfassen, was wir bisher wissen. Am besten nehmen wir die in den Fall involvierten Personen mal der Reihe nach durch. Fangen wir mit Karina Krämer an. Hat sie ein Mordmotiv?"

Hasenkrug wandte sich dem Whiteboard zu und notierte ihren Namen. „Eher nicht", sagte er dann. „Eigentlich profitiert sie vom Tod ihres Ehemanns überhaupt nicht. Ganz im Gegenteil. Sein Tod dürfte für sie und ihre Kinder eine echte Katastrophe sein."

„Ganz richtig. Der Meinung bin ich auch. Wer ist der nächste?"

„Britta und Henri Tönjes. Ein wirkliches Motiv sehe ich aber bei beiden nicht."

„Vielleicht ist Henri Tönjes dahinter gekommen, dass das Kind Tiberius ..."

„Timotheus", korrigierte Hasenkrug.

„Hm, dass der Junge nicht von ihm ist."

„Nicht wirklich ein Mordmotiv, oder?", meinte Hasenkrug zweifelnd. „Außerdem ist das doch gar nicht erwiesen. Es gibt keinen Vaterschaftstest, sagte seine Frau."

„Ansonsten stand er thematisch, also in Sachen Bienen, auf Krämers Seite." Büttner schürzte die Lippen und fügte dann hinzu: „Was mir noch immer Kopfzerbrechen bereitet ist die Tatsache, dass Britta Tönjes jeden Monat 500 Euro von Krämer kassiert, ihr Mann aber ganz offensichtlich nichts davon weiß. Da ist also irgendwas im Busch, von dem wiederum wir noch nichts wissen. Müssen wir uns noch drum kümmern."

Hasenkrug kritzelte eifrig einzelne Stichworte mit. „Christian Beekmann", sagte er dann.

„Wäre wohl kaum so blöd, sein Opfer in der eigenen Getreidemühle festzufahren und dann die Polizei zu rufen. Scheint privat nicht viel mit Krämer zu schaffen zu haben. Kannten sich durch die Imkerei, also eher beruflich. Ansonsten gab es keinen Bezug zur Familie Beekmann, soweit ich es bis hierher überblicken kann."

„Walter Meise." Hasenkrug notierte dessen Namen.

„Wer war das noch gleich?"

„Der am Leben gescheiterte."

Büttner winkte ab. „Kann ich mir nur schwer vorstellen, dass der zum Mörder wird. Der Nächste?“

„Bertus Foelkers.“

„Der ist eher zufällig in die Geschichte hineingeraten. Über den Blog, in dem sein Enkelsohn sich auf so charmante Art ausgetobt hat. Wie hieß der noch gleich?“

„Johann. Johann Brenner.“

„Genau. Das Früchtchen.“ In Erinnerung an das Gespräch mit ihm zog Büttner die Stirn in Falten. Auf jede Frage, die Hasenkrug und – nein, fiel Büttner ein, und ein Grinsen schlich sich auf sein Gesicht, Hasenkrug hatte sich ja auf Anweisung von Uroma Wübkea mit der Tierkörperbeseitigung befasst – also, auf jede Frage, die der Junge von ihm gestellt bekam, hatte der nur mit vor dem Körper verschränkten Armen den Kopf geschüttelt und geschwiegen. Ohne seinen Anwalt würde er gar nichts sagen, hatte er mit bockigem Gesichtsausdruck verkündet. Anscheinend sah er zu viele Krimis. Sie würden ihn vorladen und noch mal so richtig durch die Mangel drehen müssen. „Dann bleibt nur noch der Rest der Familie Beekmann. Aber auch da kann ich weit und breit kein Motiv erkennen“, sagte er abschließend. „Es sei denn“, zwinkerte er Hasenkrug verschmitzt zu, „er hat sich geweigert, Uroma Wübkea ein wenig zur Hand zu gehen.“

„Haha.“ Hasenkrug ließ sich auf seinen Stuhl fallen und betrachtete die Aufzeichnungen. „Was mich am meisten irritiert“, bemerkte er dann und rieb sich das Kinn, „ist die Brutalität des Mordes. Leider lässt sich nicht mehr rekonstruieren, was mit ihm geschehen ist, bevor er in der Getreidemühle landete. Klar ist nur, dass er vorher schon tot war. Und das wahrscheinlich schon seit dem Abend zuvor, also rund zwanzig Stunden, bevor Ubbo Beekmann die nächste Portion Futtergetreide für seine Kühe schroten wollte. Wir sollten uns also bemühen herauszufinden, womit sich Matthias Krämer in den letzten Stunden seines Lebens genau beschäftigt hat. Ich erinnere mich da an einen anderen Fall. Ist ein paar Jahre her. War vor Ihrer Zeit hier in Ostfriesland, Chef. Also, es war an einem brüllend heißen Sommertag, das weiß ich noch ganz genau, weil ich mir irgendwann eine ganze Flasche Wasser über den Kopf gegossen hab. Die Hitze war kaum zu ertragen. Mein damaliger Chef und ich wurden nach Visquard beordert, weil man dort eine Leiche gefunden hatte. Wie sich dann herausstellte, war die Leiche aber nicht an Ort und Stelle verstorben, sondern irgendwo anders. Ich weiß nicht mehr genau, wie viele Tage wir damals gebraucht haben, aber ..."

Büttner stöhnte entnervt auf. „Mensch, Hasenkrug, was haben Sie vor? Mich ins Koma quatschen? Gibt's da auch `ne Pointe?"

„Jetzt hab ich den Faden verloren", maulte sein Assistent sichtlich eingeschnappt.

„Sie können ihn ja nach Dienstschluss wieder suchen", bemerkte Büttner trocken. „Also, wir finden jetzt heraus, was Krämer in den letzten Stunden seines Lebens gemacht hat. Am besten setzen wir bei den Anrufen an, die er an diesem Nachmittag getätigt hat. Auch wollen wir wissen, was es mit der Zahlung von 500 Euro auf sich hat. Dann knöpfen wir uns den bockigen Johann noch mal vor. Und wenn mich nicht alles täuscht, gibt es noch zwei potenzielle Verdächtige, die wir noch nicht vernommen haben. Hasenkrug?"

Sein Assistent kroch nur sichtlich widerwillig aus seinem Schmollwinkel hervor. „Dr. Silke Schulze-Brenner vom Bauernverband. Und Jochen Piterius vom Zeitschriftenverlag, der angeblich unerlaubt einen Artikel unter Krämers Namen veröffentlicht hat."

„Für wann sind sie einbestellt?"

„Frau Schulze-Brenner kommt in etwa zwei Stunden. Herr Piterius erst morgen, weil er noch auf Geschäftsreise in Paris ist."

„Paris." Büttner pfiff durch die Zähne. „Im nächsten Leben werde ich auch Zeitungsverleger."

„Herr Piterius ist nicht der Verleger, sondern der geschäftsführende Redakteur", korrigierte ihn Hasenkrug, was Büttner aber mit einer wegwerfenden Handbewegung abtat und verkündete: „Also, dann fahren wir jetzt noch mal nach Greetsiel zu Familie Tönjes. Wenn ich mich richtig erinnere, gehörte Henri Tönjes zu denen, die Matthias Krämer kurz vor seinem Tod noch angerufen hat. Möchte zu gerne wissen, warum. Und seine Frau soll uns endlich sagen, womit sie die 500 Euro verdient hat. Und, Hasenkrug, bitten Sie Frau Weniger, uns für morgen früh diesen Jungen einzubestellen. Johann. Vielleicht macht ihn ja die Androhung von Beugehaft gesprächig."

„Beugehaft?", rief Hasenkrug ungläubig aus. „Aber, Chef, dem werden Richter und Staatsanwalt doch im Leben nicht zustimmen!"

„Das weiß doch der Junge nicht.“, schüttelte Büttner den Kopf, „Ach, Hasenkrug, nun seien Sie doch nicht immer so fantasielos.“

16

Timotheus schrie sich die Seele aus dem Leib. Seine Mutter war bereits seit einer Stunde ausschließlich damit beschäftigt, ihn zu beruhigen. Es gelang ihr nicht. Ob er krank war? Zum wiederholten Male fasste sie ihm an die Stirn. Nein, Fieber schien er nicht zu haben. Gerade erst hatte sie ihn ganz ausgezogen, um zu schauen, ob ihn vielleicht irgendein Ausschlag quälte. Fehlanzeige. Seine Haut war so zart und weich wie eh und je. Koliken? Sie hatte ihm schon zweimal ein Fläschchen Kümmel-Fencheltee verabreicht, aber auch der hatte ihn nicht beruhigen können. Den Beißring, der ihm sonst half, wenn er zahnte, hatte er mehrmals in hohem Bogen aus dem Bettchen gepfeffert. Und auch seinen Schnuller lehnte er kategorisch ab. Was war nur los mit ihrem sonst so zufriedenen und friedlichen Kind? Britta Tönjes standen Tränen der Verzweiflung in den Augen. So hatte sie Timotheus noch nie erlebt. Sie erinnerte sich, dass Karina ihr mal erzählt hatte, die Zwillinge hätten ab und zu ohne erkennbaren Grund ganze Nächte durchgebrüllt, nur, um am nächsten Tag völlig erschöpft in die Kissen zu sinken und zwölf Stunden wie zwei kleine Engel durchzuschlafen. Musste sie sich also keine Sorgen machen? Vielleicht war er einfach nur sauer, weil seine Mutter in den letzten Tagen so abgespannt und schlecht gelaunt war. Schlecht gelaunt? Britta schüttelte bei diesem Gedanken unwillig den Kopf. Das war ja wohl kaum der richtige Ausdruck, um ihre Gemütslage zu beschreiben. Sie war traurig. Ja, seit Matthias' Tod war sie zutiefst traurig und deprimiert. Denn er fehlte ihr so sehr. Aber natürlich durfte sie sich nichts anmerken lassen. Schließlich war sie kein dummer Backfisch mehr, sondern eine glücklich verheiratete Frau. Na ja. Britta seufzte innerlich auf. Verheiratet ja. Aber glücklich? War sie mit Henri überhaupt jemals glücklich gewesen?

Vor ungefähr sieben Jahren hatte sie ihn kennen gelernt. Sie hatte ihn sofort gemocht, seinen athletischen Körper, seinen Humor. Ja, sie hatte sich in seiner Gegenwart wohl gefühlt. Sie hatten viel unternommen, waren gereist, hatten Partys besucht. Und auf einer dieser Partys hatte er ihr seinen Freund Matthias vorgestellt. Vom ersten Moment an war es um sie geschehen gewesen. Matthias. Wann immer sie fortan an ihn gedacht hatte, also praktisch ständig, hatte sie seinen Namen förmlich auf ihren Lippen geschmeckt, hatte ihn immer und immer wieder vor sich hingemurmelt. Ganze Nächte hatte sie neben Henri wach gelegen und sich vorgestellt, wie es sein würde, wenn Matthias' Hände sie liebkosten, wenn sein Mund den ihren küsste, wenn er sie voller Leidenschaft liebte. Es war die reinste Folter gewesen. Niemals würde er sie in ihren Armen halten. Denn für ihn gab es damals nur Karina. Die hübsche, lebhafte und erfolgreiche Karina. Als sie sich kennen lernten, war sie im sechsten Monat schwanger gewesen. Voller Stolz hatte Matthias sie angesehen, und seine Augen waren praktisch übergelaufen vor Liebe und Glück. Ja, Matthias hatte immer nur Karina gewollt – bis zu diesem schicksalhaften Tag vor gut zwei Jahren, als er eines Abends tränenüberströmt vor ihr gestanden und sie ihn getröstet hatte. Sie schämte sich noch heute dafür, wenn sie Karina traf und ihr in die Augen sah. Sie schämte sich für diesen Abend. Und für alle weiteren Momente, in denen sie danach in Matthias Armen gelegen hatte. Momente und Stunden, in denen ihr Herz vor Glück hatte überfließen wollen. Nein, sie bildete sich nicht ein, dass Matthias sie jemals geliebt hatte. Seine Liebe galt einzig und allein Karina, das hatte sich bis zu seinem Tod nicht geändert. Aber er hatte sie, Britta, begehrt, war bereits nach der ersten Nacht süchtig nach ihrem Körper gewesen. Britta wusste nicht zu sagen, ob es auch so gewesen wäre, wenn Karina nach ihrem Unfall nicht jegliches sexuelles Empfinden verloren hätte. Vermutlich nicht. Vermutlich hätte Matthias sie, Britta, bis zum heutigen Tag lediglich als die Frau seines Freundes Henri gesehen. Und auch, wenn sie sich heftig dafür schalt, so hatte sie doch schon oft darüber nachgedacht, was für ein Glücksfall Karinas Unfall für ihr Leben gewesen war. Denn sonst hätte sie doch niemals erfahren dürfen, wie es ist, von einem Mann wie Matthias begehrt zu werden.

Britta stieß einen tiefen Seufzer aus, während sie ihrem Sohn, Matthias' Sohn, der nun vor Erschöpfung endlich eingeschlafen war, über den Kopf strich. Natürlich wusste sie, dass Timotheus Matthias' Kind war. Sie hatte es vom ersten Tag an gespürt. Und Henri? Ihre Gefühle für ihn waren spätestens an dem Tag erloschen, als sie Matthias' Hände erstmals auf ihrem Körper gespürt hatte. Vermutlich schon früher. Ja, ganz sicher hatte sie ihn niemals wirklich geliebt. Und als dann noch die Arbeitslosigkeit hinzukam und mit ihr sein Selbstmitleid und sein ständiges Gejammer, da hatte sie es kaum noch an seiner Seite ausgehalten. Er war aufbrausend geworden, ständig unzufrieden. Die kleinste Nichtigkeit konnte dazu führen, dass er einen Wutanfall bekam, jähzornig vor sich hinbrüllte und Dinge kurz und klein schlug. Zwar hatte er seine Frau oder gar den kleinen Timotheus niemals auch nur grob angefasst, aber dennoch hatte sich Britta in seiner Nähe zunehmend unwohl gefühlt. Nur, wenn es sich nicht vermeiden ließ, hatte sie mit ihm geschlafen. Aber es hatte ihr nichts gegeben. Gar nichts. Doch sie hatte den Schein wahren müssen. Alles andere hätte unweigerlich in die Katastrophe geführt. Sie hatte sich eingebildet, dass Matthias eines Tages vielleicht doch noch zu ihr gehören würde. Nicht nur sein Körper, sondern auch seine Gefühle. Doch dann ... Britta verspürte seit diesem Tag einen Kloß im Hals, der dicker und dicker zu werden drohte, bis sie eines Tages unweigerlich an ihm ersticken würde. Ja, dann hatte Matthias plötzlich gesagt, dass er nicht mehr käme. Aus heiterem Himmel heraus, einfach so. Und er hatte sich daran gehalten. Seit diesem Tag – es war vor ungefähr einem Monat gewesen – war er nicht mehr bei ihr aufgetaucht. Er hatte sie fallen gelassen wie eine heiße Kartoffel. Ohne Erklärung. Einfach so. Und ihr Herz war zersprungen, in tausend kleine Stücke. Einfach so.

„Hallo, Schatz." Britta schaute erschrocken hoch. Henri stand vor ihr und grinste breit. „Na, meine Süße, bist wohl eingeschlafen?"

„Nein. Nein, ich ..." Britta stand von ihrem Stuhl neben Timotheus' Bettchen auf und strich sich fahrig über die Haare, „Timotheus hatte die ganze Zeit geschrien. Ich habe bei ihm gesessen, bis er eingeschlafen ist. Darüber bin ich wohl ein klein wenig weggedöst."

„Ist er krank?" Besorgt sah Henri erst sie und dann seinen Sohn an.

Britta schüttelte den Kopf. „Ich denke, dass er nur ein wenig schlecht gelaunt war. Sind wir ja schließlich alle mal." Sie versuchte ein Grinsen, das aber kläglich misslang.

„Du solltest dich jetzt auch ein wenig ausruhen. Komm, ich koch uns einen schönen Tee und dann ..."

Was Henri dann plante, sollte Britta nicht mehr erfahren, denn genau in diesem Moment klingelte es an der Haustür. Henri warf einen Blick aus dem Fenster und runzelte die Stirn. „Die zwei Polizisten schon wieder", knurrte er ungehalten. „Keine Ahnung, was die ständig von uns wollen."

„Ich lass sie rein", zuckte Britta ergeben mit den Schultern, und nur wenig später saßen David Büttner und Sebastian Hasenkrug mit ihnen am Tisch und nippten an ihrem Tee.

„Was führt Sie zu uns?“, fragte Henri und bemühte sich, nicht allzu genervt zu klingen.

„Herr Krämer hat Sie kurz vor seinem Tod noch angerufen“, erklärte Büttner, „können Sie mir sagen, was Sie da besprochen haben?“

„Kurz vor seinem Tod?“ Henri war ehrlich überrascht. „Ich kann mich nicht erinnern, dass ich an diesem Tag ...“

„Wir gehen davon aus“, wurde er von Hasenkrug unterbrochen, „dass Herr Krämer nicht am Tag seines Auffindens starb, sondern am Abend zuvor.“

„Ach so? Und warum?“

„Weil er am Abend immer seine Töchter anrief, um ihnen eine gute Nacht zu wünschen, wenn er nicht zuhause war. Das aber hat er an diesem Abend nicht getan.“

„Er könnte es vergessen haben.“

„Unwahrscheinlich. Seine Frau meint, dass sei nie vorgekommen.“

„Ja, das passt zu Matthias. Er war in allem unglaublich zuverlässig“, sagte Henri, und sein Tonfall klang ein wenig missbilligend.

„Also, können Sie sich an das Telefonat erinnern? Es war exakt um ...“, Hasenkrug blätterte in seinen Unterlagen, „es war um 16:43 Uhr.“

Henri zog die Stirn in Falten. „Nein“, sagte er dann, „ich kann mich absolut an nichts erinnern.“

„Ich habe mit ihm gesprochen“, sagte Britta Tönjes mit dünner Stimme.

„Du? Echt?“ Henri sah sie erstaunt an.

„Ja. Es war aber nichts Wichtiges.“

„Das Gespräch hat aber mehr als zehn Minuten gedauert", meinte Hasenkrug nach einem Blick auf seine Notizen.

„Wirklich?", fragte Britta müde. „Ich denke, dass wir dann noch ein paar Belanglosigkeiten ausgetauscht haben. Wie's den Kindern geht und so. Was man eben so sagt unter Freunden." *Ich habe ihn angefleht, zu mir zurückzukommen. Ich habe geheult, geschrien, gezetert,* dachte sie bei sich. Matthias hatte irgendwann einfach aufgelegt. Aber natürlich gehörte das nicht hierher.

„Und Sie waren dann den ganzen Abend zuhause?", fragte Büttner.

„Ja. Wir waren beide hier."

„Herr Tönjes?" Büttner hatte bemerkt, wie Henri seiner Frau einen überraschten Blick zuwarf.

„Ja. Ja", sagte der ein wenig zu hektisch. „Es ist genauso, wie Britta sagt. Wir können ja auch den Kleinen nicht alleine lassen." Plötzlich zeigte sich ein breites Grinsen auf seinem Gesicht. „Aber wenn Sie wissen wollen, wo Matthias an diesem Abend war, fragen Sie vielleicht einfach mal Christians Nichte. Könnte mir vorstellen, dass sie es weiß."

„Sie meinen Janna?", fragte Büttner mit gerunzelter Stirn.

„Ja. Und dreimal dürfen Sie raten, warum er vermutlich bei ihr war."

„Ich mag keine Rätsel. Bitte verraten Sie es mir, damit ich nicht dumm sterben muss", erwiderte Büttner gelassen.

„Nun, die zwei hatten was miteinander. Sie waren sozusagen ein Paar." Henri sah triumphierend in die

Runde. Aber hatte er sich erhofft, dass Büttner und Hasenkrug nun vor Überraschung in die Knie gehen würden, so wurde er enttäuscht. Sie verzogen kaum eine Miene. Im Gegensatz zu seiner Frau. Britta verfiel plötzlich in eine ungesunde Schnappatmung, ihr Gesicht wurde kreidebleich.

„Da guckst du", nickte ihr Mann wissend. „Ich war auch total geschockt, als Christian mir davon erzählte."

„Nun, wir werden uns danach erkundigen", sagte Büttner nur und sah Britta aus zusammengekniffenen Augen an. „Ich würde dann gerne mal mit Ihnen alleine sprechen, Frau Tönjes, wenn es möglich ist", fügte er hinzu. „Hasenkrug, wenn Sie dann vielleicht mal ..."

„Ich gehe nicht wieder zu den Bienen", hob Hasenkrug sogleich abwehrend die Hände.

Büttner rollte mit den Augen. „Sie müssten dann mal ins Präsidium fahren. Meines Wissens haben wir eine Zeugenbefragung angesetzt. Ich komme dann nach, wenn ich mit Frau Tönjes gesprochen habe."

Hasenkrug atmete erleichtert auf und verabschiedete sich so schnell, als befürchte er, dass es sich sein Chef doch noch anders überlegen könnte.

„Und was wollen Sie von meiner Frau?", fragte Henri Tönjes misstrauisch, nachdem er die Haustür hatte zuschlagen hören.

„Das werde ich ihr dann schon selber sagen. Wenn Sie uns jetzt bitte alleine lassen würden?" Büttner lächelte ihn freundlich an.

„Na gut. Ich geh dann mal nach oben." Henri gab seiner Frau einen Kuss auf die Wange, wenig später waren seine Schritte auf der Holztreppe zu hören.

„Geht's wieder, Frau Tönjes?"

Britta nickte und holte ein paar Mal tief Luft. „Bitte entschuldigen Sie. Es war ein Schock. Ich ... die arme Karina."

„Hm. Ich komme noch mal auf die 500 Euro zurück, das haben Sie sich sicherlich schon gedacht."

„Ich habe sie für Recherchen bekommen", erwiderte Britta prompt.

„Aha. Was für Recherchen?"

„Für seine Artikel. Er hatte mir angeboten, ihn in seiner Arbeit zu unterstützen. Das habe ich natürlich gerne angenommen. Wir brauchten ja das Geld."

„Und warum haben Sie mir das nicht gleich gesagt?"

Britta Tönjes zuckte die Achseln, sagte aber nichts.

„Und Sie sind sich sicher, dass Sie das Geld nur für Ihre Recherchen bekommen haben?"

Wieder ein Nicken.

„Sie waren einem Zusammenbruch nahe, als Ihr Mann Krämers Verhältnis zu Janna erwähnte. Wie standen Sie wirklich zu ihm?"

„Er war ein Freund. Mehr nicht. Das sagte ich doch schon." Brittas Stimme hatte jeden Elan verloren.

„Sicher, Frau Tönjes, sicher. Ich würde die Ergebnisse Ihrer Recherchen gerne sehen. Da gibt's ja sicherlich E-Mails oder Ähnliches?"

„Natürlich. Ich kann Ihnen den Ordner auf einen Stick ziehen, wenn Sie möchten."

„Ich bitte darum." Büttner holte tief Luft. „Und wenn es so war, wie Sie sagen, warum weiß Ihr Mann dann nichts von diesem ... Nebenjob?"

„Er wäre verletzt. Er leidet sehr unter seiner Arbeitslosigkeit. Er würde nicht akzeptieren, dass ich Geld verdiene, während er zuhause sitzt."

„Klingt etwas altmodisch. Aber Sie sagten doch, dass Sie sowieso einige Stunden bei einer Telefongesellschaft arbeiten."

„Das glaubt er, ja. Irgendwie musste ich die 500 Euro ja erklären. Von Matthias hätte er sie niemals akzeptiert. Und bei der Telefongesellschaft war ich schon als Studentin beschäftigt, damit kommt er noch irgendwie zurecht."

„Sie scheinen kein sehr vertrauensvolles Verhältnis zu Ihrem Mann zu haben."

„Es ist nur diese ... verdammte Situation. Manchmal muss man zu Notlügen greifen, um nicht endgültig alles zu zerstören."

„Das scheint mir auch so." Büttner spürte, dass diese Geschichte nur die halbe Wahrheit war. Aber mehr würde sie ihm jetzt nicht sagen. Er musste also Geduld haben. Er erhob sich. „Wenn Sie mir dann morgen den Stick mit Ihren Recherchen ins Präsidium bringen würden, wäre ich Ihnen sehr dankbar."

Britta Tönjes nickte stumm.

17

Sebastian Hasenkrug sah Dr. Silke Schulze-Brenner aus großen Augen an. Seit rund einer halben Stunde saßen sie sich nun im Vernehmungsraum gegenüber. Gerade hatte er sie wieder gehen lassen wollen, weil sie anscheinend nicht viel zu den Ermittlungen beizutragen hatte, sondern sich lediglich in Fachvorträgen verlor, als sie, wie nebenbei, den Namen Christian Beekmann erwähnte.

„Sie kennen Christian Beekmann?", fragte er verdutzt.

„Ja, sicher", sagte sie ruhig.

„Und warum sagen Sie das nicht gleich?" Bisher hatte die sportlich wirkende blonde Frau mit der modischen Kurzhaarfrisur lediglich über fachliche Sachverhalte referiert, über die Verwendung von Pestiziden und Düngemitteln in der Landwirtschaft, die angebliche Notwendigkeit der Massentierhaltung, die EU-Agrarpolitik, die Vorteile und Tücken der Monokulturen. Ihrer Aussage nach hatte sie in ihrer Funktion als Pressesprecherin des Bauernverbands der Region Ostfriesland lediglich dessen Positionen im Blog *bee-a-friend21* vertreten, und diese, so sagte sie, hätten nun mal mit den radikalökologischen Ansichten des Blogbetreibers nicht viel gemein. „Derartige Auseinandersetzungen zu führen gehört zu meinem Job", hatte sie festgestellt, „dabei bleibe ich selbstverständlich immer sachlich. Polemik, welcher Art auch immer, bringt uns da nicht weiter, sondern verhärtet lediglich die Fronten."

„Sie haben mich nicht danach gefragt", antwortete sie nun auf Hasenkrugs Frage. „Ich finde es allerdings auch nicht sehr ungewöhnlich, dass ich die Landwirte der Region kenne, denn schließlich habe ich beruflich ständig mit ihnen zu tun. Im Falle Beekmann allerdings kommt ja auch noch hinzu, dass mein Neffe Johann dort eine Ausbildung macht."

„Johann ist Ihr Neffe?" Hektisch begann Hasenkrug, in seinen Unterlagen zu wühlen. Warum war ihnen dieser familiäre Zusammenhang noch nicht aufgefallen? Klar, jetzt, wo er darauf gestoßen wurde, bemerkte er natürlich auch die Namensgleichheit.

„Johann ist der Sohn meines Bruders Franz."

„Franz Brenner." Hasenkrug kritzelte den Namen in seinen Notizblock. Er würde ihn später in seine Beziehungsgrafik einarbeiten müssen und noch ein paar Pfeile ziehen. „Und Ihr Bruder ist demnach verheiratet mit Johanns Mutter, welche wiederum die Tochter von Bauer Bertus Foelkers ist."

„Gut erkannt." Silke Schulze-Brenner kräuselte amüsiert die Lippen. Sie schien diesen jungen Polizisten ein wenig aus der Fassung gebracht zu haben. Aber das war sie gewohnt. Als Pressesprecherin gehörte es praktisch zu ihrem täglich Brot, Menschen mit gut platzierten, ausgefeilten Formulierungen und rhetorischen Winkelzügen in Erstaunen oder gar Verwirrung zu stürzen. Und bei diesem Hasenkrug war ihr Letzteres ganz offensichtlich schon mit einer kurzen, dahingeworfenen Bemerkung gelungen. Er hatte nun einen hochroten Kopf und blinzelte nervös, während er sich eifrig Notizen machte. Natürlich war ihr von Anfang an klar gewesen, worum es in diesem Gespräch gehen würde. Und so hatte sie sich bereits auf dem Weg ins Präsidium ihre eigene Taktik zurecht gelegt. Sie liebte es, während des Gespräches die Fäden in der Hand zu halten, ohne dass es ihr Gegenüber bewusst wahrnahm. Der Gedanke, auf in der Vernehmungspraxis geschulte Polizisten zu treffen, hatte sie gereizt. Jedoch war ihr schnell klar gewesen, dass sie sich mit Sebastian Hasenkrug nicht gerade mit einem ebenbürtigen Gegner würde messen müssen. Und tatsächlich hatte dieser sie klaglos einen ganzen Vortrag über für den Mordfall denkbar unwichtige Sachverhalte halten lassen, ohne auch nur einmal ernsthaft einzugreifen. Lediglich sein Gesichtsausdruck war im Laufe der Zeit von anfangs interessiert auf später abweisend gewechselt. Ja, er hatte sie zweifelsohne für eine völlig überdrehte Fachidiotin gehalten, von der hinsichtlich der Ermittlungen kein erhellender Beitrag zu erwarten war. Doch gerade, als er sich anschickte, sie aus der Vernehmung zu entlassen, hatte sie ihm erstmals einen Krümel hingeworfen, an dem er sich sogleich ein wenig verschluckte. Der nächste Schritt war vorhersehbar. Vermutlich würde er sie mit vermeintlich bedauerndem Blick anschauen, um ihr dann zu verstehen zu geben, dass er sie nun leider doch nicht würde gehen lassen können, da ihre verwandtschaftliche Beziehung zu dem jungen Johann Brenner einen völlig neuen Aspekt in die Ermittlungsarbeit gebracht habe. Sie liebte dieses Spiel.

„Sie werden verstehen, Frau Schulze-Brenner, dass ich Sie nun doch noch für ein paar Minuten hier behalten muss“, sagte Hasenkrug nur wenig später, „Ihre verwandtschaftliche Beziehung zu Johann Brenner könnte für die Klärung des Falls nicht unbedeutend sein.“

„Wie Sie meinen“, nickte die Frau und stieß einen tiefen Seufzer aus. „Hätte ich gewusst, dass es für Sie so wichtig ist, hätte ich es natürlich gleich erwähnt“, fügte sie dann gespielt zerknirscht hinzu.

Hasenkrug winkte lächelnd ab. „Kein Problem, Sie konnten es ja nicht wissen.“ Er lehnte sich in seinem Stuhl zurück und verschränkte die Arme. „Haben Sie gewusst, dass sich auch Ihr Neffe Johann regelmäßig auf dem Blog *bee-a-friend21* zu Wort gemeldet hat?“

Silke Schulze-Brenner zog die Stirn in Falten. „Johann? Das sollte mich wundern. Der interessiert sich doch gar nicht für so was. Warum sollte er das tun?“ Sie schien ehrlich erstaunt.

„Nun, anscheinend hat er sich über so manch ein Argument, das da von Seiten der Bienenfreunde gepostet wurde, ganz mächtig aufgeregt.“

„Wirklich? Und Sie sind ganz sicher, dass es Johann war?“

„Er hat es bereits zugegeben."

„Ich habe ihn dort nie wahrgenommen."

„Er trat nicht unter seinem eigenen Namen auf, sondern unter einem Nickname. Er nannte sich *Giftpilz.*"

„*Giftpilz?*", erwiderte Silke Schulze-Brenner und ihre Stimme klang plötzlich heiser. Mit Erstaunen bemerkte Hasenkrug, dass diese Feststellung die so überlegen wirkende Frau ganz offensichtlich aus der Fassung brachte. Sie rutschte nun nervös auf ihrem Stuhl hin und her.

„Sie erinnern sich an ihn?", fragte er lauernd.

„*Giftpilz.*" Sie griff nach ihrem Wasserglas und nahm einen tiefen Schluck, während sie sich hinter dem Ohr kratzte. „Ja, aber ich ... er war da immer sehr präsent. Seine Hasstiraden ... ich meine ... natürlich mussten sie einem auffallen." Mit leicht zittrigen Bewegungen stellte sie das Glas zurück auf den Tisch.

„Was schockiert Sie so an der Erkenntnis, dass es sich bei diesem *Giftpilz* um Ihren Neffen handelt?" Hasenkrug konnte sich die plötzliche Nervosität der Frau nicht erklären. Was war daran so erstaunlich, wenn ein junger Mann, der Frust und Liebeskummer schob, sich auf einem solchen Portal einfach mal abreagierte?

Silke Schulze-Brenner sah ihn zunächst verdutzt an und lachte dann schrill auf. „Würden Sie sich vielleicht darüber freuen, wenn Ihr Neffe sich mit einer solch unflätigen Sprache in aller Öffentlichkeit zu Wort melden würde? Wenn er dastehen würde wie der letzte Prolet?"

Hasenkrug zog die Brauen hoch. „In aller Öffentlichkeit? Wie ich bereits sagte, hat er ein Pseudonym benutzt.“

Sein Gegenüber machte eine abwehrende Handbewegung. „Ach was, im Internet bleibt doch nichts lange geheim. Bestimmt ist er damit hausieren gegangen und hat sich aufgespielt. So sind sie doch, die Halbstarken.“

„Wenn es so wäre“, fuhr Hasenkrug dazwischen, „meinen Sie nicht, dass auch Sie dann schon viel früher davon erfahren hätten? Aber allem Anschein nach hatten Sie keine Ahnung vom rebellischen Engagement Ihres Neffen.“ Er glaubte ihr nicht, dass alleine die Tatsache, dass Johann im Internet mit Kraftausdrücken und Drohungen um sich warf, sie so dermaßen aus der Fassung brachte. „Also, warum sind Sie plötzlich so aus dem Häuschen?“

Silke Schulze-Brenner sog vernehmlich die Luft ein und kniff die Lippen zusammen. „Ist schon gut“, winkte sie dann ab und zeigte ein schiefes Grinsen, „Sie haben hier einfach eine hysterische Tante vor sich, okay?“

„Sehen Sie, und genau das nehme ich Ihnen nicht ab“, sagte Hasenkrug knapp. „Also?“

„Also?“, äffte sie ihn mit ätzender Stimme nach. „Ich habe keine Ahnung, worauf Sie hinaus wollen.“

„Doch, ich denke, das wissen Sie genau“, erwiderte Hasenkrug ruhig, „aber ich helfe Ihnen gerne noch mal auf die Sprünge. Ihr Neffe *Giftpilz* beschimpft im Internet regelmäßig einen Blogger, der sich *bee-a-friend21* nennt. Im Laufe der Zeit aber bleibt es nicht bei Beschimpfungen, sondern er droht diesem Mann sogar, ihn umzubringen. Und – Zufall? – wenig später wird genau dieser *bee-a-friend21* ermordet, mehr oder weniger fein filetiert und durch eine Getreidemühle geschoben. Und das ganz genau auf dem Bauernhof, auf dem *Giftpilz* gerade seine Ausbildung macht." Hasenkrug räusperte sich, beugte sich über den Tisch und fuhr dann fort: „Auf welchen Gedanken sollte die Polizei vor diesem Hintergrund wohl kommen, Frau Schulze-Brenner? Könnte es sein, dass es genau der gleiche Gedanke ist, den Sie soeben gefasst haben, als Ihnen die Zusammenhänge klar wurden?"

„Ich soll meinen Neffen für einen Mörder halten?", rief Silke Schulze-Brenner mit sich überschlagender Stimme aus. „Pah! Das ist ja lächerlich! Nur, weil man mit jemand anderem nicht einer Meinung ist, bringt man ihn doch nicht gleich um!"

„Und was, wenn dieser Jemand einem auch noch die Frau weggeschnappt hat?"

„Was?"

„Unser Opfer, Matthias Krämer, alias *bee-a-friend21*, hatte eine Beziehung zu Janna, der Nichte von Christian Beekmann. Und, wie es der Zufall will, ist auch Johann ganz scharf auf das Mädchen. Sie aber lässt ihn zugunsten des anderen abblitzen. Da kommt einiges zusammen, finden Sie nicht?"

„Keine Ahnung, was Sie sich da zusammenreimen", bemerkte Silke Schulze-Brenner gallig, „Ihre Theorie scheint mir doch ein wenig weit hergeholt." Sie stand auf, griff nach ihrem Mantel und sagte: „Anstatt hier einen jungen Mann völlig zu Unrecht zu verdächtigen, sollten Sie sich lieber darum bemühen, den wirklichen Mörder zu fassen, der nach wie vor frei herumläuft." Sie schnaubte verächtlich und sagte dann: „Und woher wollen Sie eigentlich wissen, dass dieser Mord irgendetwas mit diesem Blog zu tun hat? Womöglich liegt das Motiv ganz woanders und Sie verrennen sich da in was. Souveräne Polizeiarbeit sieht anders aus, oder?"

„Die Einschätzung, was souveräne Polizeiarbeit ist, sollten Sie getrost uns überlassen", erwiderte Hasenkrug und deutete auf den Stuhl. „Wenn Sie sich bitte wieder setzen würden, ich war noch nicht fertig."

Mit einem unwilligen Schnauben ließ sich Silke Schulze-Brenner zurück auf den Stuhl fallen, behielt ihren Mantel jedoch in der Hand. Sie funkelte Hasenkrug aus ihren stahlgrauen Augen böse an, der aber ließ sich nicht beirren. „Haben Sie Matthias Krämer persönlich gekannt?", fragte er.

„Nein."

„Aber Sie wussten, dass er es ist, der den Blog betreibt?"

„Nein."

„Sie schienen mir aber nicht besonders überrascht zu sein, als ich es gerade erwähnte."

„Schon vergessen? Ich bin mit Johanns Familie verwandt. Da tauscht man sich auch über das eine oder andere aus, wenn Sie verstehen, was ich meine."

„Aber über anderes wiederum auch nicht", gab Hasenkrug zu bedenken.

„Ich weiß nicht, was Sie meinen."

„Sie wussten zum Beispiel nicht, dass Ihr Neffe Johann eine zweite Existenz namens *Giftpilz* pflegte."

„Das sagte ich bereits."

„Sagt Ihnen der Name Henri Tönjes was?"

Silke Schulze-Brenner überlegte kurz und sagte dann: „Nein. Wer soll das sein?"

„Er ist auch Agrarökonom, genau wie Sie."

„Davon gibt's noch ein paar mehr."

„Und Walter Meise? Kennen Sie den?"

„Sie meinen den Vertreter für Pflanzenschutzmittel? Ja, den kenne ich flüchtig. Taucht auf vielen Veranstaltungen unseres Verbandes auf. Ist immer auf der Suche nach Kundschaft. Ein wenig aufdringlich, wenn Sie mich fragen."

„Und was sagen Sie zum genmanipulierten Saatgut Ihres Bruders?"

„Geht mich nichts an. Ist seine Entscheidung, was er auf seinen Feldern anbaut."

„Sie lehnen es nicht ab?"

„Warum sollte ich?"

„Weil es gefährlich ist?"

„Quatsch. Sehen Sie sich meine Beiträge im Blog noch mal genauer an. Ich denke, da konnte ich diese Behauptungen der Ökofritzen ganz gut widerlegen."

„Gut, Frau Schulze-Brenner, dann können Sie für heute gehen. Aber halten Sie sich bitte zu unserer Verfügung."

Ohne einen weiteren Gruß sprang die Frau aus ihrem Stuhl hoch, warf Hasenkrug noch einen finsteren Blick zu und verschwand zur Tür hinaus. Hasenkrug grinste zufrieden und freute sich schon darauf, seinem Chef von diesem Gespräch zu erzählen.

Zurück auf der Straße, zündete sich Silke Schulze-Brenner mit hektischen Bewegungen eine Zigarette an und zog den Rauch tief in ihre Lungen. Mist, dachte sie wütend, das Gespräch war ihr völlig aus dem Ruder gelaufen. So unprofessionell, wie soeben in diesem Vernehmungsraum, hatte sie sich noch nie verhalten. Johann. Sie stieß in mehreren Stößen den Rauch aus. Ihr Neffe Johann sollte dieser Stinkstiefel *Giftpilz* sein, der sich im Blog aufführte wie der letzte Asoziale? Sie würde ihn sich bei nächster Gelegenheit mal vorknöpfen müssen. Was nur hatte er sich dabei gedacht, sich da anonym herumzutummeln? Oder, besser gesagt, warum hatte er sich ihr nicht zu erkennen gegeben, obwohl er doch registriert haben musste, dass auch sie, seine Tante, da unterwegs war? Und konnte es tatsächlich sein, dass ...? Sie traute sich kaum, diesen Gedanken zu Ende zu denken. Nein, das war ganz ausgeschlossen! Das durfte nicht sein! Und wenn doch? Nervös nestelte sie in ihrer Handtasche nach ihrem Smartphone. Sie musste Klarheit haben, sofort. „Franz", rief sie wenig später ins Telefon, „ich bin's, Silke. Ich muss mit dir sprechen. Es ist dringend. Hast du Zeit?"

18

Nur selten hatte Karina in ihrem Leben ein solches Glücksgefühl empfunden, wie an diesem regnerischen Herbstabend vor drei Jahren. Erst wenige Stunden zuvor hatte sie erfahren, dass sie erneut schwanger war. Matthias hatte gestrahlt wie ein kleiner Junge unter dem Christbaum, als sie ihm die freudige Mitteilung gemacht hatte. Er hatte sie hochgehoben und sich mit ihr immer und immer wieder um sich selbst gedreht, solange, bis ihnen schwindelig geworden war und sie sich laut lachend aufs Sofa hatten fallen lassen. Zärtlich hatte er ihr über den noch flachen Bauch gestrichen und ihr ins Ohr geflüstert, wie sehr er sich freue, bald mit einem weiteren Kind durch die Gegend streifen und mit ihm gemeinsam die Welt neu entdecken zu können.

Selig lächelnd saß Karina in Erinnerung an diesen Moment neben Matthias im Auto. Er hatte darauf bestanden, sie zu ihrem Vortrag über die naturschutzrechtlichen Vorgaben beim Bau von Windkraftanlagen zu begleiten, den sie an diesem Abend auf Einladung unterschiedlicher Naturschutzverbände in Norddeich halten sollte. *Du musst dich jetzt schonen,* hatte er ihr mit einem verschmitzten Augenzwinkern gesagt, *und deswegen fährst du heute nicht selber, sondern lässt dich von mir chauffieren!* Sie hatte empört geantwortet, dass sie nicht krank, sondern lediglich schwanger sei und deswegen auch ganz gut alleine fahren könne. Doch insgeheim hatte sie sich sehr darüber gefreut, dass er sie zu ihrem Vortrag begleiten würde, denn das kam nur äußerst selten vor. Nach dem Vortrag würden sie noch zu ihrem Lieblingsitaliener gehen, hatte er ihr versprochen, und den langen Arbeitstag bei einem guten Glas Rotwein für ihn, einem gesunden Glas Tomatensaft für sie und romantischem Kerzenlicht für beide ausklingen lassen. Voller Vorfreude hatte Karina ihre Mutter gebeten, am Abend auf die Zwillinge aufzupassen. Und nun waren sie unterwegs.

Matthias' rechte Hand lag auf ihrem Bein, als sie durch die verregnete Nacht fuhren, Karinas Finger eng in den seinen verschlungen. Mit gerunzelter Stirn bemerkte Karina, dass sowohl der Sturm als auch der Regen immer mehr an Stärke zunahmen. Dicke Tropfen prasselten auf die Windschutzscheibe, und immer wieder mussten die Wischer auch bräunlich-gelbe Blätter von den Scheiben wischen, die sich, vom Herbststurm aufgewirbelt, darauf festsetzten und die ohnehin begrenzte Sicht noch zusätzlich beeinträchtigten. „Ich liebe Dich", flüsterte Matthias ihr soeben mit einem weichen Lächeln zu und drückte ihre Hand, als sie plötzlich erschrocken zusammenfuhr und *Pass auf!* schrie. Direkt vor ihnen war, wie aus dem Nichts, ein Lastwagen aufgetaucht, der ihren herannahenden PKW anscheinend übersehen und einfach von rechts kommend auf die Kreuzung abgebogen war. Voller Entsetzen bemerkte Karina, wie sich ihr Wagen unaufhaltsam auf den Lastwagen zubewegte. „Brems!" kreischte sie Matthias aus voller Kehle panisch an, „mein Gott, nun brems doch endlich!" Und tatsächlich hatte ihr Mann seine Hand aus der ihren gelöst, das Lenkrad mit beiden Händen fest umklammert und stemmte sich nun mit seinem ganzen Gewicht in die Bremsen. Doch zu beider Entsetzen wurde der Wagen nur für einen kurzen Moment tatsächlich etwas langsamer, dann aber preschte er mit unvermindert hoher Geschwindigkeit unkontrolliert nach vorne, der Lastwagen kam näher und näher. Wie aus weiter Ferne hörte sie Matthias *Oh, mein Gott, es geht nicht!* schreien. Bevor sie eine tiefschwarze Dunkelheit umfing, vernahm sie noch das schrille, metallische Knirschen sich ineinander verkeilenden Blechs, den dumpfen Aufprall ihres Gesichts auf dem sich auslösenden Airbag sowie einen stechenden Schmerz im Bereich ihres Beckens.

„Ich spüre meine Beine nicht! Matthias, hilf mir, ich spüre meine Beine nicht! Matthiiiiiiaaaas!!!" Schweißgebadet warf sich Karina in ihrem Bett hin und her. Mit schreckensweiten Augen starrte sie in die Dunkelheit. Nicht schon wieder dieser Unfall, nein, bitte, bitte, nicht schon wieder dieser Unfall! „Matthias, ich hab solche Angst", flüsterte sie in die Stille der Nacht hinein und ließ ihre schweißnassen Hände tastend über die Laken fahren. Aber Matthias'

Platz war leer. „Matthias?“, flüsterte Karina verwirrt, dann aber begriff sie, und ihr Herz krampfte sich mit einem schmerzhaften Stich zusammen. Matthias war tot! Sie hatte nur geträumt und, wie schon so oft, die furchtbaren Erlebnisse dieser alles verändernden Nacht noch einmal durchlebt. Nur war das Erwachen aus diesem Alptraum noch nie so schlimm gewesen, wie jetzt. Denn bisher war Matthias immer bei ihr gewesen, hatte sie in den Arm genommen, ihr sanft über den Kopf gestrichen und ihr tröstende Worte ins Ohr geflüstert. Nun aber war die Seite seines Bettes leer und würde es auch für immer bleiben. Matthias war tot. Nie wieder würde sie seine Wärme spüren, nie wieder seine tröstenden Worte hören, ihm nie wieder mit ihren Fingern durch sein dichtes Haar fahren. Man hatte ihn ihr genommen, ihn auf brutalste Art getötet. Doch hatte man damit nicht nur sein, sondern auch ihr Leben zerstört. Wie damals, als sie gedacht hatte, dass es schlimmer nicht kommen könne.

„Matthias“, flüsterte sie erneut, dann richtete sie sich auf, schob sich zur Bettkante und hievte sich in ihren Rollstuhl. Immer noch am ganzen Körper zitternd fuhr sie in die Küche und goss sich einen Kräutertee auf. Mit der dampfenden Tasse in der Hand begab sie sich ins Wohnzimmer und starrte in den Sturm hinaus, der selbst die großen, kräftigen Bäume willenlos in seinen Fängen hielt und deren kahlen Äste nach Lust und Laune hin und her schleuderte. Genau wie damals.

Heiße Tränen rannen ihr übers Gesicht, während sie an ihrem Tee nippte und die Nacht des Unfalls noch mal vor ihrem inneren Auge ablief. Als sie nach ihrer

Ohnmacht wieder erwacht war, hatte sie bereits auf einer Trage gelegen. Es hatte ihr unsagbare Schwierigkeiten bereitet, ihre schweren Augenlider zu heben und das Geschehen um sich herum wahrzunehmen. Überall hatte sie die zuckenden blauen Lichter gesehen, die in der Nässe der Straße und der Fahrzeuge tausendfach kleine Blitze schlugen. Die Äste der sich im Herbststurm wogenden Bäume ließen skurrile Schatten durch die Szenerie tanzen, in der sich dutzende Feuerwehrleute, Polizisten und Sanitäter in ihrer reflektierenden Kleidung durch die Nacht bewegten. „Karina", hatte sie immer wieder Matthias' Stimme vernommen, „Karina, kannst du mich hören?" Sie hatte versucht zu nicken, und ihren Kopf in seine Richtung zu drehen, doch das war ihr nicht möglich gewesen, weil irgendetwas ihren Hals an der Bewegung hinderte. Erst viel später hatte sie bemerkt, dass man ihr eine Halskrause umgelegt hatte.

Und dann hatte sie aus all den verwirrenden Geräuschen und Stimmen um sie herum schließlich nur noch diese eine Frage vernommen, die sie bis zum heutigen Tag wie ein nicht enden wollender Fluch verfolgte: „Frau Krämer, können Sie Ihre Beine bewegen?" *Natürlich,* hatte sie noch gedacht, *warum sollte ich sie denn nicht bewegen können?* Doch dann ...

Karina schluchzte in Erinnerung an diesen furchtbaren Moment laut auf und presste ihre Hände so fest um die warme Tasse, als wollte sie sie zerquetschen. Mit jedem Befehl, den ihr Gehirn vergeblich an ihre Beine gegeben hatte, war der Gesichtsausdruck des Notarztes sorgenvoller geworden. Schließlich hatte der

Arzt zu einer kleinen Zange gegriffen und ihr damit in eine Hautfalte ihres Beines gezwickt. „Spüren Sie das?“, hatte er sie mit ruhiger Stimme gefragt, aber sie hatte nur verzweifelt die Lippen zusammengepresst. Matthias hatte nach ihren Händen gegriffen und schluchzend seinen Kopf auf ihren Bauch sinken lassen. „Das muss noch nichts bedeuten“, hatte der Arzt leise gesagt, „vielleicht nur ein heftiger Bluterguss, der auf die Nervenstränge drückt.“ Doch Karina hatte es bereits in diesem Moment gewusst. Sie würde nie wieder laufen können. Ihr Leben, wie sie es gekannt hatte, war vorbei. Ihre Kinder würden eine behinderte Mutter haben, ihr Mann eine behinderte Frau. Es war der Moment gewesen, in dem sie Gott gefragt hatte, warum er sie nicht hatte sterben lassen.

Karina stellte ihre Tasse zur Seite, griff fröstelnd nach einer warmen Wolldecke und hüllte sich so gut es ging in sie ein. Abwesend begann sie, in einem Fotoalbum zu blättern, das Frieda und Martha sich angesehen und auf dem Tisch hatten liegen lassen. Doch in Gedanken war sie ganz woanders. Sie sah Matthias vor sich, der rund zehn Tage nach dem Unfall aufgeregt zu ihr ins Krankenhaus gekommen war. Bis zu diesem Zeitpunkt hatten sie sich gemeinsam ihrer Trauer hingegeben. Der Trauer um ihr ungeborenes Kind, das den Unfall nicht überlebt hatte. Außerdem hatte nicht nur Karina, sondern auch Matthias noch tagelang unter Schock gestanden. Mechanisch hatte er die Fragen der Polizei zum Unfallhergang beantwortet, der vom Fahrer des Lastwagens, der keinerlei Verletzungen davongetragen hatte, weitgehend bestätigt worden war. Allerdings hatte der darauf bestanden, dass er die Kreuzung ganz gewiss nicht zu einem Zeitpunkt befahren habe, wo der Fahrer des herannahenden Kleinwagens nicht mehr hätte bremsen können. Matthias war vor lauter Empörung außer sich gewesen und hatte behauptet, dass es für eine rechtzeitige Bremsung auf jeden Fall zu spät gewesen sei. Auf die Frage aber, warum man am Unfallort so gut wie keine Bremsspur gefunden habe, hatte auch er keine Antwort gewusst.

Doch an diesem Tag, als er zu ihr ins Krankenzimmer gestürmt war, meinte er sich plötzlich wieder daran zu erinnern, dass er zwar immer wieder auf die Bremsen gedrückt, diese aber keinerlei Reaktion gezeigt hätten. „Die Bremsen waren nicht in Ordnung, Karina, sie waren kaputt!", hatte er immer wieder gerufen und sich gar nicht mehr beruhigen können. Doch als er diese Beobachtung der Polizei mitteilte, hatten sie ihn nur mitleidig angesehen und ihn darauf hingewiesen, dass es von seiner Sicht aus nur verständlich sei, dass er so reagiere, schließlich trage er schwer an seiner Schuld, der Fahrer des Wagens gewesen zu sein, durch den seine Frau verkrüppelt und sein Kind getötet worden war.

Ja, dachte Karina kopfschüttelnd und schob das Fotoalbum beiseite. Tatsächlich hatte Matthias schwer an seiner Schuld getragen. Und auch sie hatte zunächst ihre Zweifel gehabt, ob er sich nicht in seinem verzweifelten Versuch, über das Geschehene hinwegzukommen, seine eigene Wahrheit zurecht legte. Doch dann war da dieser Anruf gewesen, rund drei Wochen nach dem Unfall, als Karina bereits vom Krankenhaus in die Reha verlegt worden war. Der Anrufer hatte mit verstellter Stimme nur das eine Wort in ihr Handy gehaucht: *Kapiert?* Sie hatte sich zunächst nichts dabei gedacht, sondern es für einen Dummejungenstreich gehalten. Doch dann, als sie Wochen später wieder zuhause gewesen war, hatte plötzlich ein Blatt Papier in ihrem Briefkasten gesteckt. Und auch auf dem hatte nur ein einziges Wort gestanden: *Denkzettel.* In krakeliger Kinderschrift hatte dieses Wort in knallroten Großbuchstaben auf dem Zettel geprangt. Seltsam nur, dass einer der Buchstaben eine gewisse Ähnlichkeit zu dem Logo der Firma Saromondo aufwies, gegen die sie im Auftrag einer Kommune wegen eines Umweltdelikts gerade ermittelte, als der Unfall geschah. Der Firma wurde vorgeworfen, unzählige Plastikfässer verbotener Pestizide einfach auf dem Acker eines Landwirts vergraben zu haben. Dort waren sie per Zufall entdeckt worden, die Firma aber behauptete, die hochgiftigen Chemikalien ordnungsgemäß entsorgt zu haben und hatte auch die dazugehörigen Belege vorlegen können. Den Fall hatte dann ein Kollege von ihr übernommen, der jedoch nur wenige Wochen später einem plötzlichen Herzinfarkt erlag. Die Kommune verlor, nachdem es zwischenzeitlich zu Neuwahlen und einem Regierungswechsel gekommen war, das Interesse an diesem Fall. Die ganze Angelegenheit wurde unter den Teppich gekehrt.

Karina schluckte. Nachdem die Polizei ihren Hinweis, dass es zwischen diesem Fall und ihrem Unfall womöglich einen Zusammenhang geben könne, nicht ernst genommen hatte und auch im weiteren Verlauf nichts Auffälliges mehr vorgefallen war, hatte auch sie den Vorfall ad acta gelegt und war zur Tagesordnung übergegangen. Rund zwei Jahre später aber waren Matthias und sie bei ihren gemeinsamen Recherchen zum Bienensterben wieder auf dieselbe Firma gestoßen. Saromondo. Matthias hatte hierzu den einen oder anderen Zeitungsartikel veröffentlicht, in denen er den Namen der Firma zwar nicht benannt hatte, es jedem Interessierten mit ein wenig Nachdenken aber nicht allzu schwer gefallen sein dürfte, diesen zu erraten. Und nun war Matthias tot.

Der Gedanke, dass sein Tod tatsächlich mit den längst vergangenen Ereignissen zusammenhing, hatte sich in den letzten Tagen ganz langsam in Karinas Hirn festgesetzt. Wie eine giftige Kloake, die sich Meter für Meter ihren tödlichen Weg durch die Landschaft bahnte, ergriff er langsam aber sicher Besitz von ihr. Waren damals wirklich die Bremsen ihres Autos manipuliert gewesen, wie es Matthias nach dem Unfall behauptet hatte? Sie würde es nicht mehr herausfinden. Ihr Kleinwagen, mit dem sie damals unterwegs gewesen waren, war nicht lange nach dem Unfall der Schrottpresse zugeführt worden. Aber, so fragte sie sich, wenn es sich wirklich um eine und dieselbe Firma handelte, die damals ihren Unfall herbeigeführt, ihr den *Denkzettel* geschrieben und jetzt Matthias getötet hatte, warum war sie nicht subtiler vorgegangen? Warum hatte man Matthias dann auf eine so denkbar brutale Weise umgebracht, dass die Polizei gar nicht anders konnte, als von einem Verbrechen auszugehen? War es in diesen Kreisen denn nicht üblich, die Widersacher klammheimlich und derart lautlos aus dem Leben scheiden zu lassen, dass alles nach einem bedauerlichen Unfall aussah? Oder nach einem plötzlichen Herzinfarkt, wie ihn ihr bis dahin kerngesunder Kollege erlitten hatte?

Karina schlug, trotz der warmen Decke immer noch schlotternd, die Arme um ihren Körper. Die Gedanken, die ihr heute Nacht durch den Kopf waberten, waren einfach ungeheuerlich. Litt sie womöglich schon an einer Paranoia, weil sie sich bereits viel zu lange beruflich mit Umweltdelikten auseinandersetzte und ganz genau wusste, mit welch harten Bandagen von Seiten der Industrie gekämpft wurde, wenn sie Gefahr lief, ihre exorbitanten Gewinne nach unten korrigieren zu müssen, weil eine strengere Gesetzgebung ihren skrupellosen Methoden ein Ende zu setzen drohte? War diesmal Matthias ein Opfer dieser Lobbyisten geworden, weil er ihren Machenschaften angeblich zu dicht auf der Spur war? Auch dieser Kommissar Büttner schien diese Vermutung nicht für gänzlich abwegig zu halten, da er einen Zusammenhang zwischen dem Mord und den Veröffentlichungen von *bee-a-friend21* nicht ausschloss und intensiv in diese Richtung ermittelte. Sollte sie ihm ihren Verdacht mitteilen, dass der Mord an Matthias etwas mit ihrem Unfall vor drei Jahren zu tun haben könnte? Oder würde er sie dann genauso mitleidig ansehen, wie es die Polizisten damals bei Matthias getan hatten?

Karina seufzte. Nein, vermutlich war es noch zu früh, der Polizei von derartigen Verdächtigungen zu berichten. Zunächst einmal würde sie selbst Ordnung in ihre Gedanken bringen und weitere Recherchen anstellen. Und am besten fing sie jetzt gleich damit an.

19

Büttner schüttelte den Kopf. Bereits seit einer halben Stunde zermarterte er sich das Hirn darüber, ob dieser Zeitungsverleger doch noch irgendwie ins Bild passte. Aber im Gegensatz zu allen anderen Beteiligten, schien der in einen feinen Nadelstreifenanzug gekleidete Mann mit dem kahl rasierten Schädel keinerlei Beziehungen zu irgendwem gehabt zu haben, der ihnen bisher in diesem Fall begegnet war. Nicht einmal geografisch war er hier in Ostfriesland einzuordnen, denn er lebte und arbeitete in Berlin. Auf die Frage, wie denn nicht freigegebene Passagen in ein Interview mit Matthias Krämer gelangen konnten, hatte Jochen Piterius nur mit den Schultern gezuckt und behauptet, das Ganze sei einfach ein redaktioneller Fehler gewesen, den sein Verlag sehr bedauere. Natürlich dürfe so etwas unter keinen Umständen vorkommen und sei für den Verlag mehr als unerfreulich, schließlich sei man auf das Vertrauen der Interviewpartner angewiesen und habe einen guten Ruf zu verlieren. Unmittelbar nach Bemerken des Fehlers aber habe man Matthias Krämer sowohl eine öffentliche Entschuldigung als auch eine hohe Entschädigungszahlung angeboten. Der aber habe überhaupt nicht mit sich reden lassen und dem Verlag niederträchtige Täuschung und Betrug vorgeworfen. Selbstverständlich sei man über dieses Verhalten sehr verärgert gewesen, aber letztlich habe der Fehler ja tatsächlich bei ihnen gelegen und so hätten sie eben mit den Konsequenzen leben müssen. Ein Gerichtsverfahren sei nun genau das, was sie unter allen Umständen hätten vermeiden wollen, zumal Matthias Krämer in der Sache bereits viel Wirbel in der Öffentlichkeit gemacht habe, was ihm aber schließlich per einstweiliger Verfügung untersagt worden sei. Dass dieser Krämer nun auf so unglückliche Weise sein Leben habe lassen müssen, sei außerordentlich bedauerlich, habe aber mit diesem Verfahren ganz und gar nichts zu tun. „Wenn wir jeden unserer Interviewpartner gleich umbringen wollten, wenn mal was schief geht, dann hätten wir schon ein ganzes Killerkommando unterwegs", hatte Piterius mit einem tiefen Seufzer gesagt und sein Einstecktuch zurechtgezupft. Auf Büttners Frage, was denn nun aus dem Verfahren würde, hatte er mit den Schultern gezuckt und gesagt: „Wir haben der Witwe vorgeschlagen, die angebotene Entschädigung nun doch an sie auszuzahlen und auf den Gerichtsprozess, den Matthias Krämer anstrebte, zu verzichten. Damit war sie einverstanden. Das Geld ist bereits auf ihrem Konto. Für uns ist die Sache damit erledigt."

Büttner nickte Hasenkrug zu, der schon seit geraumer Zeit auf Antwort wartete, ob er Jochen Piterius einen Platz in seiner Beziehungsgrafik einräumen sollte. „Nehmen Sie ihn mit auf, Hasenkrug", sagte Büttner nun, „aber schreiben Sie ihn ganz an den Rand. Es sieht nicht so aus, als müsse man ihm noch Beachtung schenken, aber man kann ja nie wissen."

Also beeilte sich Hasenkrug, den Redakteur seiner grundlegend überarbeiteten Grafik hinzuzufügen und lächelte dann zufrieden. „Wir haben hier ein Beziehungsgeflecht, das seinesgleichen sucht", sagte er und deutete auf all die Namen und Pfeile, die sich vor ihm an der Wand zu einer Art unsymmetrischem Spinnennetz zusammenfügten.

„Mit ein bisschen weniger Beziehung könnte ich auch ganz gut leben", brummte Büttner und zog die Stirn in Falten. „Zu allem Überfluss hat nun Britta Tönjes nicht nur eine private, sondern allem Anschein nach auch noch eine berufliche Beziehung zum Opfer gehabt. Ich gehe nach wie vor davon aus, dass sie auch eine intime Beziehung zu Krämer pflegte, aber das können wir ihr schwerlich beweisen." Büttner schwieg für einen Moment und sog dann tief die Luft ein. „Wenn dem aber so war, dann hätte sie den Klassiker unter den Mordmotiven, nämlich Eifersucht."

„Aber nur, wenn sie von dem Verhältnis von Matthias Krämer zu Janna gewusst hat", gab Hasenkrug zu bedenken.

„Genau. Und an diesem Punkt bin ich mir nicht sicher. Denn als ihr Mann diese Liebesbeziehung erwähnte, schien sie ehrlich überrascht zu sein."

„Vielleicht hat sie ein gewisses schauspielerisches Talent."

Büttner nickte. „Sie bleibt auf jeden Fall verdächtig." Er tätschelte kurz den Kopf seines Hundes Heinrich, der sich soeben schwanzwedelnd aufgerichtet hatte und ihn aus unerfindlichem Grund erwartungsvoll ansah, griff in die obere Schublade seines Schreibtisches, zog einen Schokoriegel hervor, befreite ihn aus seiner Verpackung und biss herzhaft hinein. Heinrich bekam ein paar Leckerlis und ließ sich dann mit einem zufriedenen Schnauben wieder zu Boden sinken. „Gucken Sie nicht so vorwurfsvoll, Hasenkrug", presste Büttner genüsslich schmatzend hervor, „bei solch einem Wirrwarr verlangt das Hirn nach Nervennahrung. Das hilft beim Denken. Auch einen?", fragte er dann mit einem süffisanten Grinsen und hielt seinem Assistenten einen noch eingepackten Riegel hin.

„Hab' Traubenzucker", winkte der ab und wandte sich wieder seinem Whiteboard zu. „Die da scheint mir mehr zu wissen, als sie sagt", bemerkte er und klopfte mit dem Edding mehrmals auf den Namen Silke Schulze-Brenner. „Als sie von mir erfuhr, dass ihr Neffe Johann mit dem Blogger *Giftpilz* identisch ist, schien sie für ihre Verhältnisse recht unruhig zu werden."

„Was heißt das, für ihre Verhältnisse?"

Hasenkrug verzog das Gesicht. „Sie ist eine von diesen kühlen Geschäftsfrauen. Machen die ganze Zeit einen auf superprofessionell, sehen aus, wie gerade frisch gebügelt und haben einen ganzen Topf Farbe im Gesicht. Hat geglaubt, ich durchschaue ihre Masche nicht. Da hat sie sich getäuscht.“ Hasenkrugs Gesicht verzog sich zu einem seligen Grinsen.

„Bin beeindruckt“, knurrte Büttner, „und weiter?“

„Sie versuchte mir weiszumachen, dass sie sich lediglich über die unflätige Ausdrucksweise ihres Neffen aufregt, aber ...“

„Ihr war bekannt, was dieser *Giftpilz* im Blog so trieb?“, warf Büttner ein und wischte sich mit der Hand über den Mund, um eventuelle Schokoladenreste zu eliminieren.

„Ja. Ich hatte sogar den Eindruck, dass sie es ganz genau wusste. Sie schien mir, wie gesagt, sehr erschrocken, als sie erfuhr, dass ihr Neffe Johann dahinter steckte. Warum, das kann ich mir allerdings nicht erklären. Die besorgte Tante jedenfalls nehme ich ihr nicht ab.“

„Gut.“ Büttner schlug mit den flachen Händen auf den Schreibtisch und stand auf. „Wir fahren jetzt noch mal zu den Beekmanns und sprechen mit Johann. Er soll uns mal erklären, was es mit seinen verwandtschaftlichen Verhältnissen so auf sich hat. Und vor allem will ich wissen, warum er sich seiner Tante nicht als *Giftpilz* zu erkennen gegeben hat. Vielleicht weiß er auch, welchen Grund sie hat, sich dermaßen darüber aufzuregen. Und wenn wir dann noch ...“ Büttner, der gerade seinen Mantel überzog, unterbrach sich selbst, als in diesem Moment die Tür aufging und Britta Tönjes den Raum betrat.

„Ich sollte das hier abgeben“, sagte sie träge und hielt einen Speicherstick in die Höhe, während sie den laut jauchzenden Timotheus an der Kapuze seines

Anoraks festhielt - offensichtlich, um ihn von Heinrich fernzuhalten, der ihm auf Augenhöhe gegenüberstand und mit schief gelegtem Kopf neugierig musterte. Sie sah von Tag zu Tag schlechter aus, befand Büttner und musterte die eigentlich sehr attraktive Frau mit einem kritischen Blick. „Heinrich, Platz!“, sagte er dann in scharfem Tonfall zu seinem Hund, der sich soeben anschickte, Timotheus freudig durchs Gesicht zu schlecken.

„Vielen Dank, Frau Tönjes“, wandte er sich dann wieder der Frau zu, reichte den Stick sogleich an Hasenkrug weiter und fügte dann hinzu: „Wenn Sie schon mal hier sind, möchte ich Sie bitten, mal einen Blick auf unsere Tafel zu werfen.“ Er schob sie mit einem leichten Druck auf ihre Schulter ans andere Ende des Raums und blieb vor Hasenkrugs Beziehungsgrafik stehen, während Timotheus sich immer wieder umsah und mit seinem kurzen, runden Finger auf Heinrich zeigte, der seinen Schwanz wie einen Teppichklopfer in kurzen Abständen auf den Boden hinuntersausen ließ, sich aber ansonsten nicht bewegte. „Ich würde gerne wissen, welche dieser Menschen Sie kennen und in welcher Beziehung Sie zu ihnen stehen.“

„Sind das die Verdächtigen?“, fragte sie mit gerunzelter Stirn und strich sich eine widerspenstige rote Locke aus dem Gesicht.

„Beantworten Sie bitte einfach meine Frage.“

Britta Tönjes betrachtete die Tafel für eine ganze Weile konzentriert, dann zeigte sie auf die Namen Matthias und Karina Krämer, auf den Namen ihres

Mannes, auf alle Beekmanns sowie Silke Schulze-Brenner. Zu Büttners Überraschung blieb ihr Finger für einen kurzen Augenblick über dem Namen Jochen Piterius hängen, dann aber zog sie ihn in Windeseile zurück.

„Sie kennen Frau Schulze-Brenner?“, fragte Büttner interessiert.

„Ja. Wir sind zusammen zur Schule gegangen und sind noch heute recht gut befreundet, auch wenn wir uns nicht sehr häufig sehen. Silke ist sehr beschäftigt, wissen Sie.“

„Dann kennen Sie auch ihren Neffen, Johann Brenner?“

Britta Tönjes schüttelte den Kopf. „Henri hat mir erzählt, dass er eine Ausbildung bei den Beekmanns macht. Aber ich habe ihn nie persönlich gesehen.“

„Und den Rest der Familie Brenner kennen Sie auch nicht?“

„Na ja, Franz natürlich, Silkes Bruder. Aber nur von früher, ich habe ihn seit Jahren nicht gesehen. Franz’ Familie kenne ich nicht, nein.“

„Walter Meise sagt Ihnen auch nichts?“

„Nein. Wer soll das sein?“

„Wenn ich mich nicht täusche, schienen Sie sich aber bei Jochen Piterius nicht ganz sicher zu sein.“

Britta Tönjes’ blasses Gesicht lief von einem Moment zum anderen rot an. „Ich habe mich getäuscht“, sagte sie ein bisschen zu schnell und machte eine fahrige Handbewegung.

„Getäuscht?“ Büttner zog verwundert die Augenbrauen hoch. „Jochen Piterius ist kein Allerweltsname. Ich nehme an, Sie hatten beruflich mit ihm zu tun? Im Rahmen Ihres Vertrages mit Matthias Krämer?"

„Ich sagte gerade, dass ich mich getäuscht habe", entgegnete Britta Tönjes schroff.

„Gut, dann werden wir Herrn Piterius selber noch mal fragen müssen. Hasenkrug, bitte notieren Sie sich das." Büttner wartete auf eine Reaktion, Britta Tönjes aber starrte nur mit leerem Gesichtsausdruck auf die Tafel.

„Wissen Sie, ob Ihr Mann noch ein paar mehr Personen von dieser Grafik kennt?", wechselte er das Thema.

„Das müssen Sie ihn schon selber fragen."

„Okay, danke Frau Tönjes. Das war's dann auch schon." Er reichte ihr die Hand, und nur wenig später schloss sie, sehr zum Bedauern von Heinrich, die Tür hinter sich und ihrem nun laut protestierenden Sohn.

„Na, dann können wir ja jetzt", bemerkte Hasenkrug zufrieden und griff nach seinem Mantel, wurde aber von seinem Chef zurückgehalten.

„Ich hab's mir anders überlegt, Hasenkrug. Ich fahre allein zu den Beekmanns, und Sie", er deutete auf den Stick, den sein Assistent auf dem Schreibtisch abgelegt hatte, „kümmern sich bitte um die Auswertung der Dokumente."

Hasenkrugs öffnete seinen Mund zu empörtem Protest, sein Chef aber schnitt ihm das Wort sogleich mit einer unwirschen Geste ab. „Kein Grund, sich zu beklagen, Hasenkrug, auch die Schreibtischarbeit gehört zu unserem Job. Und außerdem", deutete er mit dem Kopf auf die Beziehungsgrafik, „müssten Sie da noch einen Pfeil hinzufügen. Schließlich haben wir gerade von einer interessanten neuen Beziehung erfahren. Britta Tönjes und Silke Schulze-Brenner. Und den anderen neuen Pfeil zwischen Britta Tönjes und Jochen Piterius kennzeichnen Sie bitte mit einem Fragezeichen. Wir wollen doch schließlich nicht, dass uns da irgendwas verloren geht, nicht wahr?“

Den vernichtenden Blick, den Hasenkrug ihm beim Verlassen des Raums zuwarf, sah er nicht mehr. Dennoch meinte er belustigt, ihn auf seinem Rücken wie heiße Nadeln zu spüren.

20

„Nu lass mal den Kopf nicht hängen, mien Jung“, sagte Uroma Wübkea bestimmt schon zum zehnten Mal, aber Johann hörte gar nicht mehr hin. Gemeinsam waren sie bereits seit einer halben Stunde dabei, den Hühnerstall auszumisten. Trotz ihres betagten Alters ließ es sich Uroma Wübkea nicht nehmen, Johann bei dieser regelmäßig wiederkehrenden Arbeit zu unterstützen, auch wenn er es viel lieber – und wahrscheinlich auch viel schneller – alleine gemacht hätte. Die alte Frau nutzte dabei jede Gelegenheit, den Hühnern über das braune Gefieder zu streichen, obwohl diese nicht eben erpicht darauf waren, sondern in der Regel laut gackernd davon stoben. Vielleicht hatten sie es ja im Gespür, dass es eben diese Uroma Wübkea sein würde, die ihnen beizeiten und ohne viel Federlesens den Kopf abschlug. „Ich sach ja, die Liebe, die Liebe“, fuhr sie, unbeeindruckt von Johanns stoischem Schweigen, in ihrer Litanei fort. „Weißt du, mien Jung, ich hatte ja immer Glück. Oohhhh“, rief sie aus, während sie unter sichtlichen Mühen eine Forkenladung Hühnermist in die Schubkarre warf,

„die Männer sind mir nachgelaufen, das glaubst du gar nicht. Zuerst war da Adalbert, das war `n ganz fescher Kerl. Jo. Der wollte mich heiraten, ist dann aber im Kriech gefallen. War Pech. Jo. Und dann kamen Jan und Karl. Die waren Zwillinge. Wollten mich beide haben und sind darüber in Streit geraten. Hab zu ihnen gesacht, wenn sie sich nicht einigen können, dann heirate ich eben Okko. Jo. Und das hab ich dann ja auch gemacht. Hab ich Glück gehabt. Jan und Karl sind nämlich früh gestorben. Was ja kein Wunder ist. Zumindest bei Jan. Weil, der hat ja dann Greta Jakobs geheiratet. Nee, nee, nee. Was der sich wohl dabei gedacht hat. Ich glaub ja, dass der freiwillig von uns gegangen ist. Jo. Bei der Frau wäre das ja kein Wunder. Karl hat's dann auch nicht mehr lange gemacht. Der war nie verheiratet, weil er immer auf mich gewartet hat. Aber mein Okko ist ja zäh, lebt heute noch. Karl nicht. Hat er Pech gehabt."

Johann seufzte und stützte sich auf seine Forke. Als sein Blick auf die Hofeinfahrt fiel, sah er Janna davon radeln. Sie winkte der Fahrerin eines ihr entgegen kommenden, knallgelben Sportwagens zu, der nun mit quietschenden Bremsen vor dem Hoftor hielt. Entnervt rollte Johann mit den Augen. Auf seine Ach-was-bin-ich-erfolgreich-Tante Silke hatte er überhaupt keine Lust. Da waren ihm sogar Uroma Wübkeas verschrobene Geschichten, die er sich alle schon mehrfach hatte anhören müssen, um ein Vielfaches lieber.

„Guck an, da ist ja unsere feine Madame", sagte Uroma Wübkea, und eine tiefe Falte zeigte sich zwischen ihren Augen. „Sieht aber nicht gerade glücklich aus.

Möchte mal wissen, was der für'ne Laus über die Leber gelaufen ist."

Und tatsächlich sah sich Silke Schulze-Brenner kurz suchend um, erblickte ihren Neffen Johann auf die Forke gebeugt im Hühnerstall, senkte wie ein Stier beim Angriff den Kopf und kam im Stechschritt auf ihn zugeschossen.

„Oha." Uroma Wübkea schmiss ihre Forke beiseite, legte die Hände in die Hüften und stellte sich breitbeinig auf. „Keine Angst, mien Jung", sagte sie entschieden zu Johann, „die tut dir nichts."

„Keine Ahnung, was die will", murmelte Johann, konnte sich beim Anblick der alten Frau aber ein amüsiertes Grinsen nicht verkneifen.

„Das Grinsen wird dir gleich vergehen", keifte Silke Schulze-Brenner und stieß im nächsten Moment die untere Hälfte der zweigeteilten grünen Tür zum Hühnerstall auf. „Kannst du mir mal sagen, was du dir dabei gedacht hast!", kam sie ohne Umschweife zur Sache und baute sich in drohender Pose vor ihrem Neffen auf.

„Moin", erwiderte Uroma Wübkea mit gurkensaurer Miene, „so viel Zeit muss sein."

„Also, was hast du dir dabei gedacht?", ignorierte Silke Schulze-Brenner die alte Frau.

„Ich hab keine Ahnung, wovon du sprichst", erwiderte Johann gelassen und nahm in aller Ruhe seine Arbeit wieder auf. Schon als kleiner Junge hatte er die hysterischen Anfälle seiner Tante nicht ausstehen können. Wenn sie seine Eltern besuchte, hatte er sich vorsichtshalber in einer der Kälberboxen versteckt.

Denn dort, wo sie aufkreuzte, gab es eigentlich immer nur Streit.

„Nun tu nicht so, du ... *Giftpilz*!“ Seine Tante funkelte ihn aus blitzenden Augen wütend an, schnaubte aber zufrieden, als er beim Wort *Giftpilz* zusammenzuckte.

„Nu hör sich das einer an“, meldete sich Uroma Wübkea empört zu Wort und streckte Silke Schulze-Brenner die Zacken ihrer Forke entgegen, „was fällt dir ein, du hochnäsige Kuh, auf meinem Hof den Jungen so zu beschimpfen!“

„Lassen Sie's mal gut sein“, sagte Johann und legte ihr beschwichtigend eine Hand auf den Arm. „Ich mach mal kurz Pause und klär das. Bin gleich wieder zurück.“ Er stellte seine Forke beiseite und folgte seiner Tante in den kühlen Novembertag hinaus, während Uroma Wübkea drohend die Forke hinter ihnen schwang und immer wieder *Dir werd ich's zeigen, unnützes Ding!* rief.

Scheinbar ziellos rannte Silke Schulze-Brenner in ihren hochhackigen Schuhen über den Hof, bis sie schließlich unter dem Vordach einer kleinen Holzlaube halt machte, sich auf eine weiß gestrichene Bank setzte und ihre Zigaretten aus der Handtasche nestelte. Stumm hielt sie Johann die Packung hin, der aber lehnte mit einer kurzen Handbewegung ab.

„Also“, stieß seine Tante mit dem Rauch ihrer Zigarette Sekunden später hervor, „sag mir sofort, was du dir dabei gedacht hast!“

„Wobei?“, erwiderte Johann nur knapp und stieß mit dem Fuß einen kleinen Stein an, der daraufhin leise klackernd über die Holzdielen sprang.

„*Du* bist der *Giftpilz* von *bee-a-friend21*!“ Sie schleuderte es ihm mit einer solchen Schärfe entgegen, als hätte sie ihn soeben bei einem Banküberfall erwischt.

„Ja, und?“ Johann blickte teilnahmslos in die andere Richtung und entdeckte Uroma Wübkea, die immer noch Forke bei Fuß stand und sie skeptisch beobachtete, während sie auf ihren Mann Okko einredete und sich mit dem Zeigefinger an die Schläfe tippte.

„Hast du es getan?“, hörte er die vor Wut bebende Stimme seiner Tante im Rücken.

„Was soll ich getan haben?“ Johann winkte Uroma Wübkea kurz beschwichtigend zu und drehte sich dann wieder um.

„Nun tu doch nicht so unschuldig! Matthias Krämer ist tot!“

„Ja, und?“ Johann fragte sich, worauf die Schwester seines Vaters eigentlich hinaus wollte.

„Du hast ihn bedroht, Johann! Du hast ihn auf diesem verdammten Blog bedroht, und jetzt ist er tot!“

„Du hast mit der Polizei gesprochen?“, fragte Johann vorsichtig.

„Allerdings! Und was mir da zu Ohren kam, hat mir überhaupt nicht gefallen, das kann ich dir sagen. Franz sagt auch ...“

„Du hast auch mit Papa gesprochen?“ Johann schaute sie finster an. Er konnte es nicht leiden, wenn sich seine Familie in seiner Abwesenheit über ihn unterhielt.

„Ja, was denkst denn du, was ich mache, wenn ich von solchen Ungeheuerlichkeiten erfahre!" Fröstelnd schlug sie die Arme vor dem Körper zusammen, um sich vor der durchdringenden Kälte des frischen Nordwestwindes zu schützen. Mit ihrem grauen Baumwollkostüm war sie für die Jahreszeit viel zu dünn gekleidet. Aber sie hasste es, in der kalten Jahreszeit so unförmig herumzulaufen wie das Michelinmännchen.

„Es ist euch doch sonst auch scheißegal, was ich mache! Und jetzt regt ihr euch plötzlich über ein paar scheiß Wörter auf, die ich im Internet gepostet habe? Seid ihr denn jetzt alle bekloppt, oder was?" Johann spürte eine unbändige Wut in sich aufsteigen. Sein Leben lang hatte er unter den Machenschaften seiner Verwandtschaft leiden müssen. Keinerlei Rücksicht hatten sie dabei auf ihn genommen, den Jungen, der plötzlich ohne Freunde dagestanden hatte. Woher nahmen ausgerechnet sie nun das Recht, ihn für seine Ausfälle im Internet zu verurteilen, von denen außer ihnen doch sowieso niemand etwas wusste?

Silke Schulze-Brenner fuhr sich müde mit den Händen über die Augen. „Es geht doch gar nicht um diese ... Fäkalsprache, Johann, das weißt du doch auch."

„Und worum geht es dann? Kannst du dich vielleicht mal deutlich ausdrücken? Ich hab keine Ahnung, was du hier die ganze Zeit faselst!" Er warf einen düsteren Blick zum Stall hinüber. „Und außerdem habe ich keine Lust, mit dir hier meine Zeit zu verplempern. Ich geh dann mal wieder."

„Ich hab gehört, du hast dich in dieses Mädchen verliebt", hörte er seine Tante sagen, als er ein paar

Schritte gegangen war. Abrupt blieb er stehen und drehte sich langsam zu ihr um. „Ich wüsste nicht, was dich das angeht."

„Matthias Krämer hat sie dir weggenommen."

„Himmel, jetzt sag endlich, was du willst, oder halt die Klappe!" Johann schäumte vor Wut. Schlimm genug, dass Janna ihn nach wie vor behandelte, als wäre er Luft. Und dabei hatte er so sehr gehofft, bei ihr noch eine Chance zu haben, jetzt, wo dieser elendige Mistkerl nicht mehr lebte. Und nun ritt auch noch seine bescheuerte Tante darauf herum. Konnten sie ihn nicht einfach alle in Ruhe lassen?

„Hast du ihn umgebracht?", hörte er ihre Stimme im nächsten Moment in einem Tonfall fragen, als hätte sie ihn nach der Wettervorhersage gefragt.

„Was?", krächzte er und spürte, wie sich ihm die Kehle zuschnürte. Er starrte sie aus weit aufgerissenen Augen fassungslos an.

„Du kannst es mir ruhig sagen. Ich verspreche dir, dass wir einen Ausweg finden." Sie drückte den Rest ihrer Zigarette an der Bank aus, schmiss sie ins feuchte Gras und stand auf. Langsam ging sie auf ihn zu und legte ihm ihre Hand auf den Arm. „Bitte, Johann, dir wird nichts geschehen. Wir müssen es nur wissen, verstehst du? Da ist einfach was aus dem Ruder gelaufen, das kann ja mal passieren." Sie strich ihm mit kalten Fingern über die Wange und machte Anstalten, ihn in den Arm zu nehmen, was er zunächst willenlos über sich ergehen ließ. Plötzlich aber erwachte er aus seiner Schockstarre und schon im nächsten Moment brach sich die ganze aufgestaute Wut der letzten

Monate bahn. Mit einem lauten Aufschrei schleuderte er seine Tante mit solch einer Wucht von sich, dass sie ins Taumeln geriet und mit einem dumpfen Aufprall gegen die Wand schlug, wo sie keinen Halt fand, sondern langsam in sich zusammensackte. Blind vor Wut stürzte sich Johann auf sie und begann auf sie einzuschlagen. Immer und immer wieder traktierte er die wimmernde Frau mit seinen Fäusten, zuerst ihren Oberkörper, dann ihre Arme, die sie schützend um ihren Kopf geschlungen hatte. Gerade wollte er einen erneuten Hieb setzen, als er von einer kräftigen Hand zurückgerissen wurde.

„Was geht hier vor? Du bist wohl verrückt geworden!“, schrie eine herrische Stimme ihn an, aber Johann antwortete nicht, sondern versuchte mit allen Mitteln, sich aus dem Klammergriff zu befreien. Wahllos hieb er Faustschläge in die Luft und stieß dabei animalische Laute aus. „Gib jetzt endlich Ruhe!“, herrschte ihn die Stimme erneut an, und schon im nächsten Moment schallte das Geräusch von zwei klatschenden Ohrfeigen durch die Luft. Johann erstarrte, blickte verwirrt um sich und glotzte dann auf seine Tante, die nach wie vor in sich zusammengesackt und zitternd am Boden saß. Vor ihr kniete dieser Kommissar Büttner und redete beruhigend auf sie ein. Ganz langsam, wie in Trance, ließ Johann seine Arme sinken und spürte, wie sich im nächsten Moment auch der Griff um seinen Oberkörper lockerte. Er sah sich um und blickte in das Gesicht von Christian Beekmann. „Geht’s wieder?“, fragte der leise und nickte ihm zu.

Johann nickte zurück und schaute dann wieder zu seiner Tante hinüber. Was hatte er getan?

„Kommen Sie, Frau Schulze-Brenner“, sagte Kommissar Büttner gerade und half ihr auf die Beine. Sobald sie wieder einigermaßen stabil auf den Füßen stand, griff sie mit zittrigen Fingern in ihre Tasche und holte eine Zigarette hervor. Sie versuchte, sie mit einem Feuerzeug anzuzünden, doch als es ihr auch beim dritten Anlauf nicht gelang, nahm Büttner es ihr aus der Hand und half ihr. „So“, sagte er, als sie die ersten tiefen Züge in ihre Lungen gesogen hatte, „und nun wüsste ich gerne, was hier vorgefallen ist.“ Mit zusammengekniffenen Augen blickte er von einem zum anderen.

„Es war nichts“, sagte Silke Schulze-Brenner mit bebender Stimme und stieß geräuschvoll den Rauch aus. „Es war meine Schuld. Ich habe Johann mit seiner verschmähten Liebe aufgezogen, und da ist er ausgerastet. Er kann nichts dafür.“

Büttner schaute Johann, der sich bei den Worten seiner Tante sichtlich verkrampft hatte, skeptisch an. Christian Beekmann stand in Habachtstellung hinter ihm und machte sich auf einen erneuten Einsatz gefasst. „War es so?“, fragte Büttner.

Johann atmete ein paar Mal tief ein und aus, dann sagte er merkwürdig tonlos: „Sie glaubt, dass ich Matthias Krämer umgebracht habe. Sie glaubt, dass ich ein Mörder bin.“ Er strich sich mit beiden Händen übers Gesicht. „Ja“, wiederholte er dann und deutete mit dem Zeigefinger auf sie, „meine eigene Familie glaubt, dass ich ein Mörder bin.“

„Aber was redest du da!?“, rief Silke Schulze-Brenner aufgebracht, „das habe ich doch nie gesagt! Warum lügst du, Johann? Niemals habe ich gesagt ...“

„Doch“, sagte Johann leise und drehte sich von ihr weg, „doch, das hast du. Du hast mich einen Mörder genannt.“

„Und wie kommen Sie zu dieser Annahme?“, wollte nun Büttner von ihr wissen.

„Ich habe nicht ... doch, ich habe so eine Andeutung gemacht. Aber doch nur, weil ich, weil wir ... wegen der Sache im Internet. Ihr Kollege sagte doch selber, dass Johann Morddrohungen ausgestoßen hatte.“

„Und da rennen Sie gleich los, um ihn zur Rede zu stellen? Das erscheint mir doch ein bisschen seltsam, Frau Schulze-Brenner.“

„Sie hat gesagt, mir würde nichts passieren. Sie hat gesagt, sie würden mir helfen, da sei was aus dem Ruder gelaufen.“ Johann schüttelte ungläubig den Kopf.

„Was macht Sie so sicher, dass Ihr Neffe der Mörder von Matthias Krämer ist? Und was ist aus dem Ruder gelaufen?“, fragte Büttner lauernd. Als sie keine Antwort gab, zog er sein Handy aus der Tasche und forderte einen Einsatzwagen an. „Sie begleiten mich bitte beide aufs Präsidium“, sagte er dann.

Nur wenige Minuten später verließen Johann und Silke Schulze-Brenner eingerahmt von zwei Polizisten das Hofgelände - begleitet von den wüsten Beschimpfungen Uroma Wübkeas, die der Frau Tod und Teufel und alle Leiden dieser Welt an den Hals wünschte.

21

Mit jedem Schaukeln der Krabbenkutter gaben die an ihrer Reling befestigten Fender, wenn sie zwischen Schiff und Kaimauer eingeklemmt und zusammengepresst wurden, ein gequältes Quietschen von sich. Einzelne, in wetterfestes Ölzeug gekleidete Fischer säuberten mit einem Wasserschlauch das Deck ihrer Kutter oder trugen mit frischem Granat gefüllte Kisten an Land. Immer wieder trug der frische Westwind einzelne plattdeutsche Wortfetzen zu Karina und Britta hinüber, wenn sich die gut gelaunten Fischer, die nach anstrengenden Stunden auf rauer See froh waren, wieder im Heimathafen eingelaufen zu sein, über die Länge der Kutter hinweg etwas zuriefen.

Karina liebte diese geschäftige und dennoch friedliche Stimmung am Hafen, wenn in Greetsiel nach einer turbulenten Saison voller touristischer Höhepunkte wieder Ruhe eingekehrt war und – so behaupteten spöttische Zungen - sich die Landmasse der Krummhörn wieder um einige Zentimeter hob, da sie um die vielen tausend Touristen erleichtert wurde. Soeben waren Britta und sie mit den Kindern von einem Ausflug nach Norddeich wieder nach Hause gekommen. Da aber die Kinder noch keine Lust gehabt hatten, bei dem herrlichen Sonnenschein, der das flache Land nach einem anfangs tristen grauen Tag plötzlich in die für Ostfriesland so typischen intensiven, warmen Herbstfarben tauchte, in ihre Kinderzimmer zurückzukehren, hatten sich auch ihre Mütter dazu entschlossen, sich noch ein wenig am Hafen aufzuhalten. Genüsslich auf ihren Fischbrötchen kauend, ließen sie sich mit geschlossenen Augen die so selten zu sehende Herbstsonne ins Gesicht scheinen, während Frieda und Martha an den Lippen eines alten Fischers hingen, der sie auf seinen Krabbenkutter eingeladen hatte und ihnen jetzt mit weit ausladenden Gesten eine anscheinend spannende Geschichte erzählte, der sie mit großen Augen und geröteten Wangen lauschten. Der kleine Timotheus aber schien von der frischen Seeluft inzwischen so ermattet, dass er, den Daumen im Mund, auf dem Schoß des Fischers eingeschlafen war und selig vor sich hin schlummerte.

„Ich glaube, ich weiß, wer Matthias umgebracht hat“, sagte Karina so plötzlich in die Stille hinein, dass es einige Augenblicke dauerte, bis der Sinn dieser Worte in Brittas Gehirn vorgedrungen war. Dann aber schnappte sie erschrocken nach Luft und sah ihre Freundin entsetzt an. „Sag das noch mal“, keuchte sie.

„Ich glaube, ich weiß, wer Matthias umgebracht hat“, wiederholte Karina in demselben Tonfall wie zuvor. Sie richtete sich in ihrem Rollstuhl auf und sah Britta ernst an.

„Oh, mein Gott", stöhnte Britta auf, schob sich das letzte Stück ihres Brötchens in den Mund und wischte sich die Hände an den Hosenbeinen ab. „Aber wie ... ich meine ... wie hast du ... ich meine ... oh, mein Gott!" Erschrocken sah sie sich in alle Richtungen um, als befürchte sie, dass ihnen Matthias' Mörder bereits an der nächsten Ecke auflauerte.

„Tut mir leid, Britta", sagte Karina und legte ihrer Freundin beschwichtigend eine Hand auf den Arm. „Ich wollte dich nicht erschrecken, aber ich muss mich jetzt einfach mal jemandem anvertrauen. Wie du dir denken kannst, grüble ich schon seit Langem darüber nach, wer Matthias auf so brutale Weise das Leben genommen hat. Und je mehr ich mir die Zusammenhänge klar mache, desto logischer erscheint mir meine Vermutung."

Britta schluckte. „Aber warum sagst du es mir und nicht der Polizei? Ich meine, ja, geh doch einfach zur Polizei und teile ihnen deinen Verdacht mit. Ich will es eigentlich gar nicht wissen. Es ... macht mir Angst."

„Bitte, Britta." Karina sah sie mit flehenden Augen an. „Ich kann noch nicht zur Polizei gehen, sie würden mir vermutlich nicht glauben."

„Aber wenn du doch weißt, wer der Mörder ist, dann ..."

„Ich kann es nicht beweisen. Und, ehrlich gesagt, habe ich noch nicht mal konkrete Namen, sondern allenfalls einen Verdacht. Deswegen hätte es gar keinen Sinn, wenn ich damit zur Polizei ginge."

„Ich will es aber trotzdem nicht hören, Karina, wirklich nicht. Bitte, versteh mich doch." Brittas Augen hatten sich nun mit Tränen gefüllt, sie schien mit der Situation völlig überfordert.

„Ich möchte nur, dass es außer mir noch jemand weiß, falls ...“ Karina stockte und biss sich auf die Lippen.

„Falls?“, hakte Britta leise nach.

„Falls auch mir etwas zustößt.“

Aus Brittas Gesicht war bei diesen Worten der letzte Rest Farbe gewichen. „Du meinst, sie könnten auch dich ...“ Alles in ihr sperrte sich, diesen Satz zu Ende zu bringen.

„Ja, ich bin mir fast sicher, dass eigentlich ich gemeint war“, sagte Karina mit belegter Stimme.

„Dass eigentlich du ...?“ Britta lachte kurz und schrill auf, so dass so manch vorbeischlendernder Passant sich zu ihnen umdrehte. Sie musterte Karina von oben bis unten und zischte ihr dann deutlich leiser zu: „Aber wie kommst du denn auf solch einen Blödsinn? Wie, um Himmels willen, kann denn irgendein Mörder dich und Matthias verwechseln!“

Karina nickte. „Genau zu diesem Punkt der Geschichte habe ich auch noch keine Erklärung. Aber dennoch glaube ich fest daran, dass es nicht Matthias, sondern eigentlich mich erwischen sollte.“

„Vielleicht solltest du dich besser mal einem Psychologen anvertrauen“, erwiderte Britta und unterstrich ihre Worte mit einem heftigen Nicken. „Ich meine, es ist doch völlig klar, dass diese Situation dich überfordert. Ich wundere mich schon die ganze Zeit, dass du alles so gut wegsteckst. Ich glaube, wenn mir das passiert wäre, dann könnte man mich für den

Rest des Lebens in die Hoppla stecken. Aber“, sie sah ihre Freundin voller Mitgefühl an, „vermutlich bist du gar nicht so stark, wie es nach Außen hin scheint. Du suchst einfach nur eine Erklärung für diese unfassbare Gräueltat. Das ist ganz normal. Du willst, dass es endlich einen Schuldigen gibt, der für das, was er dir und deinen Kindern angetan hat, zur Verantwortung gezogen wird. Du ...“

„Britta“, unterbrach Karina ihre Freundin, „bitte glaube mir, dass ich weit davon entfernt bin, mir irgendwas zurecht zu spinnen, weil ich sonst verrückt würde. Es gibt ganz klare Anhaltspunkte, die darauf hindeuten, dass mich jemand aus dem Weg räumen will.“ Als Britta nichts erwiderte, fügte sie leise hinzu: „Einer muss mit meiner Theorie zur Polizei gehen, falls mir was passiert. Und du bist die Einzige, der ich zurzeit vertraue. Bitte, hör mir einfach nur zu. Bitte.“

Britta presste die Lippen zusammen und warf einen Blick zu dem Fischkutter hinüber, auf dem die Zwillinge nach wie vor mit offenen Mündern dem Fischer lauschten, der vermutlich allerhand verworrenes Seemannsgarn spann. Beim Anblick ihres kleinen Timotheus, der mit roten Schlafbäckchen in den Armen des alten Mannes lag und am Daumen lutschte, zog sich ihr Herz schmerzhaft zusammen. Seit so langer Zeit schon lebte sie mit dieser Lüge, von der Karina, die hier neben ihr saß und von Vertrauen redete, nichts ahnte. Britta hatte lange Zeit Angst gehabt, dass Timotheus womöglich eines Tages so aussehen würde wie sein leiblicher Vater. Wie ihr geliebter Matthias. Aber inzwischen deutete alles darauf hin, dass der Kleine eher seiner Mutter ähnlich sein würde, mit seinem rötlichen Haar und der hellen Haut. Nur manchmal meinte sie, in seiner Mimik Matthias' Gesichtszüge wiederzuerkennen. Aber vielleicht bildete sie es sich auch nur ein. Auf jeden Fall würde sie, Britta, für immer mit dieser Lüge leben müssen, ja, sie würde sie mit ins Grab nehmen. Sie war froh, dass Matthias nie erfahren hatte, dass Timotheus sein Sohn war. Stunde um Stunde hatte sie sich den Kopf zermartert, ob sie ihn vielleicht für sich gewinnen könnte, wenn sie ihm die Wahrheit sagte. Eigentlich aber hatte die Antwort von Anfang an festgestanden: Nein. Niemals hätte Matthias Karina und die Zwillinge verlassen, um mit ihr und seinem Sohn neu anzufangen. Also hatte sie sich damit begnügt, ab und zu in seinen Armen zu liegen und wenigstens körperlich von ihm begehrt zu werden. Und nun sollte es ausgerechnet sie sein, der Karina sich anvertraute? Andererseits würde sie es sich nie verzeihen, wenn sie sich jetzt einfach so aus der Affäre zog, nach allem, was sie Karina angetan hatte. Und wenn Karina wirklich etwas passierte? Könnte sie dann noch in den Spiegel schauen? Nein, auch wenn es ihr schwer fiel, so musste sie ihrer Freundin, die sie aus ihrem Rollstuhl heraus so verzweifelt und doch so hoffnungsvoll ansah, diesen Gefallen tun. „Also gut", sagte sie deshalb gedehnt, „ich höre dir zu. Und falls dir tatsächlich ... ja, ich verspreche dir, dass ich der Polizei dann davon erzähle."

Karina seufzte erleichtert auf und drückte ihrer Freundin dankbar den Arm. „Du erinnerst dich an den Unfall vor drei Jahren", begann sie dann.

Britta nickte. „Natürlich“, sagte sie leise, „es war für uns alle der schrecklichste Tag unseres Lebens.“ Sie schluckte. „Bis zu Matthias’ Tod natürlich.“

„Nun, ich glaube nicht mehr, dass es tatsächlich ein Unfall war.“

Britta schlug sich entgeistert die Hände vor den Mund. „Du meinst ...“

„Ja. Ich glaube, dass es sich schon damals um einen Anschlag auf mein Leben handelte. Jemand wollte mich aus dem Weg räumen.“

„Aber wie kommst du darauf?“ Brittas Stimme war nun ein einziges Zittern.

„Matthias hat es schon damals der Polizei gesagt, aber die haben ihm nicht geglaubt. Er glaubte sich zu erinnern, dass die Bremsen des Autos nicht funktionierten, als der Lastwagen plötzlich vor uns auftauchte. Und auch bei mir kamen die Erinnerungen in den letzten Jahren Stück für Stück zurück. Und ich bin mir ganz sicher, dass Matthias damals sofort in die Bremsen trat, diese aber nicht reagierten. Leider konnten wir es nicht mehr beweisen, weil das Auto längst verschrottet worden war.“

„Aber warum sollte es jemand auf dich abgesehen haben? Und außerdem“, gab Britta zu bedenken, „warum glaubst du, dass du Ziel des Anschlags warst und nicht Matthias?“

„Weil wir mit meinem Wagen unterwegs waren. Und weil Matthias an diesem Abend eigentlich gar nicht mitfahren wollte. Er hat mich nur begleitet, weil ...“ Karina schlug sich unvermittelt die Hände vors Gesicht und brach in Tränen aus.

„Aber was ist denn?“, fragte Britta verstört und nahm ihre Hand.

„Ich war wieder schwanger, Britta“, sagte Karina mit tränenerstickter Stimme. „Ich hatte es Matthias gerade gesagt, und er ... er hat sich so gefreut und wollte mich nicht mehr alleine fahren lassen.“ Sie stieß ein gequältes Lachen hervor. „Männer!“

Britta spürte, wie sich eine schwere Kette um ihr Herz legte und es zu zerdrücken drohte. Karina hatte erneut ein Kind von Matthias erwartet? „Das hast du mir nie erzählt“, sagte sie heiser. „Keiner wusste, dass du zum Zeitpunkt des Unfalls schwanger warst.“

„Wir haben es niemandem gesagt. Alle standen sowieso schon so unter Schock, da wollten wir niemanden damit belasten.“

„Niemanden damit belasten“, sagte Britta dumpf. Ihr war, als hätte ihr jemand einen Schlag vor den Kopf gegeben. „Mein Gott, Karina, ihr seid durch die Hölle gegangen. Es ist ... ein absoluter Alptraum.“

Karina nickte stumm, wischte sich die Tränen von den Wangen und rang für einige Augenblicke um Fassung. „Ich hatte damals einen Fall“, kam sie dann wieder auf ihr eigentliches Anliegen zurück. „Es ging um ein Umweltdelikt. Und nachdem ich aus der Reha entlassen worden war, bekam ich einen seltsamen Anruf, bei dem nur jemand mit verstellter Stimme das Wort *Kapiert?* in den Hörer hauchte. Tage später dann lag ein Blatt Papier in unserem Briefkasten. Auch auf ihm stand nur ein Wort: *Denkzettel*. Einer der Buchstaben sah damals so ähnlich aus, wie das Logo der Firma, gegen die ich im Auftrag einer Kommune anwaltlich vorging. Du erinnerst dich vielleicht an die Sache mit den Giftfässern, die in einem Acker vergraben worden waren."

„Dunkel. Und die Polizei? Was hat die zu Anruf und Zettel gesagt?"

„Die hat es nicht ernst genommen. Meinten, so was passiert jeden Tag ein dutzend Mal."

„Aber doch nicht in Zusammenhang mit solch einem Unfall!", stieß Britta empört hervor. „Wie ich bereits sagte: Sie glaubten Matthias' Verdacht mit den manipulierten Bremsen nicht. Außerdem kam der Zettel erst Wochen später. Nun, wie dem auch sei. Ich weiß nicht, ob man mich damals wirklich töten wollte. Aber, dass ich aus dem Verkehr gezogen werden sollte, steht für mich fest. Und das", sie strich sich über ihre tauben Beine, „ist ihnen ja auch gelungen. Der Prozess wurde nie zu Ende geführt, nachdem auch mein Kollege, der den Fall übernommen hatte, nach wenigen Wochen einem Herzanfall erlag."

„Du meinst, den haben sie umgebracht?", flüsterte Britta.

Karina zuckte mit den Schultern. „Ich weiß es nicht."

„Und warum sollte es jetzt, Jahre später, wieder jemand auf dich abgesehen haben?"

„Weil ich in den letzten Jahren keine Ruhe gegeben habe, sondern der besagten Firma mit meinen Recherchen und Veröffentlichungen erneut mächtig auf den Schlips getreten bin."

„Aber Matthias hat doch all diese Artikel zum Bienensterben veröffentlicht und nicht du."

„Aber ich habe ihn dabei unterstützt, ihm sozusagen das juristische Gerüst geliefert.“

„Und waren eure Enthüllungen so gefährlich, dass es sich lohnt, dafür einen Mord zu begehen?“ Britta sah ihre Freundin ungläubig an.

„Ich glaube, dass Matthias in den letzten Tagen vor seinem Tod irgendwas herausgefunden hat, von dem selbst ich noch nichts wusste. Es muss etwas sehr Brisantes gewesen sein, denn am Telefon wollte er nicht darüber reden. Er sagte mir nur, dass er mir alles erzählen würde, wenn er wieder zuhause sei.“

„Aber er kam nicht mehr nach Hause“, sagte Britta gepresst, und ein Schaudern durchlief ihren Körper.

„Ja. Und seine Unterlagen wurden nie gefunden.“

Britta sah sie aus zusammengekniffenen Augen an. „Und warum sollten sie jetzt auch noch dich umbringen wollen?“

„Weil sie nicht wissen, dass Matthias mir noch nichts gesagt hatte.“

„Du musst zur Polizei gehen, Karina, bitte!“

„Nein. Zuerst muss ich Beweise haben.“

„Aber, wenn die Polizei weiß, dass es zwischen deinem Unfall und dem Mord an Matthias womöglich einen Zusammenhang gibt, dann ermitteln sie doch ganz sicher in diese Richtung.“

„Das kann sein. Doch bei genau diesen Leuten, die ich im Visier habe, werden sie keinerlei Beweise finden. Dafür sind die zu schlau. Allenfalls würden die Verantwortlichen durch polizeiliche Ermittlungen aufgescheucht und dadurch noch vorsichtiger. Und außerdem war diesem Kommissar Büttner unschwer anzumerken, dass er nicht besonders versessen darauf ist, sich mit einer mächtigen Lobby anzulegen. Bestenfalls wäre also damit zu rechnen, dass irgendwann ein verwirrter Einzeltäter als Matthias' Mörder hingestellt würde. Nein, Britta, ohne stichhaltige Beweise brauche ich bei der Polizei gar nicht vorzusprechen."

„Und was willst du jetzt tun?"

„Ich werde diese Schweine mit ihren eigenen Waffen schlagen."

Britta spürte, wie sich eine eisige Kälte in ihrem Körper breit machte. Und das lag ganz gewiss nicht an der dunklen Wolke, die sich in diesem Moment vor die wärmende Herbstsonne schob.

22

Bertus Foelkers ließ seinen Blick durch die Terrassentür über die Weite seiner Felder schweifen. Wie viele Jahrzehnte hatte er auf ihnen geackert und geschuftet, bis aus seinem Betrieb der größte und ertragreichste der ganzen Region geworden war! In den ersten zwanzig Jahren hatten er und seine Frau sich keinen einzigen Tag Urlaub gegönnt, hatten all ihre Lebensjahre nur diesem einen Ziel verschrieben: Ihren Kindern eines Tages einen florierenden landwirtschaftlichen Betrieb zu hinterlassen. Die erste große Enttäuschung war dann sein Sohn Tammo gewesen. Schon als Junge hatte der die ihm zugewiesenen Aufgaben auf dem Hof nur mit Widerwillen erledigt. Ständig hatte es deswegen Streit gegeben. Am ersten Tag seiner Volljährigkeit war er ausgezogen und hatte, so wurde Bertus von Bekannten berichtet, sein Abitur nachgeholt und ein betriebswirtschaftliches Studium absolviert. Heute arbeitete er dem Vernehmen nach in einer großen Bank. Bertus und seine Frau hatten ihn nie wiedergesehen. Nur gut, dass dann wenigstens ihre Tochter Fentje einen patenten Bauern geheiratet und mit ihm gemeinsam den väterlichen Betrieb übernommen hatte. Ja, seine Tochter war ihm eine wahre Freude. Zu allem Glück hatte sie ihm dann auch noch einen strammen Enkelsohn geschenkt, der sich schon sehr früh für die Landwirtschaft hatte begeistern können und sich schnell zu Opas ganzem Stolz mauserte. Johann. Bis zum heutigen Tag war Bertus Foelkers überzeugt gewesen, dass nichts und niemand einen Keil zwischen ihn und den Jungen treiben könnte. Sie waren ein eingeschworenes Team, das gemeinsam durch Dick und Dünn ging. Natürlich war es auch für Johann nicht immer einfach gewesen, musste er doch damit zurecht kommen, dass sich immer mehr seiner Freunde von ihm abwandten. Aber, hatte er in diesen bitteren Stunden zu ihm gesagt, er könne zu Recht stolz darauf sein, dass er auf diese alles zersetzende Propaganda der Fundamentalökologen nicht hereinfiel. Was solle das ganze Ökogequatsche, wenn es lediglich teuer sei, was zu Lasten der Nahrungsmittelpreise gehe? Nein, was ein richtiger Landwirt sei, der erkenne die Zeichen der Zeit und lege nicht freiwillig den Rückwärtsgang ein. Statt über all die Errungenschaften der industriellen Landwirtschaft zu zetern und die baldige ökologische Apokalypse heraufzubeschwören, solle man vielmehr stolz sein auf die Segnungen der Gentechnologie, die auch bei ständig zunehmender Weltbevölkerung sicherstelle, dass zukünftig alle Erdenbürger genug zu essen haben würden.

Mit Freuden hatte sich Bertus ausgemalt, wie Johann eines Tages den Familienbetrieb übernehmen und ihn in Zusammenarbeit mit Saromondo zu einer stabilen Säule der Landwirtschaft ausbauen würde, die in Deutschland ihresgleichen suchte. Und das alles sollte nun wegen dieses einen, dummen Fehlers vorbei sein? Wie nur hatte es passieren können, dass die ganze Angelegenheit so dermaßen aus dem Ruder gelaufen war, wie diese blöde Schrippe sich ausdrückte? Er, Bertus, hätte es gleich wissen müssen, dass man sich mit solch einer überkandidelten Kuh, wie es die Schwester seines Schwiegersohns Franz war, gar nicht erst einließ. Von Anfang an hatte er bei der Sache ein schlechtes Gefühl gehabt. Hätte er doch nur darauf gehört.

„Wir müssen nun ganz vorsichtig sein“, hörte er seinen alten Kumpel Walter Meise, der mit Franz Brenner am Tisch saß, gerade sagen. „Ein einziger Fehler kann uns alle den Kopf kosten.“

„Wenn die blöde Kuh mal nur die Klappe hält“, brummte Bertus Foelkers und dachte an die beiden Kommissare, die Silke Schulze-Brenner wahrscheinlich gerade durch die Mangel drehten. Wenn sie sich dabei nur halb so geschickt anstellte, wie er es vor einigen Tagen in der Vernehmung gemacht hatte, dann war der Supergau womöglich noch abzuwenden. Beim Gedanken daran, wie leicht er die beiden Polizisten mit seiner Dummer-Bauer-Nummer aufs Glatteis hatte führen können, schlich sich noch heute ein überlegenes Grinsen auf Bertus Foelkers’ Gesicht. Sei schlau und stell dich dumm. Es hatte exzellent geklappt. Nun war zu hoffen, dass auch Johann seine Rolle wie bisher weiterspielte. Sicher war das nicht. Er machte in der letzten Zeit einen etwas verweichlichten Eindruck. Vermutlich hatte diese kleine Janna ihm sein verliebtes Hirn so weichgespült, dass er nicht mehr in der Lage war, zwischen richtig und falsch zu unterscheiden, sondern ihr nur noch mit sabbernder Zunge hinterher hechelte. Tja, dachte Bertus, sobald der Geschlechtstrieb ins Spiel kam, war es um die jungen Männer geschehen. Blieb nur zu hoffen, dass Johann auf dem Kommissariat bei Verstand blieb und die Tat weiterhin leugnete. Das, was Christian Beekmann ihm vorhin zu berichten gehabt hatte, hatte sich jedenfalls nicht sehr beruhigend angehört. Es stand zu befürchten, dass Johann unter dem Verhör zusammenbrach. Und dann saßen sie alle ganz schön in der Tinte.

„Silke wird sich da schon rausboxen", knurrte Franz Brenner. Er trommelte nervös mit den Fingern auf dem Tisch herum und sah plötzlich um Jahre gealtert aus. „Wer mir viel mehr Sorgen macht, ist Johann. Keine Ahnung, ob der bei Verstand bleibt. Aber was soll er schon sagen. Der weiß doch gar nicht, wer seine Auftraggeber waren."

„Meinst du, die können ihm den Mord nachweisen?", fragte Walter Meise. „Christian sagte am Telefon, Johann habe alles abgestritten. Wäre schlau, wenn er dabei bliebe. Hab keine Lust, wegen dem in den Knast zu wandern. Einen Denkzettel sollte er diesem Krämer verpassen, sonst nichts. Stattdessen bringt er ihn um. Mann, Mann, Mann. Wie konnte das nur passieren!? Was für ein Versager!"

Bei Meises letzten Worten war Bertus Folkers wutentbrannt aufgesprungen, sein Gesicht zeigte hektische rote Flecken. „Hör sofort auf, so über meinen

Enkel zu sprechen!“, stieß er erregt hervor. „Ohne Silkes blöden Tipp an Saromondo, diesen *Giftpilz* anzufragen, ob er für viel Geld Matthias Krämer einen ordentlichen Schrecken einjagt, wäre das doch alles nicht passiert! Und bei Saromondo hätte man doch wenigstens merken können, dass sich hinter diesem Pseudonym einer von uns verbirgt. Die sind doch sonst nicht so schlampig, wenn es darum geht, jemanden für die Drecksarbeit zu finden!“

„Himmel Herrgott, es konnte doch keiner ahnen, dass dein Enkel sich in diesem Blog herumtreibt und aufs Übelste diese Ökofaschisten beschimpft!“ Auch Walter Meise war nun aufgesprungen und streckte Bertus Foelkers drohend seine Faust entgegen. „Außerdem hatte keiner von uns auch nur die Spur einer Ahnung, dass es sich bei diesem blöden *bee-a-friend21* um Matthias Krämer handelte. Auch das hätte man vorher recherchieren sollen. Aber nee, es musste ja alles sofort sein. Unsere Verbindung zu diesem Reporterfuzzi wäre doch nie aufgeflogen, wenn die Polizei nicht herausgefunden hätte, dass wir da alle heftig mitdiskutieren.“

„Tja, ist ein scheiß Spiel, dieses Internet“, bemerkte Franz Brenner trocken und rieb sich die müden Augen, „aber mit *hätte* und *wäre* kommen wir jetzt trotzdem nicht weiter. Anscheinend haben wir meinen Sohn unabsichtlich zu einem Mord angestachelt.“ Er schluckte schwer. Das Sprichwort *Wer anderen eine Grube gräbt …* schoss ihm plötzlich durch den Kopf, und er spürte eine heftige Übelkeit in sich aufsteigen. Mit einer fahrigen Bewegung deutete er auf die freien Stühle. „Und ihr könntet euch jetzt mal wieder beruhigen, denn es bringt doch nichts, wenn wir uns jetzt auch noch gegenseitig an die Kehle gehen. Die Situation ist schon verfahren genug.“ Er wartete, bis die beiden korpulenten Männer wieder Platz genommen hatten, dann fasste er den Ablauf der Geschehnisse zusammen, wobei er die Punkte an seinen Fingern abzählte: „Erstens: Matthias Krämer drohte unseren ... hm ... Projekten mit seiner Schnüffelei mal wieder so nahe zu rücken, dass es Zeit wurde, ihm eine kleine Abreibung zu erteilen und ihn am Weiterschnüffeln zu hindern. Zweitens: Silke gab Saromondo den Tipp, anonym bei diesem *Giftpilz* auf *bee-a-friend21* anzuklopfen, ob er Lust habe, das zu übernehmen, da er unsere Auffassung über den Ökoquatsch zu teilen schien. Drittens: Der *Giftpilz* hat laut Saromondo geantwortet, dass es ihm aus unterschiedlichen Gründen eine wahre Freude sein würde, Matthias Krämer mal ordentlich eins auszuwischen. Über die tatsächliche Identität von *Giftpilz* ließ man uns im Unklaren oder kannte sie selber nicht. Viertens: Wir wussten zu diesem Zeitpunkt nicht, dass Matthias Krämer und *bee-a-friend21* eine und dieselbe Person waren. Fünftens: Statt Matthias Krämer einfach nur eine kleine, wenn auch wirkungsvolle Abreibung zu verpassen, bringt der *Giftpilz* ihn um. Das juckt uns wenig, bis wir erfahren, dass es sich bei eben diesem *Giftpilz* um unseren Johann handelt. Sechstens: Die liebe Silke handelt mal wieder viel zu impulsiv und stellt ihn auf ungeschickte Weise zur Rede. Er schlägt auf sie ein, was noch nicht zur Katastrophe hätte führen müssen, wenn nicht ausgerechnet in diesem Moment der Kommissar aufgetaucht wäre. Siebtens: Johann bestreitet vor der Polizei vehement, Matthias Krämer getötet zu haben und spielt den Empörten, weil seine Tante Silke es ihm unterstellt. Achtens: Johann und Silke werden gerade beide im Polizeipräsidium durch die Mangel gedreht. Neuntens: Wenn es richtig scheiße läuft, dann sind wir bald alle dran. Zehntens: Auf keinen Fall will ich es sein, der die ganze Geschichte dann meiner Frau erzählen muss."

Für eine Weile herrschte Schweigen in Foelkers' rustikal eingerichteter Wohnstube, und die drei Herren starrten mit ernster Miene vor sich hin, jeder in seine eigenen düsteren Gedanken versunken. Zu hören war lediglich das rhythmische Ticken des kleinen Weckers, der Bertus am Abend mit lautem Gerassel ankündigte, dass es Zeit war, die Tagesschau einzuschalten.

„Und wenn Johann Matthias Krämer gar nicht auf dem Gewissen hat?", durchbrach plötzlich wieder Franz Brenners Stimme die Stille.

„Wäre aber ein komischer Zufall", knurrte Walter Meise.

„Wer soll es denn sonst gewesen sein?", brummte Bertus Foelkers und sah seinen Schwiegersohn mit gerunzelter Stirn an.

Der sah von einem zum anderen und sagte: „Vielleicht einer von uns?"

„Wie meinst du das?" Walter Meise zeigte auf einmal einen erstaunlich wachen Gesichtsausdruck.

„Nun, vielleicht hat ja einer von uns die ganze Zeit schon vorgehabt, den *Giftpilz* nur als Köder zu benutzen, um Matthias Krämer dann selbst den Rest zu geben."

„Und wer soll das deiner Meinung nach gewesen sein?" Walter Meises Hände ballten sich zur Faust.

Franz Brenner zuckte mit den Schultern, seine Augen hatten sich zu schmalen Schlitzen verengt. „Ich weiß nur, dass ich es nicht war."

„Nun, dann sind wir ja schon zwei." Walter Meise stand unter Hochdruck. Seine Atmung erinnerte an eine ins Alter gekommene Dampflok, sein feistes Gesicht glänzte vor Schweiß.

„Gut, dann überlassen wir es doch einfach der Polizei, dieses herauszufinden. Aber eines kann ich euch schon jetzt versichern: Sollte einer von euch, inklusive Silke, den Mord begangen haben und versucht nun, die Schuld auf meinen Sohn zu schieben, dann Gnade ihm Gott. Das Ende von Matthias Krämer wäre ein Kindergeburtstag gegen das, was ich dann mit ihm anstelle!"

23

Mareike und Jelko klatschten begeistert in die Hände und hüpften aufgeregt auf und ab, als die Lichterketten in den kahlen Bäumen wie auf ein geheimes Kommando hin anfingen zu leuchten. Es war schwer zu sagen, ob ihre von warmen Mützen umrahmten Gesichter vor Kälte oder vor Aufregung glühten. Vermutlich von beidem etwas. Ihre Augen jedenfalls strahlten mit den tausenden kleinen Lichtern um die Wette, und dieser Anblick seiner glücklichen Kinder war für Christian Beekmann Entschädigung genug für die Mühen, die das Anbringen der Lichterketten ihn in den letzten Stunden gekostet hatte.

Angesichts der Ereignisse hatte er in diesem Jahr gar keine Lust gehabt, den Garten wie immer zum Advent hell zu beleuchten. Aber die ständigen Bitten seiner Frau, mit dieser Familientradition um der Kinder willen nicht zu brechen, hatten ihn schließlich doch zum Hörer greifen lassen, um Henri Tönjes anzurufen und ihn um Mithilfe zu bitten.

„Na, Kinder, jetzt findet der Weihnachtsmann auch wenigstens den Weg zu euch, meint ihr nicht?“, rief Henri gerade ausgelassen und wischte sich die schmutzigen Hände an der Jeans ab. Eigentlich hatte er auch seinen Sohn Timotheus mit zu diesem Lichterfest bringen wollen, doch hatte der nach dem Ausflug plötzlich Fieber bekommen und war deswegen mit Britta zuhause geblieben.

„Jaaaaa, hurrraaaaa!“, jubelten die Kinder und sprangen fröhlich lachend um einen der Bäume herum.

„Ich müsste mal mit dir sprechen“, sagte Christian zu Henri, während er sich seine Hände mit einem feuchten Stofflappen säuberte.

„Worum geht’s?“

„Besser, wir gehen rein“, erwiderte Christian und deutete mit dem Kopf auf den Stall. „Ich sage Hedda Bescheid, dass sie nach den Kindern guckt.“

Nur wenig später standen die beiden Männer im Abkalbestall, und Christian strich prüfend über die Flanken einer Kuh, von der er annahm, dass sie in den nächsten Stunden kalben würde. Die Fruchtblase war bereits geplatzt. Er musste sie im Auge behalten. An Schlaf war für ihn in dieser Jahreszeit kaum zu denken, da er häufig nachts aufstehen und bei den trächtigen Kühen nach dem Rechten sehen musste.

„Also, was ist, warum guckst du so ernst?“, fragte Henri und lehnte sich an die Wand einer Kälberbox, in der ein kleines Kälbchen eifrig dabei war, an einem Eimer mit Milch zu nuckeln.

„Die Polizei hat Johann heute mitgenommen“, knurrte Christian.

„Und warum? Was werfen sie ihm vor?“ Zwischen Henris Augen hatte sich eine steile Falte gebildet.

„Er hat sich mit Silke angelegt.“

„Wer ist Silke?“

„Silke Schulze-Brenner. Johanns Tante. Du kennst sie nicht?“

Henri überlegte kurz, dann schüttelte er den Kopf. „Nee. Und worum ging’s?“

„Um den Mord an Matthias.“

„Versteh ich nicht.“

„Also, wenn ich’s richtig verstanden habe, dann hat Silke Johann praktisch unterstellt, Matthias umgebracht zu haben.“

„Wat!?“ Henris Gesicht war nun ein einziges Fragezeichen. „Also, noch mal für Dumme: Dein Azubi Johann wird von seiner eigenen Tante beschuldigt, Matthias Krämer umgebracht zu haben. Hab ich das richtig verstanden?“

„So isses.“

„Und warum meint sie das? Weil Johann wegen Janna eifersüchtig auf Matthias war, oder was?“

„Nee, glaub nicht. Hat wohl irgendwas mit dem Blog zu tun.“

„Versteh ich nicht.“ Henri kratzte sich mit gerunzelter Stirn am Kopf.

„Ich auch nicht.“

„Und jetzt haben sie ihn verhaftet, oder was?“

„Der Kommissar hat was von Verhör gequasselt. Keine Ahnung, ob die ihn wieder laufen lassen. Bis jetzt ist er jedenfalls nicht wieder aufgetaucht.“

„Und was hat diese Silke mit dem Blog zu tun?“

„Die ist Pressesprecherin beim Bauernverband. Ich hab mal geguckt. In dieser Funktion hat sie sich da ab und zu mal zu Wort gemeldet.“

„Aber was das mit Johann zu tun hat, versteh ich noch immer nicht."

„Hab seinen Vater angerufen, nachdem sie Johann mitgenommen hatten. Dachte, der müsse das doch schließlich wissen, wenn sein Sohn in der Klemme steckt. Und der sagte dann nur so was wie *Mein Gott, das konnte ja keiner ahnen.*"

„Was konnte keiner ahnen?"

„Das hab ich ihn auch gefragt, aber er hat dann einfach aufgelegt."

Henri fingerte eine Packung Kaugummis aus der Tasche, schob sich einen in den Mund und bot Christian einen an, der aber winkte dankend ab.

„Und wenn Johann Matthias nun wirklich auf dem Gewissen hat?", fragte Henri schmatzend. „Ich meine, würde doch alles passen. Die Eifersucht, der Tatort. Und wer weiß, was da in dem Blog gelaufen ist. Sagtest du nicht mal, Johanns Familie macht in Gentechnologie?"

„Die machen jede landwirtschaftliche Schweinerei, die man sich nur denken kann."

„Dann wird Johann sich mit Matthias' Meinung vielleicht nicht so ganz angefreundet haben."

„Wenn er überhaupt gewusst hat, dass *bee-a-friend21* Matthias' Blog war. Wir hatten doch auch keine Ahnung, dass er dahinter steckt."

Ein leises Rascheln ließ die Männer in ihrem Gespräch innehalten. Bereits im nächsten Moment kam Johann mit grimmiger Miene um die Ecke geschlurft, die Hände tief in den Hosentaschen vergraben. Henri betrachtete ihn kritisch. Hatte er von ihrem Gespräch etwas mitbekommen?

„Moin“, sagte Johann, und schob mit seinem Fuß einen gelben Plastikeimer beiseite, über den er beinahe gestolpert wäre, „wollte mal nach Cora gucken.“ Er deutete auf die trächtige Kuh.

„Ist bald soweit, die Fruchtblase ist schon geplatzt“, nickte Christian und sah ihn prüfend an. „Alles gut bei dir?“, fragte er knapp.

„Die haben doch alle `nen Knall“, erwiderte Johann mit düsterem Blick. „Sagen, ich hab Matthias ermordet.“

„Und warum haben die dich dann nicht dabehalten?“, rutschte es Henri heraus, wofür er sogleich einen Rippenstoß von Christian kassierte.

„Quatsch! Ich mein doch nicht die Polizei. Meine Familie glaubt das.“

„Ja“, nickte Christian, „das hab ich mitgekriegt. Ist ja echt ’n Hammer.“

„Bei der Polizei hat Silke dann gesagt, dass sie das gar nicht so gemeint hätte. Dass sie und meine Eltern sich nur Sorgen um mich machen und so’n Scheiß. Aber ist doch echt krass, dass die mir so was überhaupt zutrauen, oder?“ Sanft strich er der Kuh Cora über den Hals, die unruhig zu werden begann.

„Bist ja schon öfter mal ausgerastet. Bist sogar vorbestraft deswegen“, gab Christian mit gerunzelter Stirn zu bedenken und spuckte vor sich auf den Stallboden. „Ehrlich, einmal vorbestraft, dann haben die dich immer wieder am Wickel. Ist so.“

Johann zog eine Grimasse. „Ist schon klar. Aber ich glaube, dass der Kommissar Silke sowieso nicht geglaubt hat. Der hat sie dauernd so komisch angeguckt.“

„Hast sie aber ganz schön vermöbelt vorhin." Christian zwinkerte ihm zu.

„Was würdest denn du tun, wenn einer von deiner Familie behauptet, du wärst ein Mörder?", rief Johann aufgebracht.

Christian schüttelte angewidert den Kopf. „Ist aber auch `ne blöde Schrippe, deine Tante. Immer in so komischen Klamotten und so. Bin nur froh, dass ich mit der nix zu tun hab. So Karrierefrauen machen mir sowieso Angst. Nur gut, dass ich so was nicht inner Familie hab."

„Matthias hat deiner Familie aber auch das Leben ziemlich schwer gemacht, oder?", sagte Henri an Johann gewandt.

„Was soll denn das jetzt heißen?" In Johanns Augen trat ein gefährliches Funkeln, das Christian dazu veranlasste, ihm mit einem festen Griff die Hand auf den Arm zu legen. Johann aber schüttelte ihn ab und trat einen Schritt auf Henri zu. „Was genau willst du damit andeuten?", zischte er ihm zu.

„Gar nichts will er damit andeuten", sagte Christian beschwichtigend und bedachte Henri mit einem vernichtenden Blick. „So, und jetzt ist Schluss damit!" Er deutete auf Cora, die, das Maul leicht geöffnet, stöhnende Geräusche von sich gab. Er trat hinter das Tier und nickte. „Ist jetzt soweit. Johann, hol mal warmes Wasser und Seife, meine Handschuhe und die Geburtsstricke. Die sauberen liegen im Schrank." Er deutete auf eine Art Spind, der hinter den Kälberboxen an der Wand stand.

Johann schob sein Kinn vor und schnaubte Henri verächtlich zu. Dann schlurfte er zum Schrank hinüber und brachte Christian die gewünschten Utensilien. Anschließend griff er nach einer Wanne und füllte sie mit warmem Wasser.

„Johann, du kannst mal Coras Schwanz nach oben halten." Johann tat, wie ihm geheißen, während Christian seinen rechten Arm gründlich abwusch und sich dann den schulterlangen Handschuh überzog. Um zu überprüfen, ob sich das Kalb in der richtigen Geburtslage befand, schob er seinen Arm tastend in die Kuh hinein. „Alles okay", nickte er dann zufrieden. So, wie es aussah, würden sie an diesem Abend keinen Tierarzt brauchen. Und tatsächlich waren schon bald darauf die Vorderpfoten des Kalbes zu sehen. Als sich nach nicht allzu langer Zeit auch der Kopf zeigte, legte Christian die Zughilfe um dessen Vorderbeine. Abwechselnd zogen Johann und er unter den Wehen an den Stricken, bis das Kalb plötzlich wie von selbst herausflutschte.

„Herzlich willkommen", sagte Johann leise und wischte dem Neuankömmling den Schleim vom Maul, während Christian die Stricke löste. Gleich darauf trugen sie das Kalb vor die frisch gebackene Mutter, die schon unruhig ihren Kopf nach hinten warf. Sofort begann sie, ihr Kalb abzulecken.

„So, Johann, jetzt lauf mal ins Haus und sag Hedda, sie soll dir `ne Flasche Schnaps und drei Gläser geben. Müssen doch schließlich anstoßen."

Während Johann auf dem Weg zum Wohnhaus war, bat Christian seinen Freund Henri, frisches Wasser sowie ein paar saubere Tücher aus dem Schrank zu holen, damit er sich die Arme reinigen konnte. „Ist ein Kuhkalb“, murmelte er zufrieden, „sind besser als Bullen. Kann wenigstens Milch geben und Kälber kriegen.“

Als Henri vom Schrank zurückkam, war ein konsternierter Ausdruck auf sein Gesicht getreten. Und auch Christian runzelte die Stirn, als er sah, was Henri außer den Tüchern noch in der Hand hielt: Eine knallrote Baseballkappe mit der Biene Maja vorne drauf.

„Die gehörte doch Matthias“, sagte er gepresst. Er erinnerte sich, dass Matthias auf seine Frage, ob er die Kappe für einen erwachsenen Mann passend finde, mal lachend gesagt hatte, diese sei seine Lieblingskappe, da er sie von den Zwillingen geschenkt bekommen habe.

„Was macht die denn in deinem Schrank?“, fragte Henri.

Christian zuckte die Schultern. „Weiß nicht. Muss da irgendjemand reingelegt haben.“

In diesem Moment betrat auch Johann mit einer Schnapsflasche bewaffnet wieder den Stall – und erstarrte, als Henri ihm wortlos die Kappe entgegenhielt. „Wo hast du die her?“, keuchte er, und alle Farbe wich ihm aus dem Gesicht.

„Ich sag dann mal der Polizei Bescheid“, brummte Christian und zog sein Smartphone aus der Tasche.

24

Sebastian Hasenkrug hasste diesen Fall. Ja, er war sich ganz sicher, dass er noch nie einen Mordfall so sehr gehasst hatte wie diesen in Greetsiel. Von Anfang an war ihm ständig schlecht geworden. Zuerst die zerstückelte Leiche in der Getreidemühle, dann die Bienen, vor denen er Angst hatte, danach das tote Kalb, das er für Uroma Wübkea hatte beiseite schaffen müssen und jetzt auch noch das: Gerade, als er mit seinem Chef den Abkalbestall betrat, entschloss sich die Kuh Cora dazu, ihre Nachgeburt aus sich herauszupressen. Noch nie in seinem ganzen Leben hatte Hasenkrug etwas vergleichbar Ekliges gesehen. Bis auf die Leiche in der Getreidemühle natürlich. Während ihm sein sich aufwölbender Magen zu schaffen machte, warf Hauptkommissar Büttner lediglich einen leicht angewiderten Blick auf die blutige Masse, die unter den wachsamen Augen von Uroma Wübkea aus der Kuh herausquoll, und wandte sich dann den drei Männern zu, die sie bereits erwarteten.

„Und Sie sind sich ganz sicher, dass diese Kappe Matthias Krämer gehörte?“, fragte Büttner, nachdem er sie näher in Augenschein genommen und dann in einem Plastikbeutel hatte verschwinden lassen.

„Ja“, nickte Christian, „er hat sie von seinen Töchtern geschenkt bekommen. Deswegen hatte er sie häufig auf. Fand das irgendwie lustig, wenn ihn die Leute komisch angeguckt haben.“

„Und wie kommt sie in Ihren Schrank?“ Büttner deutete auf den Spind, an dem sich ein Mitarbeiter der Spurensicherung zu schaffen machte.

„Ich weiß es nicht. War selber ganz erstaunt, als Henri sie vorhin da rausholte.“

„Unsere Leute haben hier alles abgesucht, nachdem die Leiche von Matthias Krämer gefunden worden war. Ich habe sie gerade gefragt. Sie schwören Stein und Bein, dass diese Kappe damals noch nicht in diesem Schrank gewesen ist. Können Sie das bestätigen?“

Christian Beekmann kratze sich hinterm Ohr, dann antwortete er: „Ich bin zurzeit meist mehrmals täglich an diesem Schrank zugange, weil dauernd irgendeine meiner Kühe kalbt. Die Kappe wäre mir längst aufgefallen, wenn sie drin gelegen hätte.“

„Und wann waren Sie das letzte Mal am Schrank?“, wollte Büttner wissen.

„Heute noch nicht. Gestern. Muss so gegen 22 Uhr gewesen sein. Da hat unsere Fiona gekalbt. War leider nur `n Bulle. Bringt nicht so viel ein.“

„Wie unachtsam von Fiona“, brummte Hasenkrug missmutig.

„Das heißt, dass die Kappe irgendwann zwischen gestern um 22 Uhr und heute um ...“, er warf einen

Blick auf seine Armbanduhr und fragte dann: „Wann genau haben Sie die Kappe gefunden?“

„Nicht ich, Henri hat sie gefunden“, bemerkte Christian und nickte zu seinem Freund hinüber, der sich auf einen kleinen Melkschemel gesetzt hatte und die Szenerie mit ausdruckslosem Gesicht beobachtete, während er sich einen neuen Kaugummi in den Mund schob.

„Herr Tönjes“, rief Büttner ihm zu, „wann genau haben Sie die Kappe im Schrank entdeckt?“

„Muss so gegen 20 Uhr gewesen sein, schätze ich.“

„Okay. Also zwischen 22 und 20 Uhr. Hasenkrug, notieren Sie das!“ Gerade wollte Büttner in seiner Befragung fortfahren, als sich jemand zwischen ihm und Hasenkrug hindurch schob und Christian Beekmann freudestrahlend ein blutiges Tuch mit schleimigem Inhalt unter die Nase hielt: „Guck mal, mien Jung“, rief Uroma Wübkea glücklich aus, „ist das nicht mal eine wirklich schöne Nachgeburt?“

In diesem Moment war es um Hasenkrug geschehen. Sein Gesicht lief angesichts der blutig-glibberigen Masse von einem Moment auf den anderen grün an, dann stürzte er zur Tür hinaus.

„Was hat er denn, der Jung?“, fragte Oma Wübkea und sah ihm mit sorgenvollem Blick hinterher. „Wird sich doch wohl nichts eingefangen haben? Vielleicht `nen Virus? Soll ja rumgehen, hört man.“

„Ist gut, Oma“, tätschelte Christian ihren Arm und warf Büttner ein entschuldigendes Lächeln zu, „ist eine ganz prima Nachgeburt. Ich guck sie mir später genauer an. Zuerst muss ich die Fragen vom Kommissar beantworten."

Uroma Wübkea legte das Tuch ab, stemmte ihre Hände in die Hüften und musterte Büttner von oben bis unten, als hätte sie ihn erst in diesem Moment wahrgenommen. „Sind Sie nicht der dicke Mann, der mich im Auto mitgenommen hat?", fragte sie dann und ließ die Nachgeburt vom Tuch in einen Eimer gleiten.

Büttner seufzte. „Ganz recht, Frau Beekmann. Ich hatte Sie mit Ihrer Freundin in Greetsiel im Fischgeschäft getroffen und ..."

„Sie unverschämte Person", unterbrach ihn die alte Frau keifend und hob drohend die Faust, „Greta Jakobs ist nicht meine *Freundin*!" Das letzte Wort spuckte sie geradezu aus. „Was für eine unverschämte Behauptung!"

„Ist gut, Oma", sagte Christian wieder und schob sie sanft zur Seite. „Kümmere dich doch mal um die Box für das Kalb. Muss noch Stroh rein."

„Freundin! Pah!", stieß sie mit einem vernichtenden Blick auf Büttner hervor, dann tippelte sie kopfschüttelnd und mit kleinen Schritten zu den Strohballen hinüber, die an der Wand zu einem Stapel aufgeschichtet worden waren.

„Tut mit leid", murmelte Christian, um seine Mundwinkel herum aber zuckte es verräterisch. Manchmal wünschte er sich, auch schon so alt zu sein wie seine Großeltern, denn dann genoss man ganz offensichtlich Narrenfreiheit.

„Schon gut", winkte Büttner ab. „Also, Herr Tönjes, Sie haben die Kappe gefunden", wandte er sich wieder an Christians Freund. „Haben Sie vielleicht eine Vermutung, wer sie in den Schrank gelegt haben könnte?"

Henri Tönjes sagte nichts, sondern sah nur mit stechendem Blick zu Johann hinüber, der sich still in eine Ecke verdrückt und die ganze Zeit über noch nichts gesagt hatte. Nun aber schoss er wie eine Furie vor und schrie Henri mit gestrecktem Finger entgegen: „Das nimmst du sofort zurück, du Schwein!"

„He, he, nun mal langsam!" Büttner hob und senkte beschwichtigend die Arme, woraufhin Johann ein paar Mal tief durchatmete, Henri den Mittelfinger entgegenstrecke und sich wieder zurück auf den Strohballen sinken ließ, von dem er soeben aufgesprungen war.

„Gibt es einen Grund, warum Sie Herrn Brenner verdächtigen, es getan zu haben?", fragte Büttner betont ruhig.

„Hab doch gar nichts gesagt", zuckte Henri mit den Schultern und ließ im nächsten Moment eine Kaugummiblase platzen.

„Weiß einer von Ihnen, ob Matthias die Kappe an dem Tag getragen hat, als er ermordet wurde?" Er sah von einem zum anderen.

„Woher denn", knurrte Henri, während Christian und Johann den Blick senkten und mit dem Kopf schüttelten.

„In letzter Zeit hatte Matthias sie eigentlich immer auf", fügte Henri noch hinzu.

„Aha." Büttner sah sich kurz um, lief dann auf einen jungen Polizisten zu und redete leise auf ihn ein. Der nickte und verschwand zur Tür hinaus. Büttner räusperte sich, bevor er sagte: „Also gut, dann nehmen wir uns der Sache mal an. Müssen Sie heute noch öfter Geburtshilfe leisten, Herr Beekmann?", fragte er mit einem Blick auf die zwei Kühe, die in unmittelbarer Nachbarschaft zu ihrer Artgenossin Cora standen.

„Nee", rief Uroma Wübkea mit zittriger Stimme von der Kälberbox zu ihnen hinüber, „Christine und Ulla sind erst morgen dran. Das sieht doch jedes Kind. Aber was will man schon erwarten. Stadtmenschen!"

„Na gut", erwiderte Büttner, „dann werden wir jetzt hoffentlich alle eine geruhsame Nacht haben."

„Vergessen Sie Ihren kranken Jungen nicht", rief Uroma Wübkea hinter ihm her, als er mit einem Gruß in die stockdunkle Herbstnacht hinaustrat, die nur von den bunten Lichtern an den Obstbäumen durchbrochen wurde.

Hasenkrug saß bereits im Auto, als Büttner die Tür öffnete und mit einem breiten Grinsen fragte: „Lust auf `n blutiges Steak?" Hasenkrug schluckte schwer und hüllte sich den ganzen Weg zum Präsidium in ein anklagendes Schweigen.

25

Was wollte er von ihr? Den ganzen Vormittag schon lief Britta wie ein aufgeschrecktes Huhn durch ihre Wohnung. Auch in der Nacht hatte sie sich unruhig in den Kissen gewälzt, während Henri neben ihr fest und ruhig schlief. Ihre Hände waren schweißnass und zitterten, so dass ihr erst vor wenigen Minuten ein Teller aus der Hand gefallen und auf dem harten Fliesenboden in tausend Einzelteile zersprungen war. Timotheus ging es deutlich besser, aber dennoch hatte Henri ihn warm eingepackt und war nun mit ihm auf dem Weg zum Kinderarzt. Wenn dieser grünes Licht gab, wollte Henri anschließend mit ihm zu den Beekmanns fahren, um seinem Sohn das neugeborene Kalb zu zeigen. Timotheus liebte den Bauernhof, und Britta freute sich, wenn er nach einem Besuch gut gelaunt und fröhlich vor sich hinplappernd wieder nach Hause kam und nach seinen Holztieren griff, um mit ihnen die Tiere der Beekmanns nachzuahmen. Sie hoffte inständig, dass der Arzt ihrem Sohn keine Bettruhe mehr verordnete, denn dann wusste sie nicht, wie sie Henri ihren Besucher erklären sollte.

Es war halb elf, als Jochen Piterius aus einem schwarzen BMW stieg, seinen Blick über die Fassade ihres Hauses schweifen ließ und wenig später an der Tür klingelte. Obwohl Britta ihn bereits hatte kommen sehen, zuckte sie dennoch beim Ertönen der Klingel zusammen. Noch nie war ihr das Geräusch so durchdringend erschienen wie an diesem Tag. Sie fuhr sich fahrig mit ihren schweißnassen Händen über die Jeans, atmete tief durch und öffnete die Tür.

„Guten Tag, Frau Tönjes." Jochen Piterius begrüßte sie mit einem so festen Händedruck, dass sie vor Schmerzen das Gesicht verzog. Sie verstand diese Begrüßung als Warnung, und genauso war sie auch wohl gemeint. „Hübsch haben Sie es hier", sagte ihr Gast und sah sich eingehend im großen, lichtdurchfluteten Wohnzimmer um. Dann ließ er sich, ohne dass Britta ihn dazu aufgefordert hätte, auf einen Stuhl am großen Esstisch sinken. „Ein Kaffee wäre schön nach der langen Fahrt."

„Sie kommen direkt aus Berlin?", erkundigte sich Britta mit dünner Stimme.

„Ja, extra für Sie bin ich heute sehr früh aufgestanden." Er musterte Britta mit einem so stechenden Blick, dass ihr unwillkürlich ein kalter Schauer über den Rücken lief. Schnell verschwand sie in die Küche, um den Kaffee aufzusetzen. Nervös nestelte sie an den Knöpfen der Maschine herum, bis diese schließlich das gewünschte zischende Geräusch von sich gab. Mit zwei dampfenden Tassen lief sie ins Wohnzimmer zurück und stellte sie auf den Tisch. Sie setzte sich ihrem Gast gegenüber.

Jochen Piterius nippte vorsichtig an seinem Kaffee und sah Britta über den Rand seiner Tasse mit zusammengekniffenen Augen an. „Sie hatten mir etwas versprochen“, sagte er mit einer Stimme, die sie erschaudern ließ.

„Ja. Ich ... ich weiß.“ Nervös knetete sie ihre Hände im Schoß. Sie hatte so gehofft, dass es nie zu diesem Gespräch kommen würde. Nach seinem Anruf hatte sie Stunde um Stunde darüber nachgedacht, wie sie dem entkommen könne. Aber es war zwecklos. Selbst, wenn sie kurzfristig eine Ausrede hätte erfinden können, so wäre doch unweigerlich der Tag gekommen, an dem sie sich hätte stellen müssen. Und dann wollte sie es lieber so schnell wie möglich hinter sich bringen.

„Ihr Mann ist nicht zuhause?“

„Nein. Er ist mit unserem Sohn beim Arzt und wollte dann noch einen Freund besuchen.“

„Das ist gut.“ Piterius ließ seine Augen über ihr Gesicht nach unten wandern, um sie dann schließlich sekundenlang auf ihrem Dekolleté verweilen zu lassen. „Ich kann es nicht besonders gut leiden, wenn man mich an der Nase herumführt“, sagte er dann fast flüsternd, ohne seinen Blick abzuwenden.

„Matthias hat sich einfach nicht auf Ihr Angebot eingelassen“, stieß sie in entschuldigendem Tonfall hervor, obwohl sie wusste, dass es keinen Unterschied machte. Sie hatte ihren Teil der Vereinbarung nicht eingehalten. Dafür würde er ihr jetzt die Rechnung präsentieren.

„Die Polizei hat mich vorgeladen“, ließ er nicht locker und ging dann ungefragt zum Du über, „das war nicht schön, meine liebe Britta. Wirklich schlimm, dass du es nicht geschafft hast, Matthias Krämer von dieser blöden Anzeige abzuhalten. Er hätte, wie geplant, die Entschädigung nehmen sollen und die Sache wäre vom Tisch gewesen. In der Szene aber, und dafür hätten wir schon gesorgt, hätte es ausgesehen, als hätte er sich von uns kaufen lassen. Sein Ruf wäre angekratzt, wenn nicht ruiniert gewesen. Durch seine Anzeige aber ist genau das Gegenteil eingetreten: Dieser Schädling Krämer wurde in seiner Szene zum Helden stilisiert. Und das alles nur, weil du versagt hast, liebe Britta. Tststs. Das war nicht besonders klug von dir. Hast du nicht immer behauptet, dass dir der Kerl aus der Hand frisst?“

„So war es doch auch, bis ... außerdem konnte doch keiner ahnen, dass Matthias ermordet würde. Sonst hätte die Geschichte doch nie so hohe Wellen geschlagen.“ Britta wurde übel bei dem Gedanken, dass Matthias sie genau zum falschen Zeitpunkt verlassen hatte. Wenn ihre Beziehung noch so gewesen wäre wie früher, wäre es ihr sicherlich unter Einsatz ihrer weiblichen Reize gelungen, ihn von der Anzeige gegen Piterius’ Verlag abzubringen. So aber hatte sie ihre Vereinbarung nicht einhalten können. Was wirklich schlimm war, denn Jochen Piterius hatte ihr vor längerer Zeit viel Geld geliehen, weil sie es nicht mehr schaffte, die Raten für ihr Haus aufzubringen. Im Gegenzug hatte sie Piterius versprochen, ihm dabei behilflich zu sein, Matthias über kurz oder lang in der Szene unglaubwürdig zu machen. Piterius’ Zeitschrift wurde in erheblichem Umfang von der

Gentechnologielobby finanziert, und die verlangte für ihre Großzügigkeit entsprechende Gegenleistungen. Natürlich war auch Henri über den plötzlichen Geldsegen verwundert gewesen, aber sie hatte ihm freudestrahlend erzählt, sie habe überraschend bei einem Gewinnspiel gewonnen.

„Nochmals, Britta: Du hättest ihn davon abhalten müssen. Du hättest diese Anzeige verdammt noch mal verhindern müssen! Die Typen von Saromondo machen mir die Hölle heiß und drohen damit, ihre Finanzierung einzustellen. Das wäre mein Ende!“ Jochen Piterius ließ mit den letzten Worten seine Tasse so krachend auf den Tisch niederfahren, dass der Kaffee nach allen Seiten überschwappte. Er scherte sich nicht darum, sondern stütze sich mit den Händen auf der Tischplatte ab und stand langsam auf. Britta hatte erschrocken den Blick gesenkt und musterte ihn aus den Augenwinkeln. Sein durchtrainierter Körper steckte in einem maßgeschneiderten grauen Anzug, zu dem er ein weißes Hemd und eine bunt gemusterte Seidenkrawatte trug. Sein glatt rasierter Schädel glänzte wie frisch gewienert, seine eisgrauen Augen hatte er zu schmalen Schlitzen zusammengekniffen.

„Ich dachte, wir wären ein gutes Team“, zischte er über den Tisch.

„Das ... sind wir doch auch“, stammelte sie, wusste aber im selben Moment, dass es ein Fehler war. Er sah sie spöttisch an, schob mit Schwung seinen Stuhl zurück und kam dann betont langsam um den Tisch herum, ohne sie dabei aus den Augen zu lassen. Für einen kurzen Augenblick erwog sie, aufzuspringen und wegzulaufen, aber ihre Muskeln waren starr vor Angst und verweigerten ihr den Dienst. Direkt hinter ihr blieb Jochen Piterius stehen. „Ich habe mich sehr über dich geärgert, Britta“, hauchte er ihr im nächsten Moment zu, „und außerdem schuldest du mir eine Menge Geld.“ Sie spürte seinen heißen Atem dicht an ihrem Ohr. Ihr Körper versteifte sich, als sie gleich darauf seine Hand auf ihrer Schulter spürte, die sich nun langsam zu ihrem Dekolleté vortastete. Als sie ihre rechte Brust erreichte, hielt Britta den Atem an, ließ es aber ohne Gegenwehr zu, dass er sie knetete. „Du bist eine sehr schöne Frau“, keuchte er. Der Druck seiner Hand wurde kräftiger. „Ich hätte nicht wenig Lust“, er stieß ein heiseres Lachen aus, „der Polizei zu erzählen, dass ich dich am Mordabend das Haus habe verlassen sehen. Verstehst du, Britta?“

„Aber ich ... woher wollen Sie wissen ...“, zuckte sie wie unter Schlägen zusammen.

„Psssst“, machte er und nahm endlich seine Hand zurück. Britta atmete erleichtert auf, doch schon im nächsten Augenblick zog er einen Stuhl heran, setzte sich dicht neben sie und legte seine Hand auf ihren Oberschenkel.

„Ich weiß wirklich nicht, was du dir dabei gedacht hast, schöne Britta“, sagte er mit öliger Stimme und ließ seine Hand in zarten Bewegungen zu ihrem Knie und wieder zurück wandern. „Ich meine, ich habe dir vertraut, aber du“, er strich ihr eine Haarsträhne aus der Stirn, „du hast ein doppeltes Spiel gespielt.“

„Bitte, glauben Sie mir doch“, erwiderte Britta in flehendem Ton, „ich habe alles versucht. Niemals wollte ich, dass die Sache diese Wendung nimmt. Ich schwöre!“

Mit Genugtuung bemerkte Jochen Piterius, dass sich ihre Augen mit Tränen füllten. Er liebte es, am längeren Hebel zu sitzen, seine Machtgelüste ausleben zu können. Auch war er sich sicher, dass sie tatsächlich alles versucht hatte und keiner die Konsequenzen mehr bedauerte, als sie, die süße, kleine Britta, die hier wie ein Häufchen Elend vor ihm saß und sich vor lauter Angst, was er mit ihr machen würde, kaum bewegen konnte. Aber das würde er ihr natürlich nicht sagen. Er lehnte sich mit verschränkten Armen im Stuhl zurück und schürzte die Lippen. „Nun, Britta, was bietest du mir als Entschädigung für all den Ärger, den ich deinetwegen hatte?“

Britta spürte einen plötzlichen Kopfschmerz in sich aufsteigen und biss sich verzweifelt auf die Lippen. Sie wusste, worauf er hinaus wollte, aber allein bei dem Gedanken daran überkam sie ein unüberwindbarer Ekel.

„Dir fällt so gar nichts ein, was mir gefallen könnte?“ Seine raue Stimme lag schwer wie eine wabernde Masse Brei in der Luft, während er sich erneut zu ihr vorbeugte.

„Bitte, ich ...“ Britta spürte einen dicken Kloß in der Kehle, der es ihr beinahe unmöglich machte zu sprechen. Sie saß wie versteinert, als seine Hand sich langsam auf sie zu bewegte, sich auf ihren Schenkeln niederließ, in zarten Strichen nach oben wanderte und ...

„Hallo, Schatz, wir sind schon wieder da!", tönte Henris Stimme in diesem Moment von der Haustür her, die wenig später mit einem lauten Scheppern ins Schloss fiel.

Britta und Jochen Piterius schossen gleichermaßen erschrocken aus ihren Stühlen hoch und starrten auf die geschlossene Tür des Wohnzimmers, die gleich darauf geöffnet wurde.

„Christian hatte gerade Besuch von der Polizei, und da dachte ich ..." Henri stutzte und sah fragend von einem zum anderen. „Du hast gar nicht gesagt, dass du Besuch erwartest", sagte er und warf, während sich Timotheus von seinem Arm strampelte und sich kreischend auf seine Holztiere stürzte, einen misstrauischen Blick auf den großen Kaffeefleck, der sich unter Piterius' Tasse gebildet hatte.

„Hab ich auch gar nicht", beeilte sich Britta zu sagen, merkte aber selbst, dass ihre Stimme ein wenig zu schrill geriet. Schnell eilte sie in die Küche, um einen Lappen zu holen. „Weißt du", sagte sie, als sie das Wohnzimmer wieder betrat und auf dem Tisch herumwischte, „Herr Piterius ist von der Versicherung. Er wollte uns ein neues Angebot zu unserer ... ähm ... ach, was war es noch gleich?"

„Rechtsschutz", sagte Piterius gedehnt und klopfte einen imaginären Fussel von seinem Jackett, „ich dachte, Sie könnten einen erweiterten Rechtsschutz gebrauchen."

„Einen erweiterten Rechtsschutz?" Henri sah ihn ungläubig an. „Wie kommen Sie denn auf diese Idee?"

„Reine Routine. Wir besuchen unsere Kunden regelmäßig, um zu sehen, ob ihre Versicherungen noch auf dem erforderlichen Stand sind."

„Ich sehe keine Unterlagen", stellte Henri mit kritischem Blick fest.

„Herr Piterius hatte sie im Auto vergessen. Aber ich hab gesagt, dass wir sowieso kein Interesse haben", lächelte Britta gezwungen.

„Ja, ich will jetzt auch gar nicht weiter stören." Jochen Piterius reichte Britta die Hand und warf ihr einen unergründlichen Blick zu. Dann nickte er Henri kurz zu und wandte sich dem Ausgang zu. „Ich melde mich dann beizeiten wieder bei Ihnen", rief er über die Schulter zurück.

„Ich hasse diese aufdringlichen Versicherungsfritzen", knurrte Henri und sah Piterius, der schnellen Schrittes zu seinem Auto lief, durch das Fenster hinterher.

„Ich auch", seufzte Britta und lehnte sich an Henris Schulter. Am liebsten hätte sie ihren Tränen freien Lauf gelassen, aber das hätte ihren Mann lediglich veranlasst, komische Fragen zu stellen. Und das wollte sie auf keinen Fall riskieren.

„Bist du sicher, dass dieser Typ okay war?", hakte Henri noch mal nach.

„Aber ja. Er war schon mal hier, damals, als wir den Wasserschaden hatten", log sie. „Und warum war die Polizei schon wieder bei Christian?", lenkte sie dann schnell vom Thema ab.

„Ich weiß es nicht. Ich hab diesen Kommissar gesehen und zwei Polizisten in Uniform. Sie gingen gerade in Richtung Wohnhaus. Ich bin dann einfach wieder gefahren, weil ich keine Lust hatte, denen schon wieder in die Arme zu laufen."

„Haben sie diesen Johann immer noch in Verdacht?"

„Johann?", fragte Henri abwesend.

„Ja, du sagtest doch heute Morgen, dass sie gestern den Azubi mitgenommen hätten."

„Ach so, Johann. Ja, gut möglich. Ist ein komischer Kauz, wenn du mich fragst." Er hockte sich zu seinem Sohn auf den Boden und reichte ihm eine Holzkuh, nach der Timotheus suchend Ausschau gehalten hatten. „Wie geht es eigentlich Karina?", fragte er dann unvermittelt.

„Nicht so gut. Sie ...", Britta zögerte. Nein, dachte sie, sie hatte ihrer Freundin fest versprochen, keinem von ihrem Verdacht zu erzählen. „Sie hat mich gebeten, heute mal zum Tee vorbeizukommen", sagte sie deshalb nur. „Irgendwie kommt sie nicht zur Ruhe, aber das ist ja auch kein Wunder."

„Gibt es eigentlich schon einen Termin für die Beerdigung?"

„Nein, ich glaube nicht. Karina wird uns schon Bescheid geben, wenn es soweit ist."

„Hoffe nur, dass sie den Laden bald hochgehen lassen, der Matthias auf dem Gewissen hat."

„Welchen Laden?" Britta sah ihren Mann mit großen Augen an.

„Na, diese scheiß Gentechniker, gegen die Matthias recherchiert hat. Kann mir doch keiner erzählen, dass die nichts damit zu tun haben."

Britta schluckte und ließ sich müde aufs Sofa fallen. Ob Henri dieselben Leute meinte, die auch Karina in

Verdacht hatte, als sie von dem vermeintlichen Anschlag auf sie vor drei Jahren sprach? Konnte sie, Britta, es überhaupt verantworten, Karina auf eigene Faust nach den Mördern ihres Mannes suchen zu lassen? Sie stieß einen so verzweifelten Seufzer aus, dass Henri besorgt zu ihr hoch schaute. „Alles okay mit dir?"

„Ja. Ich bin nur furchtbar müde. Es ist alles ein wenig viel." Wie zur Unterstreichung ihrer Worte schloss sie die Augen – und war schon im nächsten Moment fest eingeschlafen.

26

An diesem Vormittag verzichtete Gesine Beekmann darauf, Kommissar Büttner und seinem Assistenten eine Tasse Tee anzubieten. Sie war sauer. Wie kamen diese unverschämten Polizisten nur dazu, ihre ganze Wohnung inklusive der Büroräume auf den Kopf zu stellen! Mit verschränkten Armen stellte sie sich vor der Treppe auf und schaute finster nach oben, wo sich ihre Schwiegermutter unter Einsatz ihres Gehstocks strikt weigerte, einem jungen Polizisten in Uniform Zutritt zu ihrem Zimmer zu gewähren. „Hat dir deine Mutter nicht beigebracht, dass man nicht in anderer Leute Sachen wühlt?", keifte sie ihm entgegen und bohrte ihm den Gehstock in die Brust. Der junge Mann kratzte sich verlegen am Kinn und schien nicht zu wissen, wie er sich jetzt verhalten sollte. Hilfesuchend sah er sich nach seinem Chef um, Hauptkommissar Büttner aber war nirgends zu sehen. „Komm, lass mal gut sein", klopfte ihm ein älterer Kollege auf den Rücken und lächelte Uroma Wübkea beschwichtigend zu, „wir gehen jetzt erstmal ins Büro, dann sehen wir weiter."

„Ich werde bei deiner Mutter anrufen und sagen, dass sie dir ordentlich ein paar hinter die Löffel gibt!“, schrie die alte Frau hinter ihnen her und verschwand dann in ihrem Zimmer, allzeit bereit, es unter Einsatz ihres Lebens gegen weitere Eindringlinge zu verteidigen.

„Was suchen Sie eigentlich?“, fragte Christian Beekmann und stellte sich neben Büttner in den Hausflur. Mit acht Polizisten war der vor gut einer halben Stunde vorgefahren. Sie hatten sich in Windeseile im ganzen Haus verteilt, so dass keiner der Bewohner mehr die Gelegenheit hatte, irgendetwas beiseite zu schaffen. Christian war gerade in strömendem Regen dabei gewesen, die Plane über seinem Grassilo auszubessern, die aus unerfindlichen Gründen an einer Stelle eingerissen gewesen war, als ihm Sebastian Hasenkrug den richterlichen Durchsuchungsbeschluss unter die Nase gehalten hatte.

„Es tut mit leid, Herr Beekmann, wenn wir Ihnen Umstände machen“, erwiderte Büttner, „aber Sie werden verstehen, dass wir nach dem Fund der Kappe sicher gehen müssen, dass sich nicht noch weitere Kleidungsstücke oder sonstige Dinge aus dem Besitz Matthias Krämers in ihrem Haus oder in den Stallungen befinden.“ Mürrisch starrte er in den Regen hinaus, der, von einem steifen Wind gegen die Hauswand gepeitscht, sintflutartig das Grundstück zu überschwemmen drohte.

„Entschuldigung“, meldete sich neben ihm einer der Polizisten zu Wort, „die Dame des Hauses weigert sich, uns in ihr Zimmer zu lassen. Sie schreit Zeter und

Mordio und droht damit, uns bei unseren Müttern zu verpetzen."

„Klingt nach Uroma Wübkea", brummte Büttner und wandte sich an ihren Enkel. „Herr Beekmann, der Vollständigkeit halber müssten wir auch das Zimmer Ihrer Großmutter durchsuchen, so leid es mir tut. Könnten Sie sie vielleicht irgendwie überzeugen, dass sie meine Kollegen unbehelligt ihren Job machen lässt?"

„Und können Sie vielleicht dafür sorgen, dass Ihre Leute hier alles wieder sauber machen, bevor sie gehen", rief ihm Gesine Beekmann wütend aus der Küche zu und begann, mit einem Lappen hinter einer Polizistin herzuwischen, die bei der Durchsuchung der Küchenschränke versehentlich ein Glas Milch umgeschüttet hatte.

„Jawoll, Herr Kommissar", grinste Christian Beekmann Büttner an und hob seine Hand wie zum Gruß an eine imaginäre Mütze. Dann lief er die Treppen hinauf und kam Minuten später mit einer sichtlich aufgeregten Uroma Wübkea am Arm wieder hinunter. „Wenn das mal gut geht, wenn das mal gut geht", murmelte sie immer wieder vor sich hin und schien die Polizisten im Haus völlig vergessen zu haben.

Als Büttner ihm einen fragenden Blick zuwarf, grinste Christian breit und sagte: „Unsere Kuh Ulla braucht einen Kaiserschnitt. Oma macht sich Sorgen und will selber nach dem Rechten sehen, weil sie der Tierärztin nicht über den Weg traut."

Büttner fragte sich, ob der Landwirt diese Ausrede extra für seine Großmutter erfunden hatte, doch schon im nächsten Moment betrat eine Frau den Hausflur, die Büttner äußerst überrascht ansah. „Ach, der Herr Kommissar", sagte sie, „was führt denn Sie hierher?"

„Moin, Frau Alberts", nickte der und reichte der Tierärztin die Hand. Sie hatten sich bei einer Mordermittlung in dem kleinen Dorf Canhusen kennen gelernt, bei der sie für kurze Zeit die Hauptverdächtige gewesen war. Schon damals hatte er sich gefragt, wie eine solch zierliche Frau wie Luise Alberts den Knochenjob als Landtierärztin meistern konnte. Aber sie schien es nicht nur irgendwie, sondern sogar mit großer Anerkennung der Bauern zu schaffen, was in Ostfriesland schon etwas heißen wollte.

„Mein Job, Frau Alberts, mein Job führt mich hierher, genau wie Sie", beantwortete er lächelnd ihre Frage.

Luise Alberts sah prüfend zwei Polizisten hinterher, die soeben die Treppe hinaufliefen und in Uroma Wübkeas Zimmer verschwanden. „Scheint heute ein größerer Einsatz zu sein. Ich nehme an, es geht immer noch um den Mord an Matthias Krämer?" Sie ließ ihre schwere Tasche, die sie bei sich trug, auf den Boden sinken.

„Sie haben ihn gekannt?", wich Büttner einer direkten Antwort aus.

„Flüchtig. Wir haben mal kurz auf einer Veranstaltung miteinander gesprochen. Ist schon eine Weile her. Zwei Jahre vielleicht. Er fragte mich nach meiner Meinung zum Bienensterben. Aber, ehrlich gesagt, habe ich mich mit dem Thema noch nicht sehr intensiv auseinandergesetzt." Sie zuckte mit den

Achseln. „Ich hab mich an diesem Abend aber sehr nett mit seiner Frau unterhalten. Sie ist sehr engagiert in Sachen Umweltrecht. Das gefällt mir. Ist schon schlimm, was sich mancher Landwirt so einfallen lässt, um die gesetzlichen Vorgaben zu umgehen. Die allermeisten Landwirte lassen sich ja nichts zuschulden kommen. Dafür aber richten ein paar wenige großen Schaden an." Sie zögerte für einen kurzen Moment, dann fuhr sie fort: „Sie hat Ihnen ja sicherlich schon gesagt, dass Matthias der Meinung war, ihr schrecklicher Unfall vor drei Jahren sei gar kein Unfall, sondern ein Anschlag auf ihr Leben gewesen. Er schien da einen Zusammenhang zu ihren anwaltlichen Untersuchungen und seinen journalistischen Recherchen zu sehen."

Büttner, der gerade die Hand gehoben hatte, um eine junge Polizistin herbeizuwinken, ließ sie unverrichteter Dinge wieder sinken und sah die Tierärztin mit unverhohlenem Interesse an. „Hab ich das richtig verstanden", sagte er mit rauer Stimme, „man hatte es schon mal auf das Leben von Karina Krämer abgesehen?"

„Sie hat Ihnen nichts davon gesagt?" Luise Alberts schien ehrlich erstaunt. „Als ich in der Zeitung las, dass Matthias ermordet wurde, musste ich sofort wieder an Karinas Worte denken. Sie klang damals sehr besorgt. Ihr Mann war wohl der Meinung, man habe die Bremsen ihres Autos manipuliert. Aber die Polizei glaubte ihm nicht, sondern führte alles auf seinen Schock zurück."

„Und das hat sie Ihnen an diesem Abend erzählt, obwohl sie Sie gar nicht kannte?"

„Das hat mich auch gewundert. Aber es schien sie sehr zu beschäftigen. Was ja verständlich ist. Vielleicht wollte sie es einfach nur mal loswerden. Sie schien allerdings selbst nicht so recht an Matthias' Theorie zu glauben." Luise Alberts nahm ihre Tasche und wandte sich zum Gehen. „So", sagte sie lachend, „ich muss jetzt mal nach Ulla sehen, bevor Wübkea noch selber Hand anlegt, weil ihr alles nicht schnell genug geht. Alles Gute, Herr Kommissar!"

Büttner hob nur kurz die Hand zum Gruß und schaute ihr perplex hinterher. „Hasenkrug", rief er laut durchs ganze Haus, nachdem er sich wieder gefangen hatte, „ich brauche Sie hier, sofort!"

Als sein Assistent wenig später neben ihm stand, erzählte er ihm in kurzen Worten, was er soeben von Luise Alberts erfahren hatte. „Wenn ich ins Präsidium zurückkomme, will ich die Unfallakten auf dem Tisch haben", sagte er bestimmt. „Falls die Bremsen von Krämers Wagen damals tatsächlich manipuliert wurden, könnte es mit dem Mord in einem direkten Zusammenhang stehen."

„Ich wundere mich nur, dass Frau Krämer davon nichts erwähnt hat", meinte Hasenkrug und warf einen neidischen Blick in die Küche, wo Gesine Beekmann gerade die vormittägliche Teestunde vorbereitete. Anscheinend ließ sich die Bäuerin weder von einer polizeilichen Durchsuchung noch von einem anstehenden Kaiserschnitt von diesem Ritual abbringen. Zu einer Tasse Tee und ein wenig Gebäck hätte er bei diesem nasskalten Wetter, das sich durch eine unangenehme Strahlungskälte auch in dem nicht isolierten Wohnhaus bemerkbar machte, nicht nein gesagt. Allerdings rechnete er nicht damit, an diesem Tag dazu eingeladen zu werden.

„Wir werden sie dahingehend befragen müssen", nickte Büttner. „So langsam scheint mir, dass ..."

Was seinem Chef schien, sollte Hasenkrug zunächst jedoch nicht mehr erfahren, denn in diesem Augenblick streckte ihm ein uniformierter Kollege eine Mappe mit zahlreichen Papieren entgegen. „Haben wir gerade in einer Wäschekiste unter dem Bett der Uroma gefunden", sagte er und blätterte bedeutungsvoll in den Zetteln herum.

„Und worum handelt es sich?" Büttner nahm ihm die Mappe aus der Hand.

„Könnten Aufzeichnungen unseres Mordopfers sein. Anscheinend war er einer heißen Sache auf der Spur."

„Ach was." Büttner warf einen Blick auf den Aktendeckel. *Illegale Genversuche Foelkers/Brenner* las er und hob die Brauen. „Das ist ja interessant."

„Und warum deponiert ausgerechnet Uroma Wübkea so was unter ihrem Bett?", fragte Hasenkrug.

„Falsche Frage, Hasenkrug, falsche Frage", erwiderte Büttner. „Ich glaube kaum, dass die gute Uroma unter ihr Bett gekrochen ist und die Akte dort versteckt hat. Vielmehr glaube ich, dass irgendwer annahm, dieses sei das sicherste Versteck für eine solch brisante Kost."

„Sie meinen Johann Brenner?", folgerte Hasenkrug messerscharf.

„Genau."

„Na“, lachte der uniformierte Kollege laut auf, „dann möchte ich aber nicht in seiner Haut stecken, wenn die Uroma erfährt, dass er in ihrer wollenen Unterwäsche gewühlt hat. Der kann sein Testament machen, das steht mal fest.“

„Dann sollten auch Sie sich ihr gegenüber besser nicht zu erkennen geben“, bemerkte Büttner trocken. „Schließlich haben Sie soeben auch nichts anderes gemacht.“ Daraufhin sah der Polizist sich unsicher um, sein Lachen war wie weggewischt. Plötzlich hatte er es sehr eilig, in einem der Wohnräume zu verschwinden und dort mit seiner Arbeit fortzufahren.

„Haben Sie eine Ahnung, wo Johann sich gerade aufhält?“, fragte Büttner seinen Assistenten.

„Ich habe ihn in Richtung Stall gehen sehen. Vermutlich muss er bei der Entbindung ... nein“, unterbrach er sich selbst und hob abwehrend die Hände, als er den auffordernden Blick seines Chefs sah, „ich werde nicht noch einmal in diesen Abkalbestall ... nein, Chef, das können Sie wirklich nicht von mir verlangen!“

Büttner stieß ein unwilliges Grunzen aus, machte sich aber schließlich selber auf den Weg, die Mappe mit den Papieren unter den Arm geklemmt. Um nicht in den strömenden Regen hinaus zu müssen, wählte er den Weg durch die Wirtschaftsküche, auch wenn das bedeutete, dass er für den Rest des Tages nach Kuhstall und vergorener Silage riechen würde. Die Kühe glotzten ihm neugierig hinterher, als er den Futtergang hinabmarschierte, aber er beachtete sie kaum. In Gedanken war er bei Karina Krämer und konnte sich keinen Reim darauf machen, warum sie von ihrem Verdacht, ihr Unfall sei womöglich ein Anschlag auf ihr Leben gewesen, nichts erwähnt hatte.

„Oha“, entfuhr es ihm, als er den Abkalbestall betrat, denn gerade in diesem Augenblick glitt Ullas Nachwuchs aus einer riesigen Bauchöffnung auf den mit frischem Stroh ausgelegten Betonboden hinab. Alles war voller Blut und glitschigem Schleim, als habe hier keine Geburt, sondern ein Schlachtfest stattgefunden. Die Tierärztin Luise Alberts hatte sich von Büttners plötzlichem Erscheinen nicht ablenken lassen, sondern machte sich jetzt hochkonzentriert daran, die offenen Wunden mit Nadel und Faden wieder zu schließen, während Christian Beekmann und Johann das Kalb beiseite zogen und versorgten. Uroma Wübkea, die den Finger unterstützend auf den Faden gepresst hielt, strich Luise Alberts anerkennend über den Kopf und sagte: „Gut gemacht, mien Wicht*.“ Johann lächelte zu ihnen hinüber und griff nach einer Handvoll Stroh, um das Kalb damit gründlich abzureiben.

Als sich Büttners und Johanns Blicke begegneten, wedelte der Kommissar kurz mit der Mappe. Johanns Reaktion war eher erstaunt als erschrocken, und er schlenderte langsam auf den Polizisten zu. „Lassen Sie uns rausgehen“, sagte der nur und strebte dem Ausgang zu. „Woher haben Sie die Mappe?“, fragte er ohne Umschweife, als sie wenig später auf dem Futtergang standen.

---

* Plattdeutsch für Mädchen

Johann zögerte nur kurz, dann hob er die Schultern und sagte: „Von Matthias Krämer."

Büttner hob erstaunt die Brauen. „Das geben Sie einfach so zu? Ich meine, ich gehe mal davon aus, dass er sie Ihnen nicht freiwillig überlassen hat?"

„Nein. Ich hab sie ihm weggenommen."

„Bei welcher Gelegenheit, wenn ich fragen darf?"

„Ich hab ihn gesehen, als ... ich war so sauer, weil er es wieder mit Janna getrieben ... Er hatte die Tasche im Flur abgestellt."

Büttner sah ihn misstrauisch an. „Scheint mir ein bisschen einfach, die Erklärung. Wann soll denn das gewesen sein?"

„Ein paar Tage vor seinem Tod vielleicht."

„Und er hat sie nicht gesucht?"

Johann zuckte die Achseln, sagte aber nichts.

„Ich glaube Ihnen kein Wort", knurrte Büttner und ließ sich auf einen Strohballen sinken. Nachdenklich drehte er die Mappe in den Händen und überlegte gerade, wie er den jungen Mann überzeugen konnte, die Wahrheit zu sagen, als sein Blick auf zwei kleine dunkle Flecken fiel, die sich am unteren Rand der Papphülle befanden. „Das ist ja ...", sagte er und sah Johann bedeutungsvoll an. „Wer auch immer diese Mappe in der Hand hatte, der hat ganz offensichtlich Spuren hinterlassen." Er deutete mit dem Finger auf die beiden Flecke. „Und wenn mich nicht alles täuscht, sogar blutige Spuren."

Für einen kurzen Moment blitzte Verunsicherung in Johanns Augen auf, und er warf einen panischen Blick über die Schulter in Richtung Stalltor. Dann rannte er los. „Oh nein", seufzte Büttner gequält, „jetzt bitte nicht weglaufen. Das bringt doch nichts." Er machte keinerlei Anstalten, dem Jungen hinterher zu hechten. Aus dem Alter war er raus, befand er. Außerdem war er sich sicher, dass Johann nach nicht allzu langer Zeit wieder vor ihm stehen würde. Er hatte sich nicht getäuscht. Nur wenige Minuten waren vergangen, als eine Polizistin, Johann im Klammergriff, durch das Stalltor trat und sich breitbeinig vor ihm aufbaute. „Der junge Mann hier kam mir auf dem Hof entgegen. Schien es sehr eilig zu haben. Und da ich annahm, dass das wahrscheinlich nicht nur am Regen liegt, dachte ich, ich bring ihn mal wieder zurück."

„Das haben Sie gut gedacht", nickte Büttner und sah Johann prüfend an. Wie ein begossener Pudel sah der jetzt aus, die wenigen Schritte über den Hof hatten ausgereicht, ihn von oben bis unten zu durchnässen. „Fahren Sie ihn bitte aufs Präsidium, ich möchte mich nachher mit ihm unterhalten. Aber", er machte eine Kopfbewegung zu den nassen Flecken, die sich zu Johanns Füßen gebildet hatten, „erstmal soll er sich trockene Klamotten anziehen."

Als die beiden verschwunden waren, blätterte Büttner die Unterlagen durch und stellte fest, dass Matthias Krämer Johanns Familie ganz offensichtlich hatte nachweisen können, dass sie in Zusammenarbeit mit der Firma Saromondo nicht genehmigte Genversuche auf ihren Feldern durchführten. Ein hübsches Mordmotiv, dachte er, ein wirklich hübsches Motiv. Die Frage war nur, ob die Landwirte bereits wussten, dass Krämer sie nicht nur im Visier, sondern praktisch schon erledigt hatte. Und noch eine Frage stellte er sich: Warum hatte Johann diese Unterlagen bei Uroma Wübkea versteckt und nicht seiner Familie überreicht oder sie sogar vernichtet? Und warum war von diesen Unterlagen nichts auf Krämers Rechner zu finden gewesen? Oder hatte er sie nur auf seinem Laptop gespeichert, der nach wie vor verschwunden war?

Büttner schnaubte. Es gab in dieser Sache anscheinend noch jede Menge zu klären. Zunächst aber musste er wissen, bei welcher Gelegenheit Johann an die Unterlagen gelangt war. Dass er sie Krämer einfach aus der Tasche gezogen hatte, glaubte er ihm nicht. Es war kaum anzunehmen, dass Krämer den Verlust stillschweigend hingenommen hätte, sobald er ihn bemerkte. Das wiederum konnte nur heißen, dass ihm die Unterlagen erst nach seinem Tod entwendet wurden. Oder? Büttner runzelte die Stirn, klappte die Mappe wieder zu und ging zum Wohnhaus zurück. Hasenkrug vermeldete, dass sie mit der Hausdurchsuchung fertig seien. Außer der Mappe habe man nichts Verdächtiges gefunden.

Büttner ging in die Küche, in der sich Familie Beekmann zum Tee eingefunden hatte. Nur Uroma Wübkea fehlte. Und die Kinder natürlich, die um diese Zeit in Kindergarten und Schule waren. Alle sahen ihn erwartungsvoll an.

„Wir mussten Johann mitnehmen, er hatte hier im Haus ein interessantes Beweisstück versteckt", sagte er in den Raum hinein. „Ansonsten haben wir nichts gefunden. Tut mir Leid, dass wir Ihnen

Unannehmlichkeiten gemacht haben, aber es musste leider sein."

„Werden Sie Johann jetzt dabehalten?", fragte Christian Beekmann.

„Das hängt von unseren Erkenntnissen ab. Dazu kann ich derzeit nichts sagen."

„Unser Johann ist kein Mörder", sagte Uropa Okko knapp und wandte sich dann wieder seinem Tee zu. Es war das erste Mal, dass Büttner ihn reden hörte.

„Wir werden sehen. Hat Matthias Krämer jemals einem von Ihnen gegenüber erwähnt, dass ihm hier bei Ihnen Unterlagen entwendet worden seien?", wandte sich Büttner wieder an die versammelte Mannschaft und hielt zur Unterstreichung seiner Worte die Mappe in die Höhe. Alle Anwesenden überlegten eine Weile und schüttelten dann unisono den Kopf.

„Das dachte ich mir", seufzte Büttner. „Okay, nochmals danke für Ihre Geduld und Entschuldigung für die Unannehmlichkeiten." Er wandte sich gerade zum Gehen, als er hinter sich Gesine Beekmanns Stimme hörte: „Sie haben ja noch gar keinen Tee getrunken, Herr Kommissar. Wollen Sie sich nicht zu uns setzen?"

Er drehte sich lächelnd um. „Das würde ich sehr gerne, vielen Dank!" Er winkte Hasenkrug sich zu setzen und nahm dann selber Platz.

„Wo ist denn Ihre Großmutter?", wandte er sich an Christian Beekmann, während die Bäuerin zwei Tassen auf den Tisch stellte und Tee einschenkte.

„Sie wollte im Stall bleiben und drauf achten, dass die Tierärztin alles richtig macht."

Büttner griff dankbar nach seiner Tasse, blies ein paar Mal hinein und nahm dann den ersten Schluck. „Kuhkalb oder Bullkalb?“, fragte er und spürte den Tee angenehm warm seine Kehle hinunter rinnen.

„Kuhkalb“, strahlte Christian Beekmann, und alle am Tisch taten es ihm gleich.

„Das ist schön. Glückwunsch!“ Büttner hob seine Tasse und prostete ihnen wie zum Anstoßen zu.

„Prost Tee!“, sagten daraufhin alle im Chor.

27

Heinrich konnte jedes Wetter gut leiden, das hatte David Büttner bereits mehr als einmal schmerzlich erfahren müssen. Egal ob Regen, Sturm, Schnee oder Gluthitze, der Hund hechtete zum Gassi gehen immer mit einem so freudigen Gebell nach draußen, als wäre er gerade einer langjährigen Zwingerhaft entkommen. Konsequenterweise sträubte er sich dann auch gerne, wenn er wieder zurück ins Haus gehen sollte. So wie jetzt. Büttner hatte mit ihm auf Bitten seiner Frau einen längeren Spaziergang gemacht, weil weder sie noch Jette an diesem Tag Zeit haben würden. Das allein war für Büttner schon Strafe genug, nahm er doch schon für eine Entfernung von ein paar hundert Metern ganz gerne mal das Auto. An diesem regnerischen Mittag aber hatte an einem längeren Gang nichts vorbeigeführt, wollte er am Abend eine unschöne Standpauke seiner Frau vermeiden. Also hatte er, anstatt direkt von den Beekmanns aus ins Präsidium zu fahren, den Hund von zuhause abgeholt und war mit ihm Stöckchen werfend und bei strömendem Regen durch Wiesen und Felder gestreift. Nun aber reichte es. Während

Heinrich aufgeregt kläffend um ihn herumtanzte, um ihn zum Weitergehen zu animieren, hatte sich Büttner unter das gläserne Vordach des Präsidiums geflüchtet. Er ließ seinen Regenschirm ein paar Mal auf- und zuspringen, um den Großteil der Regentropfen abzuschütteln, bevor er ihn in dem dafür vorgesehenen Ständer deponierte. Schulterzuckend warf er einen Blick auf seine Schuhe, die während des Spaziergangs das eine oder andere Mal im Matsch versunken waren. Nun, dagegen konnte er jetzt nichts tun. Also würde er die Flure und Büros einsauen und sich später bei den Putzfrauen entschuldigen müssen. Mit einem scharfen Pfiff bedeutete er Heinrich, sich ins Gebäude zu begeben, doch der setzte sich einfach in den Regen und sah ihn mit schief gelegtem Kopf und treuem Dackelblick so anklagend an, als hätte Büttner soeben seinen Lieblingsknochen auf Nimmerwiedersehen in den Tiefen des Wattenmeers versenkt.

„Komm, Heinrich", knurrte Büttner ungehalten und streifte mit seinen Händen die Nässe von den Ärmeln seines Mantels, „jetzt ist es doch genug." Er wiederholte seinen Pfiff, Heinrich aber zeigte keinerlei Regung. „Dann musst du eben sitzen bleiben", blaffte Büttner und ließ die Glastür hinter sich ins Schloss fallen. Wie er bereits geahnt hatte, setzte Heinrich nur wenige Augenblicke später zu einem ohrenbetäubenden Gekläffe an und stand nun schwanzwedelnd vor der Scheibe. Büttner machte kehrt und ließ ihn hinein, woraufhin Heinrich in einem Affenzahn den langgestreckten Flur entlang schoss und aufgeregt schnüffelte. Gerade, als Büttner an ihm vorbeilief, blieb der Hund stehen und schüttelte sich ausgiebig die Nässe aus dem Fell. „Billige Rache, Heinrich, ganz billige Rache", murmelte Büttner und sah an seinen nun gesprenkelten Hosenbeinen hinab. Er deutete mit dem Finger auf sein Büro, und Heinrich sah dieses als Einladung, wie der Blitz hineinzustürmen und den bereits anwesenden Sebastian Hasenkrug freudig winselnd zu begrüßen. Büttner verwies ihn mit einem Fingerzeig auf seine Decke.

„Moin, Chef", sagte Hasenkrug und warf einen Blick auf die Uhr, „ich hatte Sie früher erwartet." Als dieser nur eine wegwerfende Handbewegung machte, klopfte er mit der Hand auf einen Ordner und sagte: „Das ist die Akte zum Unfall der Krämers vor drei Jahren. Sollen wir jetzt drüber sprechen?"

Büttner winkte ab, stellte seinen Schirm in den Ständer und hängte den Mantel an die Garderobe. „Später", sagte er, „zuerst will ich mir Johann Brenner vorknöpfen. Ich nehme an, er wartet schon im Vernehmungsraum?"

Hasenkrug nickte. „Er dürfte inzwischen Spinnweben angesetzt haben", bemerkte er tadelnd.

„Sie hätten ja schon mal anfangen können", ätzte Büttner zurück.

„Ich habe mich mit der Akte der Krämers beschäftigt und dann ..."

„Haben Sie sich auch schon um die Unterlagen von Frau Tönjes gekümmert?", wurde er von seinem Chef unterbrochen. „Sie hatte doch den Stick vorbeigebracht mit den Recherchen, die sie angeblich für Matthias Krämer angestellt hatte."

„Nein, dazu bin ich noch nicht gekommen“, schüttelte Hasenkrug den Kopf.

„Nun, dann wissen Sie ja, was Sie zu tun haben, wenn Sie mir und Johann eine Tasse Kaffee in den Vernehmungsraum gebracht haben.“

„Aber, Chef, ich ...“

„Wenn Sie sich jetzt bitte subtrahieren würden, Hasenkrug!“ Büttner hatte nach seiner ungewohnten körperlichen Verausgabung keine Lust auf anstrengende Diskussionen. Er würde jetzt Johann den Kopf waschen und dann nach Hause fahren, um sich von seiner Frau lecker bekochen zu lassen. Sie hatte ihm als Belohnung für den Spaziergang einen deftigen Gemüseeintopf mit Speck versprochen, und darauf freute er sich schon wie ein kleines Kind auf den Weihnachtsmann.

„Also, Johann, machen wir es kurz“, startete er die Überrumpelungstaktik, als er den Vernehmungsraum betrat. „Sie sagen mir jetzt, wie und warum Sie Matthias Krämer umgebracht haben, und ich verspreche Ihnen einen weichen Schlafplatz in einer warmen, trockenen Zelle. Ist das nichts?“

Johann war bei seinem Eintreten aufgeschreckt, nachdem er, den Kopf auf seine Arme gebettet und halb auf dem Tisch liegend, eingeschlafen war. Sichtlich verwirrt schaute er den Kommissar an und schien im ersten Moment nicht zu wissen, wo er sich befand. Nach einem kurzen Blick durch den Raum aber schien es ihm zu dämmern und er zog den Kopf zwischen seine Schultern.

„Also?“ Büttner sah ihn scharf an, während er das Aufnahmegerät einschaltete und die ersten Sätze fürs Protokoll aufsprach.

„Ich habe Matthias nicht getötet.“

„Das hatte ich befürchtet.“ Büttner erhob sich seufzend von seinem Stuhl und lief im Raum auf und ab. Als es klopfte, nahm er von Frau Weniger zwei Tassen Kaffee entgegen und stellte sie auf den Tisch.

„Danke“, murmelte Johann schwach und umschloss die warme Tasse mit beiden Händen.

„Da nicht für. Ich höre.“

„Ich habe Matthias nicht getötet“, wiederholte Johann.

„So weit waren wir schon. Ein bisschen mehr Text wäre schön. Wie sind Sie an die Unterlagen gekommen?“ Büttner hielt Johann warnend seinen Zeigefinger unter die Nase. „Und erzählen Sie mir nicht, Sie hätten sie ihm aus der Tasche geklaut, als er sich mit Janna vergnügte. Das war vorhin schon falsch und wird durchs Wiederholen nicht richtiger. Also?“

„Ich ... habe ihm aufgelauert“, sagte Johann kaum hörbar.

„Aufgelauert?“, fragte Büttner alarmiert. „Was heißt das?“

„Ich wollte verhindern, dass er sich mit Janna trifft.“

„Wann war das?“

Johann sackte in sich zusammen. „Es war an dem Abend als ... als Matthias ermordet wurde.“

Büttner schnappte nach Luft. „Sie haben ihn gesehen, kurz bevor er ermordet wurde?“, fragte er ungläubig.

Johann nickte.

„Und wo war das?"

„Er fuhr mit seinem Fahrrad die Hofeinfahrt rauf."

„Bei den Beekmanns?"

„Ja."

„Und dann?"

„Ich stand hinter der Garage und bin dann auf ihn zugesprungen. Ich hab ihn vom Rad gestoßen und ihm ein paar auf die Fresse gegeben."

„Was heißt das, Sie haben ihm ein paar auf die Fresse gegeben?", Büttner ließ sich wieder auf seinen Stuhl sinken und nippte an seinem Kaffee.

„Na, die Fresse poliert eben. So!" Johann ballte seine Hände zu Fäusten und tat, als würde er auf das Gesicht des Kommissars einprügeln.

„Und er?"

„Matthias? Der hatte keine Chance. War total überrumpelt. Hat nur blöd geguckt und wie ein Baby aufgejault." Aus Johanns Stimme war nun eine gewisse Genugtuung herauszuhören.

„Bisschen feige, finden Sie nicht?", ließ sich Büttner zwischen zwei Schluck Kaffee vernehmen, und prompt war es um Johanns Selbstsicherheit wieder geschehen. Er verschränkte die Arme vor dem Körper und starrte mit leerem Blick vor sich auf die Tischplatte.

„Um welche Uhrzeit war das so ungefähr?"

„Muss so gegen sechs gewesen sein. Es war schon dunkel."

„Hat Sie jemand gesehen?"

„Ich glaube nicht."

„Hm.“ Büttner räusperte sich vernehmlich. „Und dann haben Sie ihn weggeschafft, ihm die Gliedmaßen abgeschlagen und ihn in die Getreidemühle geworfen“, sagte er bewusst provokativ.

„Nein! Oh mein Gott, nein!“, schrie Johann panisch in den Raum und sprang auf. Seine Augen zeigten das pure Entsetzen. „So war es nicht, ich schwöre!“

„Wie war es dann?“, fragte Büttner ruhig und bedeutete ihm mit einem Handzeichen, sich wieder zu setzen.

„Ich hab ihn einfach liegen gelassen und bin weggelaufen.“

„Hätte ich jetzt auch gesagt.“

„Aber so war es!“ Johann sah den Kommissar entgeistert an.

„Und was ist mit den Unterlagen?“

„Die lagen auf dem Hof. Sie waren aus der Tasche gefallen. Ich hab gesehen, was drauf steht. Und dann hab ich sie eingesteckt.“

„Ich denke, es war dunkel.“

Johann stutzte, dann erwiderte er: „War es ja auch. Aber da ... war ein Licht, an der ... ja, an der Garage, und da lagen die Papiere drunter.“

„Wie praktisch.“

„Aber genauso war’s! Sie müssen mir glauben!“ Johanns Stimme klang jetzt weinerlich.

„Ich muss gar nichts, Herr Brenner.“ Büttner sah sein Gegenüber für eine Weile stumm an, dann fuhr er fort: „Warum haben Sie die Unterlagen bei der alten Frau Beekmann versteckt? Warum haben Sie sie nicht an Ihre Familie weitergegeben?“

„Das wollte ich ja", sagte Johann schwach, „aber dann hab ich Panik bekommen. Am nächsten Tag war Matthias tot und ..." Den Rest des Satzes führte er nicht mehr zu Ende.

„Und Sie bekamen Angst, dass der Verdacht berechtigt sein könnte?", half Büttner ihm auf die Sprünge.

„Welchen Verdacht meinen Sie?"

„Den Verdacht, dass Ihre Familie irgendwas mit dem Mord an Matthias Krämer zu tun haben könnte."

Johann nickte.

„Und warum haben Sie die Unterlagen dann nicht vernichtet?"

„Ich, ich ... mein Gott, ich weiß doch auch nicht! Es war auf einmal alles so viel, so ... ich ..." Johann fuhr sich verzweifelt mit den Händen durchs Haar und ließ seinen Kopf auf die Tischplatte sinken.

„Vielleicht wollten Sie ja auch, dass die Machenschaften Ihrer Familie endlich auffliegen? Vielleicht wollten Sie nicht länger der Prügelknabe sein für etwas, dass Sie gar nicht zu verantworten hatten und das Sie womöglich noch nicht mal gutheißen?"

„Kann sein."

„Nun, Herr Brenner, das klingt alles so, als könnte es so gewesen sein. Sie geben Matthias Krämer ein paar auf die Zwölf, damit er nicht zu Janna geht, sehen die belastenden Unterlagen auf dem Boden liegen, heben sie auf und gehen dann einfach ins Haus zurück. Ja, so könnte es gewesen sein. Oder auch ganz anders. Bis wir Gewissheit haben, dass Sie die Wahrheit sagen, werden Sie erstmal unser Gast sein, Johann."

„Was heißt das?“ Johann blickte ihn aus weit aufgerissenen Augen erschrocken an.

„Herr Johann Brenner, ich verhafte Sie wegen des dringenden Tatverdachts, Matthias Krämer ermordet zu haben“, sagte Büttner in formalem Tonfall und gab dem Polizisten, der an der Tür stand, einen Wink, Johann abzuführen und ihn über seine Rechte aufzuklären.

Fröhlich pfeifend ging er dann in sein Büro zurück, nickte Hasenkrug kurz zu, pfiff nach seinem Hund und freute sich, endlich zu Frau und Eintopf nach Hause fahren zu können.

28

Es war ein Spiel mit dem Feuer. Aber sie musste es riskieren. Ihr Plan stand fest, auch wenn sich durch den Anruf des Kommissars neue Fakten ergeben hatten. Nachdenklich betrachtete Karina den Bildschirm ihres Laptops. Sie hatten einen Verdächtigen. Und sie hatten die gleichen Unterlagen, die auch ihr erst gestern zugespielt worden waren. Angeblich hatte der Azubi der Beekmanns sie in seinen Besitz gebracht, als er ... Karina fuhr sich mit den Händen übers Gesicht. Seit Kommissar Büttner sie angerufen hatte, bekam sie die Bilder nicht mehr aus ihrem Kopf. Matthias, wie er wehrlos am Boden lag. Dieser Johann hatte angeblich zugegeben, ihn auf dem Hof der Beekmanns vom Rad gezerrt und verprügelt zu haben. Aus Eifersucht. Weil Matthias ... Karina schüttelte zum wiederholten Male so heftig den Kopf, als gelte es, die Bilder, die sich so gnadenlos vor ihrem inneren Auge festgesetzt hatten, heraus zu schütteln. Ihr Matthias sollte ein Verhältnis mit einer Neunzehnjährigen gehabt haben? Alleine die Vorstellung, dass dieses ihr unbekannte Mädchen in seinen Armen gelegen, von ihm leidenschaftlich liebkost und geliebt worden war, folterte sie mehr, als jede körperliche Gewalt es zu tun vermocht hätte.

Johann war der Sohn von Franz Brenner und damit der Enkel von Bertus Foelkers. Erst durch die Papiere, die sie gestern aus Australien bekommen hatte, war ihr überhaupt dieser Zusammenhang klar geworden. Der Enkel ihres Erzfeindes machte eine Ausbildung auf dem Hof, auf dem Matthias so elendig ums Leben gekommen war. War das Zufall? Oder hatte Franz Brenner seinen Sohn ganz bewusst auf dem Hof eingeschleust, von dessen Eigentümer er wusste, dass er mit Matthias wegen seiner Recherchen in engem Kontakt stand?

Ziellos scrollte Karina ihren Bildschirm rauf und runter. Schon per E-Mail hatte ihre australische Freundin Ruth, die sie vor Jahren während eines Studienaufenthalts in Melbourne kennengelernt hatte, sie darüber informiert, dass sie Unterlagen habe, die Matthias ihr erst kürzlich per Post und mit der Bitte hatte zukommen lassen, dass Karina sie erhielt, falls ihm etwas zustoßen sollte. Mehr hatte Ruth nicht sagen wollen, schien ihr doch der E-Mail-Verkehr nicht sicher zu sein.

Karina schluckte. Anscheinend hatte Matthias geahnt, dass man es auf ihn abgesehen hatte. Und wenn sie es sich genau überlegte, dann hatte er in den letzten Wochen vor seinem Tod auch sehr nervös gewirkt. Immer wieder hatte er von ihrem Unfall von vor drei Jahren gesprochen, hatte gemeint, dass die Sache noch nicht ausgestanden sei. Sie hatte seine Befürchtungen nicht wirklich ernst genommen, hatte sie doch selbst mehr und mehr Zweifel gehabt, dass an seiner Theorie mit den manipulierten Bremsen irgendetwas dran war.

Mit den Unterlagen aber hatte Ruth ihr die Zweifel genommen. Matthias musste gewusst haben, wie brisant deren Inhalt war, wenn er sie in Ruths Obhut im fernen Australien gegeben hatte. Und er musste gewusst haben, dass er seinem Ziel, der Agrarlobby einen empfindlichen Dämpfer zu versetzen, erheblich näher gekommen war. Und vermutlich hatte er sogar gewusst, dass er mit diesem Wissen sein Leben aufs Spiel setzte. Das war mit Sicherheit auch der Grund, warum er sie, Karina, nicht in sein Wissen eingeweiht hatte, obwohl er ansonsten eng mit ihr zusammenarbeitete. Er hatte sie nicht in Gefahr bringen wollen. Ja, ganz bewusst hatte er sie nicht zur Mitwisserin gemacht. Weil er Angst um sie gehabt hatte. Denn spätestens jetzt war er sich ganz sicher gewesen, dass ihr Unfall kein Unfall gewesen war, sondern ein Anschlag. Ein Denkzettel der Agrarlobby, wie es ja auch schon damals auf dem ominösen Zettel gestanden hatte.

Nun, wie dem auch sei. Matthias war tot und konnte seinen Auftrag, wie er seinen Kampf gegen die Agrarlobby immer genannt hatte, nicht mehr zu Ende führen. Mit der Übersendung der Unterlagen aber hatte er ihr, seiner Frau, den Auftrag gegeben zu handeln. Vermutlich hätte er gewollt, dass sie damit zur Polizei ging. Aber das war ja jetzt nicht mehr nötig, schließlich waren die Unterlagen dort längst angekommen. Außerdem hatten sie einen Verdächtigen als Täter identifiziert und festgesetzt. Was bedeutete, dass der

Fall für die Polizei vermutlich schon abgeschlossen war. Wenn diese bei ihrer Einstellung blieb, würde jedoch viel Zeit verloren gehen. Denn selbst, wenn sich letztlich herausstellen sollte, dass es tatsächlich dieser Johann gewesen war, der Matthias umgebracht hatte, so saßen doch – und davon war Karina fest überzeugt - die Verantwortlichen für diesen abscheulichen Mord woanders. Und deswegen war es nun an ihr, Karina, diese Hintermänner, die Matthias getötet und damit auch das Leben seiner Familie zerstört hatten, dingfest zu machen.

Karina ließ ein verächtliches Schnauben vernehmen. Sie konnte Kommissar Büttner ganz gut leiden, von seinen Qualitäten als Polizist aber war sie nicht überzeugt. Oder, besser gesagt, glaubte sie nicht, dass er sich im Kampf gegen eine mächtige Agrarlobby besondere Mühe geben würde. Und damit stand er in einer Reihe mit allen anderen Behörden weltweit, die Angst hatten, von einer mächtigen Lobby, die Einfluss bis in die höchsten politischen Kreise hatte, zermalmt zu werden wie Getreidekörner unter einem Mühlstein.

Karina schlug sich erschrocken die Hände vor den Mund. Dieser Vergleich mit dem Mühlstein hatte sich unbeabsichtigt in ihre Gedanken geschlichen. Konnte das Zufall sein? Oder war es genau dieses Bild gewesen, das die mächtige Agrarlobby der Gesellschaft mit Matthias' bestialischem Ende hatte vor Augen führen wollen? Hütet euch, es mit uns aufnehmen zu wollen, sonst zermalmen wir euch wie Getreidekörner unter einem Mühlstein?

Karina holte tief Luft und brauchte ein paar Minuten, bis sie sich von diesem ungeheuerlichen Gedanken erholt hatte. Dann aber öffnete sie entschlossen ihren E-Mail-Account und begann, eine Nachricht zu schreiben. Sie war bereit fürs Finale.

29

„Verhaftet!“ Franz Brenner ließ seine Faust so krachend auf den Tisch hinunterdonnern, dass das Kaffeegeschirr darauf laut schepperte. „Mein Gott, was hat sich Johann nur dabei gedacht! Hätte er nicht wenigstens erstmal einen Anwalt beauftragen und die Klappe halten können!“ Der Landwirt war außer sich vor Wut, sein Gesicht hatte eine ungesunde rötlich-blaue Färbung angenommen, seine Halsschlagader pochte mit seinem stoßweisen Atem um die Wette.

„Dann ist es also wahr“, schüttelte Silke Schulze-Brenner den Kopf.

„Was soll wahr sein?“, fauchte ihr Bruder sie an. „Du glaubst doch wohl nicht im Ernst, dass Johann diesen Krämer ermordet hat!“

„Die Polizei scheint sich zumindest ziemlich sicher zu sein. Sonst hätten sie ihn wohl kaum dabehalten.“

„Alles Schwachköpfe!“ Franz Brenner warf ihr einen so hasserfüllten Blick zu, dass sie unwillkürlich zusammenzuckte.

„Hat der Junge denn jetzt einen Anwalt?“, ließ sich die Stimme von Bertus Foelkers vernehmen. Er hatte bisher nur schweigend am Tisch gesessen und finster vor sich hingestarrt.

„Ja, hab einen zum Präsidium geschickt", brummte sein Sohn.

Im nächsten Moment flog die Tür auf und ein schweißgebadeter Walter Meise stürzte ins Zimmer. „Jetzt ist alles aus!", schnaufte er gehetzt und fuhr sich mit dem Handrücken über die verschwitzte Stirn. Keuchend ließ er sich auf einen Stuhl fallen, griff nach der Thermoskanne, schenkte sich ein und stürzte den Kaffee hinunter.

„Was redest du da für 'nen Scheiß!", schrie Franz Brenner ihn an. „Der Anwalt holt Johann da raus und Ruhe ist. Alles aus! Pah!"

„Euer Johann geht mir doch am Arsch vorbei!", brüllte Meise zurück. „Ist mir doch egal, wenn der im Knast vergammelt!"

„Sag das noch mal", zischte ihm Franz Brenner mit zitternden Lippen gefährlich leise zu. Mit einem Satz sprang er auf, langte über den Tisch und zog Walter Meise am Revers zu sich herüber. Er hob drohend die Faust. „Los, sag das noch mal, du fettes Schwein!"

„Vielleicht könntet ihr mal aufhören, euch wie die letzten Neandertaler zu benehmen!" Silke Schulze-Brenner fasste ihren Bruder am Arm und deutete auf seinen Stuhl.

„Silke hat recht", mischte sich nun auch Bertus Foelkers ein, „so kommen wir doch nicht weiter, Franz. Lass Walter erstmal sagen, was er zu sagen hat. Vielleicht ist es ja wichtig."

Mit einem letzten Schnauben stieß Franz Brenner seinen Kontrahenten auf dessen Stuhl zurück. „Da bin ich aber gespannt!“, sagte er rau.

Walter Meise schnappte nach Luft und zupfte nervös an den Aufschlägen seines Jacketts. „Jetzt ist alles aus“, wiederholte er dann mit zuckenden Mundwinkeln.

„Bring’s auf den Punkt!“, knurrte Bertus Foelkers.

„Sie haben die verdammten Unterlagen“, sagte Meise tonlos.

„Welche Unterlagen?“

„Ihr erinnert euch an die E-Mail, die uns Krämer ein paar Tage vor seinem Tod geschickt hat?“, fragte Meise stattdessen.

„Er hat behauptet, alles über unsere unerlaubten Versuche zu wissen. Meinst du die?“, fragte Silke Schulze-Brenner.

„Ja, genau die.“

„War doch ein Bluff“, knurrte Franz Brenner.

Walter Meise holte tief Luft und erwiderte dann: „Nee. Das war kein Bluff.“

Im Zimmer war es nach diesem Satz so still, dass man eine Stecknadel hätte fallen hören können. Alle Anwesenden starrten Meise entsetzt an.

„Sag, dass das nicht wahr ist“, keuchte Franz Brenner, und sein Gesicht zeigte plötzlich eine ungesunde Blässe.

„Doch. Ist leider wahr. Hab es gerade erfahren.“

„Von wem?“

„Karina Krämer.“

„Karina Krämer?“ Bertus Foelkers starrte ihn mit offenem Mund an. „Die blufft doch auch.“

Meise schüttelte den Kopf. „Ich wünschte, es wäre so.“ Er nahm seine Aktentasche auf den Schoß, zog mit zittrigen Fingern einen Stapel Zettel hervor und schob sie über den Tisch. Franz Brenner warf einen Blick darauf und erstarrte. „Illegale Genversuche Foelkers/ Brenner“, murmelte er und blätterte das Deckblatt um. „Oh, mein Gott“, krächzte er, als er die nächsten Seiten überflogen hatte, „diese Schlampe weiß alles!“

„Sag ich doch“, brummte Meise, aber es klang alles andere als triumphierend.

„Und warum schickt sie uns das?“, wollte Silke Schulze-Brenner wissen. „Ich meine, sie könnte doch auch zur Polizei gehen und denen die Unterlagen geben. Aber warum schickt sie es zu Walter?“

„Sie will, dass sich der Mörder ihres Mannes stellt, schreibt sie.“

„Und wenn nicht, dann gibt sie das hier“, Franz Brenner klopfte auf die vor ihm liegenden Unterlagen, „der Polizei?“

„So ist es.“

„Na, dann ist doch alles gut“, sagte Silke Schulze-Brenner gedehnt, „schließlich sitzt der Mörder doch bereits in U-Haft.“

„Du willst Johann ans Messer liefern?“, donnerte Franz Brenner in den Raum und hob drohend die Faust.

„So, wie ich es sehe, hat er sich bereits selbst ans Messer geliefert“, erwiderte seine Schwester ruhig.

„Johann ist kein Mörder“, zischte Franz Brenner über den Tisch und seine Augen verengten sich zu schmalen Schlitzen. „Und wenn das hier noch mal jemand behauptet, dann Gnade ihm Gott!" Er sah mit wutverzerrtem Gesicht von einem zum anderen, bis sein Blick wieder an seiner Schwester hängen blieb. „Du scheinst ja mächtig drauf aus zu sein, meinem Jungen was anzuhängen. Das kann doch nur eines heißen."

„Was meinst du damit?"

„Genau das, was du jetzt denkst. Ja, vermutlich hat diese Karina Krämer recht, wenn sie behauptet, der Mörder komme aus unseren Reihen. Aber Johann, Schwesterherz, Johann war es ganz sicher nicht."

„Wir werden sehen." Auf Silke Schulze-Brenners Gesicht zeigte sich ein breites Grinsen. „Auf jeden Fall sitzt dein Johann ganz schön in der Scheiße. Und alles andere müsstet ihr erstmal beweisen."

Die Männer glotzten sie an wie eine Erscheinung. „Du hast es getan?", flüsterte Bertus Foelkers.

Silke Schulze-Brenner hob die Schultern. „Kann sein, kann auch nicht sein. Für euch alle würde ich meine Hand jedenfalls auch nicht ins Feuer legen." Sie erhob sich und wandte sich zur Tür.

„Du gehst?", fragte ihr Bruder perplex.

„Ich sehe nicht, was ich hier noch ausrichten könnte", bemerkte sie mit einem Blick in die Runde. „Mit dem da", sie deutete auf den Stapel Zettel, der vor ihrem Bruder lag, „hab ich jedenfalls nichts zu tun, wie ihr wisst. Da könnt ihr euch mal schön alleine rausziehen." Sie schob das Kinn vor und fügte hinzu: „Und lasst euch bloß nicht einfallen, in der Angelegenheit auch nur einmal meinen Namen zu erwähnen. Ansonsten würde die Polizei von mir Dinge erfahren, die euch alle", sie machte eine ausladende

Armbewegung, „für Jahre in den Knast bringen würden." Mit diesen Worten verschwand sie endgültig zur Tür hinaus.

„Was war denn jetzt plötzlich mit der los?", ließ sich Bertus Foelkers vernehmen, nachdem er das soeben Gehörte verdaut hatte.

„Die ist doch total gaga", nickte Walter Meise und klopfte sich mit dem Finger an die Schläfe.

„Und jetzt?", stellte Franz Brenner die alles entscheidende Frage.

„Ist doch klar. Die kleine Krämer muss mundtot gemacht werden. Und dann müssen wir dafür sorgen, dass Silke die Klappe hält. Habe das Gefühl, dass die uns loswerden und ihr eigenes Ding machen will", antwortete Walter Meise.

„Du meinst, die verpfeift uns?" Bertus Foelkers sah vorwurfsvoll zu seinem Schwiegersohn hinüber. „Da hast du uns ja was Tolles ins Haus geschleppt."

„Silke war schon immer ein Biest", meinte der nur lapidar. „Aber keine Sorgen, die fangen wir schon wieder ein. Also, was machen wir mit Karina Krämer?", fügte er dann mit aufforderndem Blick hinzu.

„Für die Kleine lass ich mir was einfallen. Wenn sie spielen will, spielen wir natürlich mit", schnaubte Walter Meise. „Danach wird sie endgültig die Klappe halten, das verspreche ich euch." Er warf ein breites Grinsen in die Runde.

„Darauf wollen wir anstoßen", grinste Franz Brenner und griff nach einer Schnapsflasche und drei Gläsern, die er eisgekühlt neben sich stehen hatte.

„Auf die kleinen, aber feinen Unfälle dieser Welt“, rief er wenig später und hob sein Glas. „Prost!“

Als Silke Schulze-Brenner im selben Moment zur Haustür ihres Bruders heraustrat, sah sie sich einem jüngeren und einem älteren Herrn gegenüber, die soeben aus dem Auto gestiegen waren und nun mit ernstem Blick aufs Wohnhaus zusteuerten. Schnell wollte sie mit einem knappen Gruß an ihnen vorbeilaufen, als der Ältere sie ansah und sagte: „Wir wollen zu Herrn Franz Brenner. Können Sie uns sagen, wo wir ihn finden?“

„Wer will das wissen?“, fragte sie und musterte ihn misstrauisch von oben bis unten.

Prompt zog er eine Dienstmarke aus der Manteltasche und hielt sie ihr unter die Nase.

„Enders. Polizei. Wirtschafts- und Umweltdelikte.“

Silke Schulze-Brenner stockte für einen Moment der Atem, nach einem kurzen Räuspern aber hatte sie sich wieder im Griff. „Da hinein“, sagte sie dann mit einem aufgesetzten Lächeln und deutete auf die Haustür. „Durch den Gang und dann am Ende rechts. Die Herren werden mächtig erfreut sein, Sie zu sehen.“

30

Sebastian Hasenkrug saß gebückt über seinem Schreibtisch, den Kopf in die Hände gestützt, und betrachtete seine Beziehungsgrafik an der gegenüberliegenden Wand, die dank der vielen Namen und Pfeile, die er im Laufe der letzten Tage hinzugefügt hatte, ein gewisses Maß an Übersichtlichkeit vermissen ließ. Das aber störte ihn in diesem Moment nicht, da er sich derzeit für nur einen der Namen interessierte, den er mit einem roten Edding mehrfach eingekreist hatte: Johann Brenner. Der junge Mann sollte noch am Vormittag dem Haftrichter vorgeführt werden, der dann darüber zu befinden hatte, ob er weiter in Untersuchungshaft blieb oder nicht. Angesichts der Indizienlage aber gingen alle davon aus, dass er geringe Chancen hatte, seine Gefängniszelle sehr bald wieder zu verlassen.

„Irgendwas gefällt mir nicht", murmelte Hasenkrug zum wiederholten Male vor sich hin und starrte Johanns Namen an, als würde diesem im nächsten Augenblick die Lösung seines Problems entspringen. Den ganzen Vormittag hatte er sich mit Britta Tönjes' Dateien auseinandergesetzt, in der Hoffnung, vielleicht hier noch auf etwas Relevantes zu stoßen, aber rein gar nichts hatte darauf hingedeutet, dass an der Geschäftsbeziehung und an ihren Recherchen für Matthias Krämer irgendetwas auffällig war.

„Chef", sagte er zu Büttner, als seine Gedanken anfingen, sich im Kreis zu drehen, „glauben Sie wirklich, dass wir gestern den Mörder von Matthias Krämer verhaftet haben?"

David Büttner sah von seinen Akten auf und seufzte. „Ganz ehrlich, Hasenkrug? Nein. Wenn Sie mich fragen, hat es sich genauso abgespielt, wie Johann Brenner es uns geschildert hat. Er hat Matthias Krämer vom Fahrrad gezerrt, ihm ein paar auf die Backen gegeben und ist dann mit den Unterlagen ins Haus zurückgegangen. Als Krämer am nächsten Morgen tot in der Getreidemühle entdeckt wurde, ging ihm die Flatter. Er vermutete, dass seine Verwandtschaft für den Mord verantwortlich sein könnte und bekam Angst, mit in die Sache hineingezogen zu werden, wenn herauskam, dass er das Opfer kurz zuvor vermöbelt hatte. Also versteckte er die belastenden Papiere in Uroma Wübkeas warmen Schlüpfern und wartete ab, was passieren würde."

„Aber warum hat er die Unterlagen nicht an seinen Vater weitergegeben? Er musste doch wissen, dass sie seine Familie stark belasten würden, wenn wir sie entdecken. Damit wären Sie gewarnt gewesen und hätten entsprechend handeln können. Stattdessen aber hat er sie nun praktisch ins offene Messer laufen lassen."

Büttner zog einen Schokoriegel aus seiner Schreibtischschublade und biss herzhaft hinein. „Wer hier wen ins Messer hat laufen lassen, muss sich erst noch herausstellen“, sagte er, nachdem er den ersten Bissen hinuntergeschluckt hatte.

„Wie meinen Sie das?“

„Nun, der Junge sitzt hier in Haft in der Gewissheit, dass er mit dem Mord an Matthias Krämer nichts zu tun hat. Genauso wie wir, geht er vermutlich davon aus, dass irgendwer aus seiner Familie, wenn nicht gar alle gemeinsam, den Journalisten auf dem Gewissen hat. Bisher aber meldet sich keiner von denen zu Wort, sondern sie schicken lediglich einen Anwalt vorbei, der ihn vertreten soll. Muss für ihn ziemlich frustrierend sein, wenn Sie mich fragen.“

„Da könnten Sie natürlich recht haben“. Hasenkrug strich sich mit beiden Händen über sein lichtes Haar. „Puh, wäre ganz schön gemein, oder?“

„So kann man’s nennen“, nickte Büttner und schob sich den Rest seines Schokoriegels in den Mund. „Alles, was wir denen an den Hals hängen können, sind Untersuchungen zu den Vorwürfen, sie hätten auf ihren Feldern illegale Versuche mit genmanipuliertem Saatgut der Firma Saromondo durchgeführt. Ist auch nicht schön, aber verglichen mit einem Mord doch eher Pillepalle, wie meine Tochter es ausdrücken würde.“

„Also ist es jetzt an uns zu beweisen, dass es nicht Johann war, der den Mord verübt hat, sondern irgendjemand anderes aus seinem Clan.“

„So sieht’s leider aus.“ Büttner zog die Stirn in Falten und schlug mit flacher Hand auf einen Aktenordner, der vor ihm auf dem Schreibtisch lag. „Nicht ganz unwichtig dürfte dabei sein, dass wir herausfinden, ob der Anschlag auf die Krämers vor drei Jahren in irgendeinem Bezug zum Mord steht."

„Sie haben die Akte studiert?" Hasenkrug schaute seinen Chef interessiert an.

„Man könnte auch sagen, ich habe sie seziert", seufzte Büttner.

„Und was denken Sie?"

„Zu welchem Ergebnis sind denn Sie gekommen, Hasenkrug?", stellte Büttner die Gegenfrage.

Hasenkrug lehnte sich in seinem Stuhl zurück und faltete die Hände hinter seinem Nacken. „Wenn Sie mich fragen, Chef, dann deutet vieles darauf hin, dass diese zwei Vorkommnisse tatsächlich in direktem Zusammenhang stehen. Wir haben es mit derselben Firma zu tun, über die Matthias Krämer Recherchen angestellt und gegen die Karina Krämer damals wie heute ermittelt hat. Ob geplant war, dass der Unfall den Tod der Krämers zur Folge hat, kann man nicht mit Gewissheit sagen, zumindest aber wurde er billigend in Kauf genommen. Vermutlich hatten die Gegner gehofft, dass die Krämers von nun an vorsichtiger sein würden, was zumindest für ein paar Monate, in denen sich Karina Krämer ihrer Gesundung widmen musste, ja auch der Fall war. Dann aber haben sie praktisch an der Stelle weitergemacht, wo sie vor dem Unfall aufgehört hatten. Über den Blog *bee-a-friend21*, den Matthias Krämer anonym betrieb, wurde das Thema in der Öffentlichkeit nun sogar noch breiter gestreut als zuvor und somit eine öffentliche Empörung hervorgerufen, die der Agrarlobby, sprich der Familie

Foelkers/Brenner und allen, die sich im Hintergrund bewegen, alles andere als recht sein konnte. Gut möglich, dass die Mitglieder dieser Familie irgendwie herausgefunden haben, wer hinter dem Blog steht. Gut möglich auch, dass sie von den brisanten Unterlagen, die Krämer zusammengetragen hatte, wussten. Also schlugen sie zu. Diesmal ohne Pardon. Klappe zu, Krämer tot." Zur Unterstreichung seiner Worte klatschte Hasenkrug einmal laut in die Hände.

„Respekt, Hasenkrug, Respekt!" Büttner sah seinen Assistenten anerkennend an, ließ sich in seinem Stuhl zurücksinken und schlug die Beine übereinander. „Zu genau diesem Ergebnis bin auch ich gekommen. Allerdings beruht unsere Theorie derzeit noch auf wilden Spekulationen, die uns jeder Staatsanwalt ungebremst um die Ohren hauen wird. Denn wie wollen wir eigentlich beweisen, dass es Bertus Foelkers - der uns hier in großer Schauspielkunst den trotteligen Bauern vorgespielt hat - war, der diesen Mord geplant und ausgeführt hat. Die Tatsache, dass seine Familie mit Matthias Krämer wegen dieser Bienensache im Clinch lag, macht sie nicht automatisch zu Mördern. Theoretisch könnte es auch jeder andere gewesen sein, schließlich gibt es auch an anderer Stelle noch Motive, die nicht außer Acht gelassen werden dürfen. Im Prinzip sind wir also auch heute nicht viel weiter als zuvor, sondern haben lediglich einen Verdächtigen, bei dem wir allerdings derzeit selbst davon ausgehen, dass er zwar ein gewisses aggressives Potenzial, den Mord aber nicht begangen hat."

„Und noch etwas geht mir schon den ganzen Vormittag nicht aus dem Kopf“, warf Hasenkrug ein. „Wenn dieser Mord an Krämer tatsächlich geplant war, woher sollten die Mörder wissen, dass er sich zu genau diesem Zeitpunkt auf dem Hof der Beekmanns aufhalten würde?“

„Jemand könnte ihnen gesteckt haben, dass er an diesem Abend kommt.“

„Janna?“

„Zum Beispiel.“

„Warum sollte sie das tun?“

„Vielleicht wollte sie Johann damit ärgern.“

„Hm. Das würde aber heißen, dass er dieses Wissen direkt an seine Familie weitergegeben hat. Warum hätte er das tun sollen, wenn er nicht ...“

„... doch irgendwie in die Mordpläne verstrickt war“, vollendete Büttner nachdenklich Hasenkrugs Satz.

„Und wer sagt uns eigentlich, dass Krämer an diesem Abend tatsächlich ein Techtelmechtel mit Janna geplant hatte? Bisher haben wir dazu nur die Aussage von Johann.“

„Aber Janna war doch da?“, fragte Büttner und zog die Stirn in Falten.

„Haben wir jemals danach gefragt?“

„Haben wir nicht?“

Ohne zu zögern griff Hasenkrug zum Telefon und wählte die Nummer der Beekmanns. Nur wenig später legte er wieder auf und sah seinen Chef bedeutungsvoll an. „Gesine Beekmann sagt, dass Janna am Mordabend ganz gewiss nicht bei ihnen auf dem Hof gewesen sei, weil sie an diesem Abend mit ihrem Schulorchester einen Auftritt gehabt habe."

„Und da ist sie sich ganz sicher?"

„Ja. Sie sagt, Jannas Konzert habe sogar in der Zeitung gestanden."

Büttner überlegte einen Augenblick, dann sagte er: „Wir werden sie uns alle noch mal vorknöpfen müssen. Johann Brenner, seine Familie und Karina Krämer."

„In dieser Reihenfolge?"

„Nein. Erstmal fahren wir jetzt zum Hof von Bertus Foelkers. Den wollte ich sowieso noch mal ins Gebet nehmen. Jede Wette, dass der den dummen Bauern hier nur gespielt hat. Wenn wir wissen, was er und sein Schwiegersohn zu alledem zu sagen haben, werden wir Johann damit konfrontieren. Es wäre doch gelacht, wenn es nicht an der einen oder anderen Stelle zu Ungereimtheiten käme. Haben wir eigentlich inzwischen Rückmeldung von den Kollegen der Umweltdelikte?"

Hasenkrug schüttelte den Kopf. „Nein, noch nichts gehört. Aber ich denke ..."

Wie auf Kommando flog in diesem Moment die Tür auf und einer dieser Kollegen betrat den Raum.

„Wenn man vom Esel spricht. Moin, Kollege Enders."

„Moin, Kollege Büttner. Wollten euch mal über unsere Erkenntnisse in der Sache Foelkers/Brenner unterrichten."

„Kommt uns sehr gelegen, wir wollten die gerade heimsuchen. Dann schieß mal los!"

„Hatten Glück. Als wir ankamen, saßen die gerade alle zusammen und hatten sogar die besagten Unterlagen auf dem Tisch liegen.“

Büttner hob erstaunt die Brauen. „Sie waren bereits im Besitz der Unterlagen?“

„So ist es.“

„Woher hatten sie die?“

„Wollten sie nicht sagen. Aber wir haben ihre Rechner konfisziert. Irgendwo werden wir die Quelle schon finden.“

„Wer war denn alles dabei?“, mischte sich Hasenkrug ein.

Wolfram Enders blätterte in seinen Unterlagen und sagte dann: „Landwirt Bertus Foelkers, sein Schwiegersohn Franz Brenner und ein weiterer Herr namens Walter Meise.“

„Walter Meise?“, riefen Büttner und Hasenkrug wie aus einem Mund, und Letzterer deutete auf die Beziehungsgrafik und sagte: „Den hatten wir in Sachen Mordfall schon vorgeladen. War uns bisher nicht bekannt, dass er so dicke mit den Bauern ist.“

„Doch, der hängt in diesen Versuchen ganz eindeutig mit drin. Dachte, der kriegt `nen Herzinfarkt, als er begriff, weswegen wir da waren. Von ihm kann so mancher Fisch auf dem Trocknen in Sachen Schnappatmung noch was lernen.“

„Eine Frau war nicht dabei?“, wollte Büttner wissen.

„Eine Frau? Nein. Wen meinst du?“

„Silke Schulze-Brenner. Die Schwester von Franz Brenner.“

Wolfram Enders rieb sich am Ohr, dann sagte er: „So `ne sportliche mit Kurzhaarschnitt und einem Blick, dass einem alles auf Erbsengröße schrumpft?"

„Exakt. War sie dabei?"

„Sie kam uns draußen entgegen."

„Die solltet ihr euch auch noch vorknöpfen."

Wolfram Enders nickte und notierte sich den Namen. „Hab die Herren übrigens alle drei vorgeladen", sagte er dann. „Kommen in `ner halben Stunde. Wollt ihr sie auch noch haben?"

„Ich bitte drum", nickte Büttner, „wollten sowieso gerade zu ihnen fahren. Aber den Weg können wir uns dann ja sparen. Ach, Wolfram", rief er seinen Kollegen zurück, als der sich zum Gehen wandte, „guckt doch mal, ob ihr die Schulze-Brenner auch gleich dazu kriegt. Wäre ganz gut, sie alle auf einmal hier zu haben."

„Es ist mir ein Vergnügen", entgegnete Enders grinsend und zog die Tür hinter sich ins Schloss.

„Na bitte", seufzte Büttner zufrieden, „dann können wir ja jetzt noch in Ruhe eine Tasse Kaffee trinken, bevor es losgeht. Sollte mich wundern, wenn wir heute Abend nicht schon eine ganze Ecke schlauer wären."

31

Christian Beekmann hechtete laut fluchend aus dem Stall und rannte in Richtung Wohnhaus. Aus den Augenwinkeln sah er, dass gerade ein Auto auf den Hof fuhr, aber er hatte jetzt keine Zeit, sich darum zu kümmern. Mit großen Schritten rannte er in die Küche und wühlte hektisch in der Schublade einer alten Vitrine herum.

„Was suchst du denn?“, fragte ihn seine Mutter, „bringst mir ja alles durcheinander.“ Sie warf einen missbilligenden Blick auf den frisch geputzten Boden, auf dem Christian dunkle Schlieren hinterlassen hatte. „Außerdem hast du noch deine Stiefel an. Machst doch alles schmutzig.“

„Ich brauch das große Messer“, rief er ungeduldig, „das Fleischmesser.“

„Das liegt doch hier“, erwiderte Gesine Beekmann kopfschüttelnd, nahm es von der Spüle und hielt es ihm, den Griff nach vorne zeigend, entgegen.

Ohne ein weiteres Wort griff ihr Sohn danach und rannte wieder zur Tür hinaus.

„Hallo", rief ihm eine weibliche Stimme zu, als er über den Hof zum Stall lief, „ich würde gerne mit Christian Beekmann sprechen. Können Sie mir sagen, wo ich ihn finde?"

Christian wedelte mit dem Messer in der Luft herum, ohne sein Lauftempo zu verlangsamen. „Keine Zeit. Muss schnell in den Stall zurück!" Damit verschwand er hinter dem Scheunentor, sprang mit einem Satz über das Futtergitter und beugte sich über eine Kuh, die, den Kopf verdreht, mit geöffneten, leeren Augen und heraushängender Zunge am Boden lag. Uroma Wübkea strich ihr mit zittrigen Händen über den Rücken, aber das merkte sie nicht mehr. Wie aus heiterem Himmel war ihre Erna plötzlich tot umgekippt, einfach so. Mit Tränen in den Augen beobachtete sie ihren Enkel, der nun das große Fleischmesser ansetzte und der noch warmen Kuh mit einer schnellen Bewegung die Kehle durchschnitt.

„Gerade noch rechtzeitig", stieß er keuchend hervor und sah zu, wie Ernas Blut sich über den kalten Betonboden ergoss. „So können wir wenigstens noch ihr Fleisch verwerten."

Uroma Wübkea nickte wissend und streichelte ihrer Erna ein letztes Mal über den Kopf. Dann machte sie sich, auf ihren Gehstock gestützt, mit wackeligen Schritten auf den Weg ins Wohnhaus. Sie brauchte jetzt eine Tasse Tee. Als sie, auf dem Futtergang angekommen, den Blick hob, begegneten ihr ein Paar entsetzter Augen, die immer abwechselnd zwischen ihr, Christian und der Kuh Erna hin und her wanderten. „Notschlachtung", sagte Uroma Wübkea knapp und musterte die junge, blasse Frau im Rollstuhl sekundenlang mit traurigen Augen. „Wollen Sie auch `n Tee?“, fragte sie dann.

„Ich bin auf der Suche nach Christian Beekmann“, sagte Karina mit brüchiger Stimme. Den Anblick der toten, blutenden Kuh musste sie erstmal verdauen.

Uroma Wübkea deutete mit dem Gehstock auf ihren Enkel, der langsam auf sie zukam und Karina mit unverhohlener Neugier musterte, während er das blutige Messer an seinem Hosenbein abwischte. „Karina Krämer, nehme ich an?“, sagte er dann und reichte ihr die Hand.

„Ja“, nickte sie. „Ich wollte mal ... ich hätte da mal ein paar Fragen.“

„Sie sind die Frau von dem Toten aus unserer Getreidemühle“, bemerkte Uroma Wübkea trocken und drehte den Kopf über die rechte Schulter.

Karina folgte ihrem Blick und schluckte, als sie den grün gestrichenen Metalltrichter erblickte, unter dem ein mit geschrotetem Getreide gefüllter Wagen stand. Sie fühlte eine dumpfe Übelkeit in sich hochsteigen und atmete ein paar Mal tief durch.

„Kommen Sie, wir gehen ins Wohnhaus“, sagte Christian und tätschelte seiner Oma, die jetzt noch trauriger aussah als zuvor, die von tiefen Falten durchfurchte Wange.

„Ich brauch jetzt `ne Tasse Tee“, sagte die und machte sich, dicht gefolgt von ihrem Enkel und Karina, auf den Weg.

Wenige Minuten später saßen sie um den großen Esstisch in der geräumigen Küche, vor sich ein Stövchen mit einer Kanne Tee und ein paar Wurstbrote. Karina wärmte ihre Hände an der warmen Tasse und wusste nicht so recht, wie sie das Gespräch beginnen sollte.

„Ich habe mich schon gewundert, dass Sie noch gar nicht hier waren“, wurde sie von Gesine Beekmann, die sie freundlich anlächelte, aus ihren Gedanken gerissen.

„Ich hab ein wenig Zeit gebraucht“, erwiderte Karina, „das verstehen Sie sicher.“ Sie nahm ihre Tasse in die Hand und lehnte sich im Rollstuhl zurück. „Ich habe von der Polizei erfahren, dass Ihr Azubi verhaftet wurde“, wandte sie sich dann an Christian Beekmann.

„Ja, Johann“, nickte er, „aber ich glaub im Leben nicht, dass er es war.“

„Warum nicht?“

„Ist kein schlechter Junge. Hat’s nicht leicht im Leben. Aber ist kein schlechter Junge.“

„Und was glauben Sie dann, wer es war?“, fragte Karina.

Christian Beekmann zuckte die Achseln. „Wenn ich irgendwas wüsste, hätte ich es der Polizei schon gesagt. Keine Ahnung, warum Matthias sterben musste. Erscheint mir völlig sinnlos.“ Er griff nach einem Wurstbrot und biss herzhaft hinein.

„Kennen Sie die Familie von Johann?“, wagte sich Karina weiter vor.

„Seinen Vater hab ich ein paar Mal gesehen, als es um den Ausbildungsvertrag für Johann ging und so. Ansonsten hab ich noch nichts mit denen zu tun gehabt. Halte nichts von den Methoden, mit denen die arbeiten, wissen Sie.“

„Die arbeiten mit so neumodischem Schweinkram, hört man. Wie heißt das noch, mien Jung?“, ließ sich Uroma Wübkea vernehmen.

„Gentechnologie, Oma.“

„Richtig. Was für `n Quatsch soll das wohl sein. Hätte der liebe Gott gewollt, dass so komische Pflanzen wachsen, hätte er sie wohl gleich erfunden. Hat er aber nicht. Wird wohl seinen Grund haben.“ Sie neigte ihren Kopf, bis sie fast mit der Nase an die Tischplatte stieß und schob mit zusammengekniffenen Augen ein paar Tabletten hin und her, die sie soeben von ihrer Schwiegertochter bekommen hatte. Eine knallgrüne Kapsel schien ihr zu gefallen, denn sie nahm sie mit einem zufriedenen Lächeln auf und schob sie sich in den Mund.

„Matthias hat denen ziemlich auf die Finger geklopft“, bemerkte Christian, nachdem er seiner Großmutter ein Glas Wasser gereicht hatte.

„Ja, ich weiß. Ich hab sie schon lange im Visier. Als Anwältin, meine ich. Hab mich immer mit Matthias ausgetauscht.“

Christian Beekmann nickte. „Da hat er viel von gesprochen. Von Ihrer gemeinsamen Arbeit, meine ich. Aber nicht nur. Von seiner hübschen Frau natürlich auch“, fügte er augenzwinkernd hinzu. Doch schon im nächsten Moment blickte er unangenehm berührt zur Tür und räusperte sich vernehmlich. „Moin, Janna“, sagte er.

„Moin“, gab Janna fröhlich lächelnd zurück. Als ihr Blick auf Karina fiel, entglitten ihr jedoch die Gesichtszüge und sie wurde abwechselnd blass und rot.

Karinas Gesicht war bei ihrem Anblick starr geworden wie ein Maske.

„Das ist Karina, die Frau von Matthias“, sagte Christian Beekmann überflüssigerweise.

„Moin“, sagte Janna schwach und reichte Karina die Hand, die diese aber ignorierte. Janna biss sich auf die Unterlippe und sagte: „Ich guck dann mal nach den Kindern. Hab sie im Garten gesehen.“ Sie hatte es sichtlich eilig, die Küche wieder zu verlassen.

„Okay, wo waren wir stehen geblieben?“ Karina bemühte sich um eine feste Stimme, was jedoch kläglich misslang. Das überraschende Auftauchen von Matthias’ junger Geliebter setzte ihr schwer zu. Wie hübsch sie war und wie ... gesund! Am liebsten hätte sie ihren Schmerz laut herausgeschrien, aber diese Blöße würde sie sich in diesem Haus, vor all den ihr unbekannten Menschen, nicht geben.

„Sie sprachen von Ihrer Arbeit“, antwortete Christian Beekmann ein wenig zu schnell. Ihm war unschwer anzumerken, wie unangenehm ihm diese Situation war.

„Richtig.“ Karina leerte ihre Teetasse und warf Gesine Beekmann einen dankbaren Blick zu, als sie sofort wieder nachschenkte. „Matthias und ich haben uns in unserer Arbeit gut ergänzt.“

„Matthias war ein heller Kopf. Und er war überzeugt von dem, was er machte. Er wusste schon nach kurzer Zeit mehr über Bienen als ich. Und ich mache die Imkerei schon seit einigen Jahren.“

„Ja, wenn Matthias sich in etwas verbissen hatte, dann ließ er so schnell nicht mehr los.“ Karina lächelte verkrampft. Was redete sie da? Was sollte dieser Smalltalk? Plötzlich hatte sie das Gefühl, dass es ein Fehler gewesen war, hierher zu kommen. Die Getreidemühle, die tote Kuh, das viele Blut, Janna ... was, um Himmels Willen, machte sie eigentlich hier? War sie unter die Masochisten gegangen? „Ich werde dann mal wieder gehen", sagte sie mit dünner Stimme und fühlte eine bleierne Müdigkeit in sich aufsteigen, „vielen Dank für den Tee."

„Da nicht für", lächelte Gesine Beekmann und hielt ihr die Küchentür auf, die Janna hinter sich hatte zufallen lassen.

„Eine Frage hätte ich noch", sagte Christian Beekmann, als er Karina wenig später dabei behilflich war, ins Auto einzusteigen.

„Natürlich, gerne", sagte Karina schwach. Sie wollte nur noch nach Hause.

„Warum hat Matthias niemandem davon erzählt, dass er diesen Blog betreibt? Sie wissen schon, *bee-a-friend21*."

„Warum er es nicht erzählt hat?" Karina verzog das Gesicht zu einer Grimasse und ein raues Lachen entwich ihrer Kehle. „Das kann ich Ihnen genau sagen, Herr Beekmann. Er hat es nicht erzählt, weil er nicht der Betreiber des Blogs war. So einfach ist das."

Christian Beekmann fiel die Kinnlade herunter. „Matthias war gar nicht der Betreiber des Blogs?", fragte er sichtlich verwirrt.

„Genau."

„Aber, warum ... ich meine, die ganzen Mordermittlungen stützen sich doch meines Wissens auf die Annahme, dass sein Tod etwas mit diesem Blog zu tun hat."

„So ist es."

„Und Sie wissen das ganz genau?"

„Absolut, Herr Beekmann." Karina zögerte kurz und fügte dann hinzu: „Und noch eines weiß ich."

„Ach ja?"

Ein seltsames Funkeln erschien in Karinas Augen. „Ja. Ich weiß jetzt, wer der Mörder meines Mannes ist."

Christian Beekmann schnappte erschrocken nach Luft. „Das versteh ich jetzt alles nicht."

„Das müssen Sie auch nicht." Mit diesen Worten schlug Karina die Autotür zu, betätigte das Handgas und ließ einen ziemlich nachdenklichen Landwirt zurück.

32

Hauptkommissar David Büttner warf einen Blick auf seine Armbanduhr. Wenn es so weiterging, würden sie womöglich noch die ganze Nacht hier sitzen. Seit einer Stunde schon wartete er darauf, dass einer der Anwesenden sich zum Mordfall Matthias Krämer äußern würde, doch bisher hatten sich alle lediglich auf ein zermürbendes Schweigen verlegt. Offensichtlich hatten sie es im Vorfeld so abgesprochen, denn auch Kollege Wolfram Enders hatte in seiner beinahe zwei Stunden dauernden Vernehmung kaum ein Wort aus ihnen herausbekommen.

„Ich muss nach Hause, Kühe melken", ließ sich in die bedrückende Stille hinein so plötzlich die Stimme von Franz Brenner vernehmen, dass alle im Raum erschrocken zusammenzuckten.

„Dann wäre es ja jetzt an der Zeit, eine Aussage zu machen", erwiderte Büttner ruhig, nachdem er sich gefasst hatte, und sah von einem zum anderen. Während Franz Brenner, Bertus Foelkers und Silke Schulze-Brenner ihn mit einem vernichtenden Blick bedachten, senkte Walter Meise den Kopf und starrte auf den Fußboden. Er schien sich nicht wohl in seiner Haut zu fühlen. Vermutlich ahnte er, dass diese Sache für ihn keinen guten Ausgang nehmen würde. Sollte er tatsächlich in die illegalen Genversuche in irgendeiner Form eingebunden gewesen zu sein – und alles sah derzeit danach aus - dann wäre er beruflich und finanziell ruiniert. Sein Kollege Wolfram Enders hatte Büttner noch vor der Vernehmung mitgeteilt, dass man auf Meises Laptop, den er immer bei sich trug, eine aktuelle E-Mail von Karina Krämer entdeckt habe, in der sie ihm die gleichen Recherche-Ergebnisse habe zukommen lassen, wie man sie auch unter Uroma Wübkeas Bett gefunden hatte. Seither grübelte Büttner darüber nach, was Karina Krämer veranlasst haben mochte, direkt und auf eine so provozierende Weise mit den potenziellen Mördern ihres Mannes in Kontakt zu treten. Warum war sie mit den Unterlagen nicht gleich zu ihm, Büttner, gekommen, sondern hatte die an den illegalen Genversuchen Beteiligten aufgefordert, sich der Polizei zu stellen? Was bezweckte sie damit? Genau wie er selbst, schien auch sie davon überzeugt zu sein, dass diese Menschen, denen sie bereits seit Jahren beruflich nachstellte, auch gleichzeitig diejenigen waren, die ihren Mann auf dem Gewissen hatten. Aber warum traute sie sich so weit hervor? Verfügte sie womöglich über Beweise, von denen man bei der Polizei bisher keine Ahnung hatte? Aber warum hatte sie ihn dann nicht darüber in Kenntnis gesetzt?

Büttner schüttelte sich unbehaglich, als er zum wiederholten Mal bemerkte, dass sich seine Gedanken im Kreis drehten. Er würde zeitnah mit Karina Krämer sprechen müssen, soviel stand fest. Nach einem weiteren Blick in die schweigsame Runde stand er auf und winkte Hasenkrug, mit ihm zu kommen. Dann wandte er sich zielstrebig der Tür zu.

„Aber Sie können uns doch hier nicht einfach so sitzen lassen", rief ihm ein empörter Franz Brenner hinterher, „ich sagte doch, dass meine Kühe gemolken werden müssen!"

„Nicht ich habe Ihre armen Kühe in diese Lage gebracht, Herr Brenner. Das haben Sie durch Ihr penetrantes Schweigen schon ganz alleine geschafft. Ich habe 48 Stunden Zeit, auf Ihre Aussage zu warten. Ob Ihre Kühe so viel Zeit haben, das weiß ich nicht, denn das ist nicht mein Metier. Die Entscheidung liegt also bei Ihnen, Herr Brenner, ganz alleine bei Ihnen." Kurz, bevor er die Tür hinter sich zufallen ließ, fügte er noch hinzu: „Ich finde es im Übrigen ziemlich schäbig von Ihnen, dass Sie nichts dazu beitragen, Ihren eigenen Sohn aus seiner misslichen Lage zu befreien. Der Haftrichter hat aufgrund der erdrückenden Indizienlage Untersuchungshaft angeordnet." Büttner musterte die Runde mit einem verächtlichen Blick. „Sie sind ein erbärmliches Pack", schnaubte er, „ja, tatsächlich, ein durch und durch erbärmliches Pack!" Mit diesen Worten machte er auf dem Absatz kehrt und verließ, dicht gefolgt von einem schmunzelnden Hasenkrug, den Raum.

„Und nun?", fragte Hasenkrug und sah seinen Chef fragend an. „Hab nicht den Eindruck, dass wir an dieser Stelle irgendwie weiterkommen."

„Warten Sie's ab, Hasenkrug, warten Sie's ab", erwiderte Büttner verschmitzt. „Erstmal kümmern Sie sich bitte darum, dass irgendwer Brenners Kühe melkt. Vielleicht rufen Sie mal bei Christian Beekmann an oder so. Wäre blöd, wenn die armen Tiere leiden müssten." Als Hasenkrug ihn immer noch fragend ansah, grinste Büttner breit und drehte vor der verspiegelten Glasscheibe, die sie nun vom Vernehmungsraum trennte und hinter der sie niemand sehen konnte, am Lautsprecherknopf. Hasenkrug nickte seinem Chef anerkennend zu und griff dann amüsiert lächelnd nach seinem Handy, um sich um die Kühe zu kümmern.

Zunächst war aus dem Vernehmungsraum nichts zu hören außer dem ungesunden Keuchen, das der sichtlich nervöse Walter Meise von sich gab. Doch plötzlich, wie aus dem Nichts, trat ein völlig aufgebrachter Franz Brenner in Aktion. „Verdammt", donnerte er in den Raum und ließ seine Fäuste krachend auf den Tisch niederfahren, „wenn hier jetzt nicht einer von euch endlich die Klappe aufmacht, dann prügele ich die Wahrheit persönlich aus euch raus!" Er sprang mit einem so heftigen Satz auf, dass sein Stuhl hinter ihm scheppernd zu Boden fiel. Drohend streckte er seinen Kumpanen die Faust entgegen. „Ich mache euch alle fertig, das schwöre ich euch!"

„Jetzt bleib mal locker", entgegnete ihm seine Schwester gelassen, während sie scheinbar teilnahmslos ihre rot lackierten Fingernägel betrachtete. „Je weniger wir hier sagen, desto weniger haben sie gegen uns in der Hand."

„Du hast es doch gehört“, presste Franz Brenner zwischen seinen gebleckten Zähnen hervor und musste sichtlich an sich halten, seine Faust nicht in das Gesicht seiner Schwester fahren zu lassen, „sie haben Johann eingelocht. Das heißt sie sind von seiner Schuld überzeugt.“

„Dann war er es ja womöglich auch“, zuckte Silke Schulze-Brenner ungerührt mit den Achseln und zupfte an ihrer Kostümjacke herum.

Wie ein Stier in der Arena, stürzte sich Franz Brenner im nächsten Augenblick auf die Frau, wurde jedoch von seinem Vater, der für sein Alter und sein Körpervolumen erstaunlich behände aufgesprungen war, an seiner Attacke gehindert. Mit einer Hand fasste er seinen Sohn am Ärmel und zog ihn zurück. „Nun beruhig dich mal“, knurrte er finster und sah ihm aus nächster Nähe warnend ins Gesicht.

„Hier erzählt mir keiner, dass mein Sohn ein Mörder ist“, keuchte Franz Brenner aufgebracht und starrte hasserfüllt auf seine Schwester. Unwirsch stieß er seinen Vater von sich und drehte sich zu Walter Meise um. „Und du sagst mir jetzt sofort, was du damals mit Saromondo besprochen hast“, spuckte er aus. Die Fäuste drohend erhoben, machte er einen Schritt auf den korpulenten Mann zu, der im nächsten Moment erschrocken zurückwich und die Arme schützend vor seinen Kopf hob. „Aber ich habe doch gar nicht ... Silke hatte doch vorgeschlagen, dass ... ich habe nichts mit Saromondo zu schaffen, Franz, ehrlich!“, winselte er wie ein in die Enge getriebenes Tier.

Franz Brenner lachte bitter auf. „Du hast nichts mit Saromondo zu schaffen? Das sagst ausgerechnet du!? Seit Jahren bist du in deren schmutzige Geschäfte verwickelt und kassierst Unsummen dafür, dass du deren Dreckszeug an unwissende Landwirte verschacherst. Und, wer weiß", fügte der Landwirt gefährlich leise hinzu, „vielleicht hast du an anderer Stelle ja auch noch mal kräftig zugelangt."

„Wie ... wie meinst du das?", stammelte Meise und rutschte nervös auf seinem Stuhl hin und her.

„Wie ich das meine?" Franz Brenners Stimme war nun kaum noch zu hören, er schob sein Gesicht bedrohlich nah an das von Meise heran, „kann doch sein, dass die werten Herren mit der weißen Weste gar nicht den *Giftpilz* mit dem ... Unglück beauftragt haben, sondern dich. Du konntest doch den Hals noch nie voll kriegen, Meise, das wissen wir doch alle." Er machte eine ausladende Armbewegung in den Raum und versetzte Meise dann einen leichten Hieb in die Magengegend. „Weiß doch jeder, dass du für deine Fressorgien viel Geld brauchst, Alter."

„N-nein, ich habe damit nichts zu tun, Franz, das musst du mir glauben." Mit seinem dicken Finger zeigte er anklagend auf Silke Schulze-Brenner. „Sie hat doch in der Sache mit Saromondo gesprochen, ich doch nicht."

Alle starrten nun auf die in ein vornehmes Kostüm gekleidete Frau und warteten auf eine Reaktion. Silke Schulze-Brenner aber hatte einen kleinen Spiegel aus der Tasche gezogen und strich mit ruhigen Fingern ihren Lippenstift nach. Dann klappte sie den Spiegel wieder zu, ließ ihn in ihre Handtasche zurückgleiten und presste ein paar Mal die Lippen aufeinander. „Ihr wisst alle, dass ich mit euren kriminellen Machenschaften nichts zu tun habe“, sagte sie dann betont entspannt. „An euren Verhandlungen mit Saramondo war ich nie beteiligt und habe den Dreck auch nicht auf euren Feldern ausgebracht. Nein, wie ihr wisst, war ich immer nur eine stille Beobachterin. Ich weiß nur das, was Franz mir erzählt hat. Und das war nicht besonders viel. Genau genommen sogar nichts.“ Sie strich sich über die linke Augenbraue und fuhr dann fort: „Was also sollte ausgerechnet ich für ein Motiv haben, Matthias Krämer umzubringen? Mir hat er nichts getan, ganz und gar nichts.“ Sie verzog spöttisch ihre Mundwinkel und blickte triumphierend in den Raum.

„Aber du warst es, die Saromondo den *Giftpilz* empfohlen hat, das weiß ich doch ganz genau!“, rief Bertus Foelkers aufgebracht. „Ohne diese scheiß Idee wäre es doch nie soweit gekommen!“

„Ich, mein lieber Bertus, habe denen lediglich gesagt, dass der *Giftpilz* vermutlich nicht wenig Lust hätte, dem Krämer mal eins auszuwischen. Es war eine harmlose Feststellung, sonst nichts.“ Sie zuckte mit den Schultern und sagte dann: „Keine Ahnung, ob die das überhaupt interessiert hat. Mir jedenfalls haben sie nie mitgeteilt, dass sie den *Giftpilz*, also unseren Johann, auf Krämer angesetzt haben. Euch vielleicht?“

„Mich kriegen die höchstens wegen dieses verschissenen Saatguts dran“, brummte Franz Brenner, „mit allem anderen habe ich nichts zu tun.“

„Ich auch nicht“, sagte Bertus Foelkers knapp.

Nun starrten alle auf Walter Meise, der den Kopf zwischen die Schultern zog und nervös seine Hände im Schoß knetete. „Ich auch nicht“, sagte er, aber es klang wenig überzeugend.

„Na prima, dann sind wir jetzt ja genauso weit wie zuvor“, knurrte Franz Brenner und warf einen Blick auf die Wanduhr. Er dachte an seine Kühe, die jetzt vermutlich unruhig wurden, weil ihnen niemand das Melkgeschirr anlegte.

„Wir schon“, nickte Silke Schulze-Brenner zustimmend, warf aber dann einen amüsierten Blick auf die verspiegelte Scheibe und winkte kurz. „Aber die Herren Kommissare dürften jetzt doch um einiges schlauer sein.“

„Wie meinst du das?“, fragte Bertus Foelkers misstrauisch und starrte mit zusammengekniffenen Augen auf die Scheibe.

„Ja, was denkst denn du, wer uns die ganze Zeit aus dem Nebenraum zugehört hat“, grinste sie süffisant, „oder hast du wirklich geglaubt, die gehen jetzt ins Café nebenan und trinken einen Cappuccino?“

Noch ehe sich die Herren von ihrem Schock erholt hatten, öffnete sich die Tür zum Vernehmungsraum und Büttner und Hasenkrug traten ein. „Nun, meine lieben Anwesenden“, sagte Büttner nach einem ausgiebigen Räuspern und warf einen schmunzelnden Blick auf Silke Schulze-Brenner, „dann machen wir mal an dieser Stelle weiter. Im Übrigen“, fuhr er mit einem Blick in die Runde fort, „hat auch unser Kollege Enders

Ihren Ausführungen soeben mit Interesse gelauscht. Er hat dann noch ein paar Fragen, wenn wir mit Ihnen fertig sind, so sagte er mir."

33

Karina ging es von Tag zu Tag schlechter. Nur mit Mühe schaffte sie es, ihren Alltag zu meistern. Mechanisch bewältigte sie ihre Aufgaben, kümmerte sich um den Haushalt und umsorgte die Kinder. Schon des Öfteren hatte sie überlegt, die Kinder für eine Weile bei ihrer Oma wohnen zu lassen. Zumindest so lange, bis sie mit sich selbst wieder einigermaßen im Reinen war. Andererseits aber waren es in erster Linie Frieda und Martha, die ihrem Alltag eine gewisse Struktur, ja, einen Rahmen gaben. Nur ihnen verdankte sie es, dass sie es am Morgen überhaupt schaffte, sich unter großen Anstrengungen nach einer durchwachten oder von Alpträumen geplagten Nacht aus den Federn zu quälen und ihren Tag zu meistern. Im Gegensatz zu ihr selbst, war es den Mädchen in den vergangen Tagen weitgehend gelungen, ihre neue Situation so gut es eben ging anzunehmen und Schritt für Schritt in die Normalität zurückzukehren. Sie gingen zur Schule und zum Sport, luden Freunde zum Spielen ein oder machten selbst Besuche. Häufig trafen sie sich mit den Nachbarskindern draußen am Hafen, sahen den Fischern bei ihrer Arbeit zu oder tollten ganz einfach am Deich entlang. Wenn sie dann am Abend nach Hause kamen, hatten sie gerötete Wangen und schlangen ihr Abendessen mit großem Appetit hinunter. Ab und zu kam es noch vor, dass sie in einer sie plötzlich überfallenden Trauer in Tränen ausbrachen. Dann aber waren sie füreinander da und nahmen sich gegenseitig schützend in die Arme. Ja, hatte Karina schon oft gedacht, in dieser schwierigen und für die Kinder so schwer fassbaren Situation war es gut, dass sie Zwillinge waren, die den gleichen Kummer verspürten und sich auf diese Weise den nötigen Trost und Halt geben konnten.

Gerade erst hatte Frieda angerufen und aufgeregt gefragt, ob sie an diesem Abend bei ihrer Freundin Mia schlafen dürften, schließlich sei doch der nächste Tag ein Samstag und damit schulfrei. Seufzend hatte sie zugestimmt und sich noch kurz mit Mias Mutter unterhalten, die aber gegen den nächtlichen Aufenthalt der Zwillinge nichts einzuwenden gehabt hatte.

Nun war Karina dabei, sich eine Gemüsesuppe, die sie von den Nachbarn bekommen hatte, zum Abendessen aufzuwärmen. In ihrer depressiven Stimmung, die sie schon den ganzen Tag über verspürt hatte, wäre es ihr lieber gewesen, die Kinder wären an diesem Abend zuhause geblieben. Dann hätte sie sich mit ihnen unterhalten, ein Spiel spielen oder eine Geschichte lesen können. So aber hatte sie nichts und niemanden, der sie von ihrem Kummer ablenkte. Also gab sie sich weiterhin ihren trübsinnigen Gedanken hin und starrte in den dunklen Herbstabend hinaus. Draußen tobte ein selbst für ostfriesische Verhältnisse heftiger Herbststurm, der schrill um die Häuser pfiff und den Novemberregen laut prasselnd gegen die Scheiben trieb.

Während sie sich eine kleine Schüssel aus dem Schrank nahm und sie mit der heißen Suppe füllte, musste sie an ihren Besuch bei Christian Beekmann denken, und ein bitteres Lächeln schlich sich auf ihr Gesicht. Sie hatte den Landwirt und seine Familie ganz sympathisch gefunden, und doch war es ihr nicht gelungen, sich von dem Gedanken frei zu machen, dass es der Hof dieser freundlichen Menschen gewesen war, auf dem ihr geliebter Matthias auf so grausame Weise ums Leben gekommen war. Karina wusste, dass es in höchstem Maße unfair war, der Familie Beekmann in gewisser Weise eine Mitschuld an Matthias' Tod zu geben. Aber dennoch konnte sie nicht anders. Vielleicht würde sie anders empfinden, dachte sie, wenn während ihres Besuches nicht auch noch diese Janna aufgetaucht wäre. Dieses so junge Mädchen mit dem frischen Lachen hatte ihr mit ihrem Erscheinen das Herz aus dem Leib gerissen. Nicht nur, weil Matthias ganz offensichtlich ein Verhältnis mit ihr gehabt hatte. Nein, womöglich wäre er an diesem schrecklichen Abend ja gar nicht auf dem Hof der Beekmanns aufgetaucht und noch am Leben, wenn Janna ihn, so nahm sie zumindest an, nicht genau dort erwartet hätte.

Trotz der heißen Suppe, die Karina nun Löffel für Löffel in sich hineinzwang, wich die Kälte, die sich nach Matthias' Tod in ihr breit gemacht hatte und sie ohne Unterlass frösteln ließ, nicht aus ihrem Körper.

Karina stellte die noch halb volle Schüssel auf den Tisch und rollte nach nebenan zu ihrem Computer, den die Polizei inzwischen zurückgebracht und auch wieder angeschlossen hatte. Sie überlegte, wie spät es nun wohl gerade in Australien sein mochte und kam zu dem Ergebnis, dass ihre Freundin Ruth wahrscheinlich selig schlummernd im Bett lag.

Also beschloss sie, sich in ihrem Blog einzuloggen. *Bee-a-friend21.* Karina schmunzelte bei dem Gedanken an den Gesichtsausdruck Christian Beekmanns, als sie ihm offenbarte, dass Matthias gar nicht der Betreiber des Blogs gewesen sei, wie es die Polizei an jeder Stelle behauptete. Natürlich hatte diese nach der Analyse der IP-Adresse gleich auf Matthias geschlossen. Verwunderlich war das angesichts der Umstände ja nicht. Und doch deutete dieses Verhalten der Polizei auf ein gewisses eindimensionales Denken hin. Der Kommissar schien noch nicht einmal mit dem Gedanken gespielt zu haben, dass außer Matthias auch jeder andere in diesem Haus der Blogger sein könnte. Lag es daran, dass Karina im Rollstuhl saß und man ihr alleine aufgrund ihrer Behinderung ein solches Engagement nicht zutraute? Oder war es ganz einfach der Tatsache geschuldet, dass man für die Mordermittlungen einen Anhaltspunkt gebraucht und daher nur liebend gern auf den Blog zurückgegriffen hatte, weil er als Motiv am plausibelsten erschien?

Karina schüttelte unmerklich den Kopf. Alle hatten in den Tagen nach Matthias' Verschwinden angenommen, dass *bee-a-friend21* nicht mehr postete, weil es ihn nicht mehr gab. Dabei war es lediglich ruhig um ihn geworden, weil Karina in der Sorge um Matthias nicht mehr in der Stimmung gewesen war, sich an irgendwelchen Diskussionen rund um das Bienensterben zu beteiligen. Nach dem Tod ihres Mannes hatte sie den Blog für kurze Zeit deaktiviert, sich dann aber dazu entschlossen, ihr Ziel trotz allem nicht aus den Augen zu verlieren. Also hatte sie ihre Freundin Ruth in Australien gebeten, den Blog zukünftig über deren IP-Adresse laufen zu lassen. Karina hatte ihr Administratorrechte eingeräumt und ihr das, was sie zu sagen hatte, per Chat mitgeteilt. Ruth hatte es dann gepostet. Nun aber hatte Karina beschlossen, ihre Administratorrechte wieder selber wahrzunehmen.

Als Kommissar Büttner ihr damals mitteilte, dass Matthias womöglich wegen des Blogs hatte sterben müssen, war Karina für einen Moment einer Ohnmacht nahe gewesen. Es hatte sie unendlich viel Kraft gekostet, sich ihr grenzenloses Entsetzen nicht anmerken zu lassen. Immer und immer wieder hatte sie sich seither gefragt, ob sie womöglich eine Mitschuld an seinem Tod trug. Denn wäre dann nicht eigentlich sie das Ziel des Mörders gewesen und nicht ihr Mann? Ganz von der Hand zu weisen war dieser Gedanke nicht. Denn auch schon damals, bei ihrem schrecklichen Unfall, hatte man es ja schließlich auf sie abgesehen und nicht auf Matthias.

Vor allem aber hatte sie bis heute die eine Frage noch nicht beantworten können: Warum hatte nicht nur die Polizei, sondern anscheinend auch der Mörder angenommen, dass nur Matthias der Betreiber des

Blogs sein konnte? So, wie sie ihre Gegenspieler aus der Agrarlobby in den letzten Jahren kennen gelernt hatte, waren sie in ihren Recherchen und Analysen mehr als gründlich, ließen nicht das kleinste Detail außer Acht. Und dann passierte ihnen ein solch grober Lapsus? Das war für sie kaum vorstellbar.

Karina schaute nachdenklich auf die zahlreichen Kommentare, die gerade jetzt, wo sie an ihrem Computer saß, in ihrem Blog gepostet wurden. Doch sie nahm sie nicht wahr. Wenn es stimmte, dass Matthias wegen dieses Blogs hatte sterben müssen, dann war er für etwas gestorben, von dem er gar nichts wusste. Genauso wie alle anderen hatte er sich die ganze Zeit gefragt, wer der anonyme Held war, der sich zum Sprachrohr der von Gentechnologie und Pestiziden bedrohten Bienen machte. Karina hatte dann insgeheim in sich hinein gelacht und sich gefreut, dass es irgendetwas gab, von dem keiner außer ihr eine Ahnung hatte. Nach Matthias' Tod aber war ihr das Lachen im Halse stecken geblieben, und sie wünschte sich, nie auf diese Idee mit dem Blog gekommen zu sein.

Dennoch wäre ihr Matthias' Tod noch nutzloser vorgekommen, als er ohnehin schon war, wenn sie den Kopf in den Sand gesteckt und *bee-a-friend21* sang- und klanglos in den Tiefen des Internets hätte verschwinden lassen. Gerade die Tatsache, dass ihr Mann seine Rechercheunterlagen im weit entfernten Australien deponiert hatte, um sie ihr, Karina, im Bedarfsfall wieder zukommen zu lassen, deutete darauf hin, dass Matthias es nicht gewollt hätte, dass sie aufgab und ihren Gegenspielern im wahrsten Sinne das Feld überließ.

Nein, sagte sich Karina und schüttelte wie zur eigenen Bestätigung den Kopf. Wenn Matthias tatsächlich das Opfer einer skrupellosen Agrarlobby geworden war, dann hatte diese höchstens einen Punktsieg erzielt, deswegen aber noch lange nicht die Schlacht gewonnen. Sie würde den ganzen korrupten Haufen jetzt auffliegen lassen, und wenn es das Letzte war, das sie tat. Entschlossen schob Karina das Kinn vor und begann zu tippen. Ohne zu zögern drückte sie die Entertaste, und nur wenige Sekunden später war das provokante Statement von *bee-a-friend21* für alle User weltweit sichtbar:

bee-a-friend21 ist nicht tot. denn bee-a-friend21
hatte immer nur einen namen:
karina.
der kampf geht weiter. jetzt erst recht.

Nach dem Drücken der Entertaste fühlte sich Karina befreit. Sie hoffte, Matthias' Mörder mit diesen Worten aus der Reserve zu locken. Dann würde er sich womöglich selbst durch eine Unachtsamkeit verraten. Denn wenn er nicht völlig abgebrüht war, stand er seit dem Mord unter Stress. Und Karina hatte diesen Stress nun noch mal erhöht. Sie nickte zufrieden und fühlte eine beinahe unwirkliche Ruhe in sich aufsteigen. Sie spielte ein gefährliches Spiel. Aber sie war sich plötzlich sicher, dass sie es gewinnen würde.

Karina ließ ihren Computer angeschaltet, um später eventuelle Reaktionen nachlesen zu können und rollte in die Küche. Ihr Appetit war zurückgekehrt und sie beschloss, sich nun den Rest der Suppe warm zu machen. Gerade wollte sie den Topf zurück auf den Herd stellen, als es an ihrer Haustür klingelte.

34

„Boah, was ist denn das!?“ Jette starrte mit kugelrunden Augen auf ihr Tablet. „Das ist ja voll krass!“

David Büttner sah seine Tochter über seine randlose Lesebrille, die er aus Eitelkeit nur zuhause trug, prüfend an. Bisher hatte Jette in eine warme Decke gehüllt auf dem Sofa gesessen, sich still mit ihrem Tablet beschäftigt und Heinrich, der neben ihr lag und ruhig vor sich hin schnorchelte, den Kopf gekrault. Nun aber war sie so plötzlich aus ihrer halb waagerechten Position aufgeschreckt, dass auch Heinrich alarmiert seine Ohren aufstellte und wachsam um sich blickte.

„Was gibt's denn?“, knurrte Büttner träge, der den unerwarteten Temperamentsausbrüchen seiner Tochter nur bedingt etwas abgewinnen konnte. Vielmehr hatte er sich nach dem anstrengenden Verhör, bei dem zu seinem Bedauern bezüglich des Mordes nichts Wesentliches mehr herausgekommen war, auf einen gemütlichen Abend mit seiner Frau und ein gutes Glas Rotwein gefreut. Dann aber hatte Susanne kurzentschlossen und gut gelaunt verkündet, sie habe eine alte Schulfreundin in der Stadt getroffen und werde mit ihr zu Abend essen und dabei die alten Zeiten wieder aufleben lassen. Also hatte er für sich und Jette eine Pizza bestellt, sie hatten ein wenig geplaudert und sich dann beide ins Wohnzimmer in die wohlige Wärme des Holzofens zurückgezogen, während draußen der Herbststurm wütete und Stunde um Stunde an Kraft zuzunehmen schien.

Büttner hatte an diesem Abend Schwierigkeiten abzuschalten und seinen Job Job sein zu lassen. Zu viele Dinge gingen ihm durch den Kopf. Vor allem aber verfestigte sich in ihm das Gefühl, vielleicht auf der völlig falschen Fährte zu sein. Auch Sebastian Hasenkrug war nach dem Verhör sehr nachdenklich gewesen, denn alle ermittlungstaktischen Winkelzüge, die sie während der Vernehmung angewandt hatten, hatten nicht gefruchtet. Die drei Männer und Silke Schulze-Brenner hatten sich in keine Widersprüche verstrickt, sondern schienen vor allem damit beschäftigt, den Mörder in den eigenen Reihen ausfindig zu machen, was zumindest darauf hindeutete, dass es sich bei dem Mord um keine Verschwörung dieser Personen gegen Matthias Krämer handelte. Auch schienen Franz Brenner und Bertus Foelkers überzeugt zu sein, dass Johann mit dem Mord nichts zu tun hatte. Also schied auch die Theorie aus, dass sie selbst den jungen Mann, womöglich im Auftrag irgendeiner ominösen Lobby, zum Mord an Matthias Krämer angestiftet hatten. Konnte es demnach tatsächlich sein, dass sie bisher in die völlig falsche Richtung ermittelt hatten? War es möglich, dass das Motiv an dem Mord ganz woanders als in den Recherchen Krämers zu suchen war? Ja, dachte Büttner, vielleicht war ja alles viel profaner. Vielleicht hatte einfach nur Eifersucht eine Rolle gespielt. Infrage kamen dafür zum einen Johann, zum anderen aber auch Janna. Oder Henri und Britta Tönjes. Genau genommen konnte es dann auch Karina Krämer gewesen sein. Aufgrund ihrer Behinderung aber schied sie wohl eher aus.

Seufzend räkelte sich David Büttner tiefer in seinen Sessel hinein, nippte an seinem Rotwein und griff nach der Fernbedienung des Fernsehers. Gleich am Morgen, so beschloss er träge, würde er als erstes zu Karina Krämer fahren, denn seiner Ansicht nach war ein Gespräch mit ihr längst überfällig. Warum nur hatte sie ihm zum Beispiel nichts von ihrem Verdacht erzählt, ihr folgenschwerer Unfall vor drei Jahren sei womöglich ein Anschlag auf ihr Leben gewesen? Und warum sagte sie ihm nicht, dass sie über brisante Rechercheunterlagen verfügte und woher sie diese bekommen hatte? Hatte sie womöglich einen Grund, die Ermittlungen der Polizei zu behindern? War sie vielleicht sogar ...

„Mensch, Paps, das musst du dir ansehen, das ist echt voll krass“, drang Jettes aufgeregte Stimme erneut in seine Gedanken und er sah mit gerunzelter Stirn zu ihr hinüber.

„Ich bin müde, Jette, lass mich doch bitte in Ruhe fernsehen“, knurrte er gequält. Doch seine Tochter war bereits aufgesprungen und hielt ihm jetzt ihr Tablet unter die Nase. „Das ist voll der Hammer, Paps“, rief sie aufgeregt und schob mit einem sanften Stupser Heinrich beiseite, der wild tänzelnd um sie herum sprang und anscheinend annahm, dass sie ihren kuscheligen Platz auf dem Sofa nur aufgegeben hatte, um mit ihm im Herbststurm Gassi zu gehen.

Büttner warf einen genervten Blick auf das Display, um das Tablet dann gleich alarmiert an sich zu reißen. „Du bist ja in *bee-a-friend21*", stellte er fest und war plötzlich hellwach. „Ist da was Interessantes passiert?"

„Aber hallo", nickte Jette, „das sag ich doch die ganze Zeit. Du hast doch dauernd behauptet, dein Opfer, dieser Matthias Dingsbums habe diesen Blog betrieben."

„Matthias Krämer, ja. Hat er nicht?"

„Sieht so aus. Jedenfalls gibt es da eine Karina, die das behauptet."

„Karina?" In Büttner schrillten alle Alarmglocken.

„Ja, guck hier!" Jette scrollte in den Beiträgen nach oben und zeigte ihrem Vater den Eintrag, den Karina am selben Abend gepostet hatte:

bee-a-friend21 ist nicht tot. denn bee-a-friend21
hatte immer nur einen namen:
karina.
der kampf geht weiter. jetzt erst recht.

Büttner schnappte nach Luft und japste: „Oh, mein Gott, was macht die denn da? Sie kann doch nicht den Blog ihres Mann nutzen, um ... ja, wozu eigentlich?"

„Und wenn es wirklich ihr Blog ist?", gab Jette zu bedenken.

„Ihr Blog?", fragte Büttner verwirrt. „Wie soll das gehen?"

„Wie, wie soll das gehen?“ Jette sah in stirnrunzelnd an. „Die haben doch in einem Haus gelebt, oder?“

„Ja.“

„Dann kann sie doch auch Zugang zu seinem Rechner haben.“

Büttner schluckte schwer. Hatte Karina Krämer nicht selbst gesagt, dass sie an dem Computer ihres Mannes arbeitete? „Ich Hornochse!“, rief er aus und schlug sich mit der flachen Hand vor die Stirn. „Das hieße ja, dass wir die ganze Zeit auf dem Holzweg waren!“ Er überlegte kurz, und plötzlich war ihm, als würde sein Herz für einen Moment aussetzen. Der Gedanke war einfach zu ungeheuerlich! Was war denn, wenn nicht nur er diesem Irrtum aufgesessen war, sondern auch der Mörder von Matthias Krämer? Mal angenommen, dieser hatte wirklich wegen dieses Blogs sein Leben lassen müssen, obwohl er gar nicht der Betreiber war! Das hieße doch nichts anderes, als dass Karina Krämer jetzt, nachdem sie diesen Satz gepostet hatte, Gefahr lief ... „Verdammter Mist!“, rief er erregt aus und sprang, so schnell es ihm möglich war, aus seinem Sessel hoch.

„Irgendwas nicht okay, Paps?“, fragte Jette überrascht.

„Ich hoffe nur, dass es nicht so ist, wie ich denke“, murmelte Büttner, während er in den Flur rannte, sich hektisch die Schuhe anzog und nach seinem Mantel griff. Heinrich fing in der Annahme, dass es nun endlich losging mit dem abendlichen Spaziergang, laut an zu kläffen, wurde jedoch von Jette am Halsband zurückgezogen. „Was hast du vor?“, fragte Jette an ihren Vater gewandt.

„Ich ... ach, Scheiße!“ Büttner klopfte hektisch seine Manteltaschen ab, rannte ins Wohnzimmer zurück, wo er sein Handy hatte liegen lassen und tippte wenig später wie in einem Trommelwirbel darauf herum. „Hasenkrug“, bellte er dann, „wir treffen uns in einer Viertelstunde am Haus der Krämers in Greetsiel ... jetzt keine Fragen, Hasenkrug, fahren Sie einfach los ... ist mir egal, ob Sie in der Badewanne sitzen ... ja, neue Erkenntnisse ... ja, habe ein verdammt schlechtes Gefühl, Hasenkrug, also, avanti!“

„Du willst Karina Krämer besuchen? So spät am Abend?“, fragte Jette perplex.

„Besuchen? Ich will ihr den Kopf zurechtrücken. Hab wirklich keine Ahnung, was sie sich dabei gedacht hat, so was ins Internet zu schreiben. Das ist ja praktisch eine Aufforderung an den Mörder ihres Mannes, sie nun auch noch ...“ Erschrocken hielt Büttner in seiner Litanei inne, als ihm klar wurde, dass er gerade zu seiner Tochter sprach und nicht zu irgendeinem seiner Kollegen. „Entschuldigung, Jette, ich wollte nicht ...“, sagte er kopfschüttelnd und tätschelte ihr abwesend die Wange. Dann schnappte er sich seinen Autoschlüssel und war im nächsten Moment zur Tür hinaus.

David Büttner machte sich bittere Vorwürfe, dass er nicht schon längst bei Karina Krämer gewesen war und ihr gesagt hatte, dass sie nicht eigenmächtig handeln, sondern die Mordermittlungen der Polizei überlassen solle. Während er durch die stürmische Herbstnacht fuhr, hatte er an bestimmten Straßenabschnitten, die im freien Feld lagen, Mühe, seinen Wagen auf der Straße zu halten. Der Sturm schien aus allen Richtungen zu kommen, und auch der starke Regen trug nicht eben zu einer Verbesserung der Straßenverhältnisse bei. Auf der Strecke zwischen Groß Midlum und Pewsum passierte es ihm gleich dreimal, dass eine heftige Orkanböe sein Fahrzeug erfasste und es so plötzlich über den Mittelstreifen schob, dass er von Glück sagen konnte, dass ihm in diesem Augenblick kein anderes Autos entgegen kam. Außer ihm schien es nur wenig Verrückte zu geben, die sich bei diesem Wetter auf die Straße trauten.

Er schaute in Gedanken versunken grimmig vor sich hin und wusste nicht genau zu sagen, warum ihn angesichts des Blogeintrags plötzlich ein so seltsames Gefühl beschlichen hatte. Aber er war schon immer ein Bauchmensch gewesen, und sein Bauch sagte ihm in diesem Moment, dass irgendetwas bei Karina Krämer ganz und gar nicht in Ordnung war. Allem Anschein nach hatte sie beschlossen, auf eigene Faust zu ermitteln, wie sie es von ihren Recherchen seit jeher gewohnt war. Nur schien sie dabei zu übersehen, dass es sich in ihrer Eigenmächtigkeit in eine nicht zu unterschätzende Gefahr begab. Auch schien sie, genau wie er, davon auszugehen, dass Johann Brenner keineswegs der Mörder ihres Mannes war, auch wenn zahlreiche Indizien gegen ihn sprachen und der Richter einen hinreichenden Tatverdacht festgestellt hatte.

Hochgradig nervös trommelte Büttner mit den Fingern aus seinem Lenkrad herum, während er versuchte, seinen Wagen in der Spur zu halten. Gerade bog er in Groothusen in Richtung Greetsiel ab, als sein Handy in der Manteltasche laut anfing, die Melodie von *Miss Marple* zu spielen. In der Annahme, dass es sich bei dem Anrufer um Sebastian Hasenkrug handelte, der sich über die nächtliche Ruhestörung beschweren wollte, fingerte er fluchend in seiner Manteltasche herum, zog das Handy hervor und brüllte hinein: „Hasenkrug, ich habe Ihnen doch gesagt, dass Sie einfach nur ..." Er stutzte, als ihn eine dunkle Stimme unterbrach, die ganz eindeutig nicht die seines Assistenten war. „Ach so, Entschuldigung, Sie sind gar nicht mein ... ach, Herr Beekmann, Sie sind's ... nein, nein, ist kein Problem, ich bin sowieso noch dienstlich unterwegs. Was gibt es denn so Dringendes?" Für eine Weile lauschte Büttner, was Christian Beekmann ihm zu sagen hatte. Mit jedem seiner Worte aber wurde seine Gesichtsfarbe um eine Nuance blasser und sein Atem flacher. „Danke, ja, ich ... ich bin schon unterwegs", stammelte er, als Christian Beekmann mit seinen Ausführungen am Ende war und ihn mit einem wahren Adrenalinschock zurückließ. „Oh, mein Gott, mach, dass er sich täuscht", schickte er ein Stoßgebet in den mit tiefschwarzen Wolken verhangenen Himmel hinauf – und drückte das Gaspedal kräftig durch, obwohl er damit riskierte, bei der nächsten Böe kopfüber im Straßengraben zu landen.

35

„Henri, was machst denn du hier, noch dazu bei diesem scheußlichen Wetter? Ist was passiert?“ Erstaunt sah Karina ihren völlig durchnässten Freund von oben bis unten an und bat ihn mit einer Handbewegung einzutreten. Er sah sich um. „Die Kinder sind nicht da?“

„Nein“, antwortete sie lächelnd, „sie schlafen bei einer Freundin.“

Henri Tönjes nickte nur kurz, strich sich durch das nasse Haar und streifte dann seine Gummistiefel von den Füßen. Nachdem er auch noch seine Jacke an einem Garderobenhaken untergebracht hatte, folgte er Karina ins Wohnzimmer. Als er am Arbeitszimmer vorbei kam, fiel sein Blick auf den Computer. „Du warst gerade im Blog“, stellte er mit einem kritischen Blick fest.

„Ja, *bee-a-friend21*“, nickte sie und sah ihn fragend an. „Also, was ist los? Wieso tauchst du hier um diese Uhrzeit auf? Gibt es Probleme?“

„Probleme?“ Henri schürzte spöttisch die Lippen. „Du meinst, außer, dass es meine Frau mit einem anderen treibt?“

Karina, die sich soeben auf den Weg in die Küche gemacht hatte, um Teewasser aufzustellen, wendete abrupt ihren Rollstuhl und blickte Henri entsetzt an. „Was sagst du da? Britta soll einen anderen haben? Das glaube ich nie im Leben!“

„Glaub, was du willst“, entgegnete Henri schroff. „Der Kerl saß auf unserem Sofa und hatte die Hand unter ihrer Bluse. Wonach sieht das für dich aus?“

„Du hast sie zusammen gesehen?“

„Ja. Durchs Fenster. Sie hatte nicht mal die Rollläden runter gelassen. Ich bin dann rein und ...“ Er brachte den Satz nicht zu Ende, sondern starrte nur mit finsterem Blick an die Wand.

„Und?“, fragte Karina alarmiert.

Henri lachte bitter auf. „Henri, Schatz, es ist nicht so, wie du denkst!“, ahmte er die Stimme seiner Frau nach. Er sprang von seinem Stuhl auf und begann, rastlos im Zimmer auf und ab zu gehen. „Also hab ich den Kerl am Schlafittchen gepackt, ihm die Nase blutig geschlagen und ihn in hohem Bogen zur Tür hinausbefördert. Er hat sich der Länge nach in eine Pfütze gelegt.“ Henri schlug mit der flachen Hand an die Wand. „Rechtsschutzversicherung! Pah!“, stieß er dann wütend hervor.

„Was?“, fragte Karina irritiert.

„Er war kürzlich schon mal da. Kam mir gleich komisch vor. Da hat Britta behauptet, der Kerl sei Versicherungsvertreter.“ Diesmal schlug er mit der Faust so heftig gegen einen Schrank, dass das Geschirr darin gefährlich schepperte. „Versicherungsvertreter! Mann, ey, wie blöd ist *das* denn!“

Karina zuckte zusammen und überlegte fieberhaft, was sie tun konnte, um ihn zu beruhigen. Sie fragte sich, warum er mit seinem Frust ausgerechnet zu ihr gekommen war. „Möchtest du was trinken? Einen Tee vielleicht?“, fragte sie mit betont ruhiger Stimme.

Henri drehte sich zu ihr um und sah sie mit einem solch hasserfüllten Blick an, dass ihr ein kalter Schauer über den Rücken lief. Im Dorf war er bekannt für seine Wutausbrüche, Karina hatte sie schon häufiger miterlebt. Und auch Britta hatte ihr von der einen oder anderen unschönen Szene erzählt. Wenn ihn der Jähzorn übermannte, dann gab es für ihn kein Halten mehr.

„Schnaps“, sagte er knapp, und sein Gesichtsausdruck war plötzlich so seltsam, dass sie sich beeilte, aus seiner Reichweite zu kommen. In der Küche angekommen, kramte sie länger als nötig im Eisfach, holte eine Flasche Doornkaat hervor, nahm umständlich ein Glas aus dem Schrank und rollte dann langsam ins Wohnzimmer zurück. Henri nahm ihr die Flasche mit einer unwirschen Bewegung aus der Hand, setzte sie sich an den Mund und nahm einen tiefen Schluck. Dann wischte er sich mit dem Ärmel über das Gesicht, warf Karina einen unergründlichen Blick zu und ging langsamen Schrittes auf das Arbeitszimmer zu.

„Du bist also *bee-a-friend21*“, bemerkte er wenig später, und zu Karinas Überraschung hatte sich ein breites Grinsen auf sein Gesicht geschlichen, als er zu ihr zurück ins Zimmer kam. War sein Ärger so plötzlich wieder verraucht? Karina hätte es gerne geglaubt, aber irgendwas an seinem Blick gefiel ihr nicht. Seine Augen zeigten ein solch seltsames Glitzern. *Warum ist er wirklich hier?* schoss es ihr durch den Kopf. Und jetzt wusste sie auch, was sie von Anfang an an seinem Erscheinen gestört hatte. Henri war noch nie bei ihr gewesen, um sich bei ihr auszuheulen. Schon gar nicht am späten Abend. Nein, dachte sie bei sich, Henri war gar nicht der Typ, der sich bei irgendwem ausheulte. Er machte alle Dinge mit sich alleine aus. Britta hatte sich schon häufig bei ihr beschwert, dass er bei jedem auftretenden Problem sofort dicht machte, dass er keinen an sich heran ließ. Nun aber kam er ausgerechnet zu ihr, Karina, gerannt, um sich bei ihr auszuheulen, weil seine Frau angeblich einen Liebhaber hatte? Da passte doch irgendwas nicht zusammen!

Als Henri einen weiteren Schluck aus der Flasche nahm und sie herausfordernd ansah, griff sie instinktiv nach ihrem am Rollstuhl befestigten Beutel und kramte ihr Telefon heraus. Sie brauchte Hilfe. Sie warf ihm ein entschuldigendes Grinsen zu, merkte aber selbst, dass es zu einer Grimasse geriet. „Sorry", sagte sie mit einem Schulterzucken und hielt das Handy in die Höhe, „ich hab ganz vergessen, meine Mutter anzurufen. Sie sollte noch für Frieda und Martha ..."

Zu ihrem Entsetzen trat Henri im nächsten Moment an ihre Seite und nahm ihr, noch bevor sie gewählt hatte, mit einem diabolischen Grinsen das Telefon aus der Hand. Er legte es ganz nach oben auf ein Regal, so dass sie es unmöglich mehr erreichen konnte. „Was tust du da?", fragte sie mit bebender Stimme und spürte, wie sich ein tiefes Unbehagen in ihr breit machte. Was war nur los mit ihm? Was wollte er von ihr?

„Mit Mama telefonieren kannst du auch später noch, findest du nicht? Jetzt bin doch ich da." Er strich ihr kurz über die Wange und sagte: „Also, noch mal, du bist *bee-a-friend21*." Es klang ganz eindeutig wie eine Feststellung, nicht wie eine Frage.

„Ist das wichtig?", fragte sie alarmiert.

„Warum hat Matthias uns das nie gesagt?", stellte er die Gegenfrage.

„Er wusste es nicht."

Henri grinste. „Ihr, das Traumpaar vor dem Herrn, hattet also Geheimnisse voreinander? Das glaubst du doch wohl selbst nicht, meine liebe Karina."

„Er wusste es nicht", wiederholte sie bestimmt.

„Genauso, wie du nicht wusstest, dass er jahrelang meine Frau gevögelt hat?"

„Was?" In Karinas Kopf drehte sich plötzlich alles und sie schloss die Augen.

„Du hast es wirklich nicht gewusst?" Für einen kurzen Moment schien er ehrlich perplex, aber schon Sekunden später brach er in ein dröhnendes Gelächter aus. Er trat ein paar Schritte näher, bis er direkt vor ihr stand, nahm ihr Kinn in seine Hand und zwang sie somit, ihm aus nächster Nähe in die Augen zu blicken.

„Im Gegensatz zu dir habe ich es die ganze Zeit geahnt. Britta bekam immer einen so schwärmerischen Blick, wenn sie von deinem Mann sprach."

„Was ist los mit dir, Henri? Was willst du von mir?" Karina versuchte, seine Hand zur Seite zu schieben, aber er drückte dadurch nur umso fester zu.

„Matthias hat uns verarscht, Karina", zischte er, „dich und mich."

„Und um mir das zu sagen, kommst du extra hierher?"

„Ich dachte, es interessiert dich vielleicht, dass Matthias außer den Zwillingen auch noch einen kleinen Bastard gezeugt hat." Henri ließ Karinas Kinn los und in seine Augen trat ein eigentümlicher Glanz. Er entfernte sich ein paar Schritte von ihr, setzte sich auf einen Stuhl und verbarg sein Gesicht in den Händen. „Timotheus ist nicht mein Sohn", sagte er kaum hörbar, um dann mit spitzem Finger auf Karina zu zeigen und umso lauter in den Raum zu brüllen: „Dein Mann hat mir ein Kuckuckskind ins Nest gelegt!"

Karinas Schwindel nahm zu und sie begann, mit den Fingern ihre Schläfen zu massieren. „Was erzählst du da, Henri?", fragte sie verstört. „Das alles musst du dir einbilden. Britta ... Matthias würde doch niemals ..."

„Britta hat es gerade zugegeben. Sie hat gesagt, dass Matthias der Vater von Timotheus ist", unterbrach Henri sie und hob lahm seinen Arm. Plötzlich schien alle Kraft aus ihm gewichen zu sein. Seine Stimme klang seltsam tonlos, sein Blick wirkte wie weggetreten. „Ich war sauer, weil sie sich von diesem Kerl, diesem Versicherungsheini, hat begrabschen lassen. Stinksauer. Und da hab ich sie gefragt, ob Timotheus auch von diesem Kerl ist und wie lange das schon geht zwischen ihnen. Obwohl ich es natürlich besser wusste. Sein Gesicht verzog sich zu einen spöttischen Grinsen. „Dieses Lachen! Wie sehr ich dieses Lachen hasse!“

„Welches Lachen?“, wollte Karina mit gequälter Miene wissen, aber er beachtete sie gar nicht.

„Hab ihr ein bisschen Angst gemacht. Ich hab sowieso gewusst, dass Timotheus nicht mein Kind ist. Die ganze Zeit schon. Irgendwie. Mein Arzt hat mir schon vor längerem gesagt, dass ich keine Kinder zeugen kann. Ich hab Britta nichts davon gesagt und das Spiel mitgespielt, dachte, vielleicht hat der Arzt sich ja geirrt. Aber damit ist nun Schluss.“ Er grinste Karina mit irrem Gesichtsausdruck an und fügte hinzu: „Britta macht niemandem mehr schöne Augen, das steht fest.“

„Was hast du mit ihr gemacht?“, fragte Karina mit erstickter Stimme. Doch er machte nur eine wegwerfende Handbewegung.

„Ist sie verletzt? Was ist mit Timotheus?“

Henri antwortete nicht, sondern setzte sich erneut die Schnapsflasche an den Mund. Dann sah er sie lange an und sagte schließlich: „Und jetzt zu dir, Karina.“

Sie hob abwehrend die Hände. „Ich habe von alledem nichts gewusst, Henri, das musst du mir glauben.“

Er verzog süffisant lächelnd die Lippen. „Du bist *bee-a-friend21*.“

„Was hat das mit Britta und Timotheus zu tun?“ Sie begriff nicht, worauf er hinaus wollte. In welchem Film war sie hier gelandet? Das alles musste doch ein Alptraum sein!

„Vergiss Britta und Timotheus und Matthias. Jetzt geht es um dich!“ Seine Stimme hatte wieder an Schärfe zugenommen.

„Was ist denn mit diesem verdammten Blog?“, schrie sie schrill zurück. So langsam machte er sie mit seinem ständigen Hin und Her wahnsinnig. „Komm endlich auf den Punkt, Henri!“ Sie spürte eine unbändige Wut in sich aufsteigen. Was bildete sich dieser Kerl eigentlich ein, sie hier mit irgendwelchen wirren Hirngespinsten zu belästigen!

Auf Henris Gesicht zeigte sich wieder das irre Lächeln. „Dein Mann ist wegen dieses Blogs gestorben, Karina. Schon vergessen?“

Karina war es, als hätte ihr jemand einen Schlag in die Magengrube versetzt. „Das ist nicht erwiesen“, keuchte sie.

„Weil bei der Polizei nur Stümper arbeiten. Und weil es vielleicht ja auch gar nicht so war“, bemerkte Henri trocken.

„Was weißt du über Matthias' Tod?“ fragte Karina lauernd. Ihr gefiel ganz und gar nicht, wie er sie jetzt anguckte. Sie blickte sich hektisch um. Sie musste hier raus. Aber wie? Langsam machte sie sich auf den Weg in die Küche, auch wenn sie nicht genau wusste, warum. Zu ihrem Erstaunen sah Henri ihr nur hinterher, reagierte aber zunächst nicht.

„Ich weiß alles über Matthias' Tod, meine liebe Karina, alles“, sagte er gedehnt und erhob sich langsam. „Genau wie du.“

Sie sah ihn aus zusammengekniffenen Augen an, während sie, aus einer Übersprungshandlung heraus, den Wasserkessel füllte und auf die Herdplatte stellte. „Glaubst du, ich würde hier einfach so rumsitzen, wenn ich wüsste, wer Matthias auf dem Gewissen hat?“

„Aber du weißt es“, sagte er beinahe flüsternd. „Und ich weiß, dass du es weißt.“

„Dann weißt du mehr als ich“, erwiderte sie flapsig, was sie jedoch sofort bereute, denn schon im nächsten Moment verspürte sie einen heftigen Schmerz, als er hinter sie trat und ihren Kopf an den Haaren zurückzog. „Au, du tust mir weh!“, schrie sie auf.

„Ich mag es gar nicht, wenn man mich anlügt“, bemerkte er und griff noch ein wenig härter zu.

„Aber ich weiß wirklich nichts!“, jammerte sie mit schmerzverzerrtem Gesicht.

Er stieß sie so plötzlich von sich, dass ihr Kopf nach vorne wirbelte und sie einen stechenden Schmerz im Nacken verspürte. „Du hast es aber Christian Beekmann erzählt.“

„Was habe ich Christian Beekmann erzählt?“, fragte sie schwach und rieb sich den schmerzenden Hals.

„Du hast gesagt, dass du weißt, wer Matthias’ Mörder ist.“

„Quatsch!“ Karina verzog das Gesicht zu einer Grimasse. „Der hat das doch nicht wirklich geglaubt, oder?“

„Mir machst du nichts vor, Karina“, presste er zwischen den Lippen hervor. „Und du wirst verstehen, dass ich dich mit diesem Wissen nicht einfach so weitermachen lassen kann.“

„Was hat denn mein Wissen mit dir ...“ Karina stockte, als sie seinen starr auf sie gerichteten Blick bemerkte. Ihr Herz setzte für einen Moment aus, und sie griff sich keuchend an die Kehle. „Du?“, krächzte sie. „Du hast Matthias umgebracht?“

„Er war ein Arschloch, Karina, ein widerliches Arschloch.“

„Aber ihr wart Freunde.“ Sie kniff sich in den Arm, in der Hoffnung, aus diesem Alptraum zu erwachen.

„Das dachte ich auch“, nickte Henri mit irrem Blick. „Aber mal ehrlich, Karina. Vergreift man sich an der Frau seines besten Freundes?“

„Du hast ihn wegen Britta ...?“

Er schnitt ihr mit einer harschen Bewegung das Wort ab. „Hör auf, so ’nen Scheiß zu erzählen, Karina!“

„Aber du sagtest doch gerade selbst ...“

„Ihr wolltet es ja nicht anders.“

„Was wollten wir nicht anders?“, hauchte sie.

„Immer und immer wieder musstet ihr in unseren Angelegenheiten schnüffeln.“

„In euren Angelegenheiten?“ Karina verstand kein Wort.

„Jahrelang seid ihr uns auf die Pelle gerückt. Und selbst, als du in diesem Ding hier“, er zeigte mit einer schnellen Bewegung auf den Rollstuhl, „gelandet warst, hattest du noch nicht genug. Bist uns immer weiter auf den Wecker gegangen.“

„Auf den Wecker gegangen? Aber, Henri, wir waren doch befreundet und ich dachte ...“

Wieder unterbrach er sie, indem er sie an den Haaren zog. „Hier geht es, verdammt noch mal, nicht um unsere blöde Freundschaft, begreif das doch endlich!“

„Aber worum geht es denn dann?“, keuchte sie.

„Um eure beschissenen Recherchen“, zischte er, „um eure gottverdammten Recherchen.“

„Aber, ich verstehe nicht. Was hast du mit unseren Recherchen zu tun?“

Er lachte gallig auf. „Ja, das sieht dir ähnlich. Der dumme, arbeitslose Henri. Was soll der schon mit euren Recherchen zu tun haben, nicht wahr?“

„Aber so war es doch nicht gemeint!“ Sie schrie auf, als er den Griff um ihr Haar verstärkte und ihre Halswirbel ein gefährliches Knacksen von sich gaben.

„Doch. Genauso war es, all die Jahre. Ihr wart die Erfolgreichen und ich derjenige, der von Almosen leben musste. Der keinen Job fand. Den keiner haben wollte. Der seine Familie nicht ernähren konnte. Aber“, er hielt sein Gesicht dicht an ihr Ohr, „ich hatte einen Job, Frau Anwältin. Die ganze Zeit über, all die Jahre. Ihr habt es nur nicht gewusst. Und ich kann dir auch sagen, warum. Ihr habt es nicht gewusst, weil ihr es nicht wissen durftet.“

„Was durften wir nicht wissen?“, keuchte sie.

„Saromondo zahlt gut, Karina. Man muss sich nur ein wenig auskennen.“

„Saromondo?“

„Ich bin Agraringenieur, schon vergessen? Glaubst du wirklich, ich hätte mein Wissen all die Jahre ungenutzt brach liegen lassen, nur weil mich diese verdammte Firma damals nicht mehr wollte? Nein, meine liebe Karina. Ich habe mein Wissen angewandt und Saromondo dran teilhaben lassen.“ Er erhob sich, ließ ihre Haare los und warf einen verträumten Blick durchs Fenster in die dunkle Nacht hinaus. Plötzlich schien er wie verklärt.

„Du hast ein doppeltes Spiel gespielt“, bemerkte Karina gepresst und konnte kaum glauben, was sie da hörte.

„Nun, sagen wir mal, ich habe ein wenig von eurem Wissen an Saromondo weitergegeben.“

„Wir haben dir vertraut!“

Er verzog den Mund und blickte sie bedauernd an. „Ich habe Matthias vertraut. Und was macht er? Er vögelt meine Frau, bis die nicht mehr klar denken kann.“

Karina schluckte. „Du hast uns die ganzen Jahre ausspioniert?“

Er lehnte sich an die Fensterbank, starrte sie sekundenlang aus zusammengekniffenen Augen an und sagte dann: „Erinnerst du dich, Karina, dass ich dir schon vor Jahren gesagt habe, du tätest besser daran, nicht in Saromondos Angelegenheiten zu schnüffeln? Nun, ich wollte dich vor dir selber schützen, aber du hast ja nicht auf mich gehört. Hättest du es getan“, er machte eine Kopfbewegung zu ihrem Rollstuhl hin, „hättest du dir das da ersparen können.“

Karina stockte für einen Moment der Atem, dann schnappte sie nach Luft und stieß heiser hervor: „Sag, dass das nicht wahr ist, Henri! Sag bitte, dass das nicht wahr ist! Du hast damals die Bremsen manipuliert?“ Sie erstarrte vor Fassungslosigkeit.

Henri grinste breit. „Es war, ja, sagen wir mal, ein blöder Zufall. Saramondo lag mir schon lange in den Ohren, dass ich dir mal einen Denkzettel verpassen sollte. Ich habe gezögert, weil ... nun ja, wie dem auch sei. Matthias, viel beschäftigt wie immer, hatte mich gefragt, ob ich an deinem Wagen die Winterreifen aufziehen könne. Ja, und das habe ich dann getan. Und dabei, ich weiß nicht mehr genau, wie, fiel mein Blick auf die Bremsleitungen. Es war nur ein winzig kleiner Schnitt, Karina, wirklich, nur ein winzig kleiner Schnitt." Zur Unterstreichung seiner Worte deutete er die Länge des Schnitts mit Daumen und Zeigefinger an.

Karina war einer Ohnmacht nahe. Sie hörte, dass Henri noch irgendetwas sagte, aber ihr Kopf war nur noch ein einziges Rauschen.

„Warum musste Matthias sterben?", presste sie mit letzter Kraft hervor.

Henri zog eine Grimasse und zuckte mit den Schultern. „Er sollte gar nicht sterben. Es war ... ja", nickte er heftig, „ich würde fast sagen, es war ein bedauerlicher Unglücksfall."

Ein bedauerlicher Unglücksfall, ein bedauerlicher Unglücksfall, ein bedauerlicher Unglücksfall hallten die Worte in Karinas Kopf nach, ohne dass sie ihre Bedeutung richtig greifen konnte. Das Rauschen in ihrem Kopf nahm mit jeder Sekunde zu, in ihr breitete sich eine seltsame Ruhe aus und sie spürte, dass sie bereit war, sich in die barmherzige Stille einer Ohnmacht sinken zu lassen.

Doch gerade, als sie ihren Kopf auf die Schultern sinken ließ, durchdrang plötzlich ein schrilles Pfeifen die Stille, gepaart mit dem durchdringenden Läuten der Türklingel. „Machen Sie auf, Frau Krämer", rief eine dunkle Stimme durch die geschlossene Tür, gegen die jetzt offensichtlich mit Fäusten laut gehämmert wurde, „machen Sie bitte die Tür auf!"

Karina, plötzlich wieder hell wach, schreckte hoch, riss die Augen auf und sah in das drohende Gesicht Henris. Er hatte den Finger auf seinen Mund gelegt und bedeutete ihr, ruhig zu sein.

Das Hämmern und Läuten an der Tür ging ohne Unterlass weiter, und auch das laute Pfeifen, das Karina nicht zuordnen konnte, ließ in seiner Intensität nicht nach. Aus den Augenwinkeln bemerkte sie, dass Henri seine Hand nach dem Herd ausstreckte, und im nächsten Moment wusste auch sie, woher das schrille Pfeifen kam. Sie griff, wie von einem Instinkt gesteuert, nach rechts, erwischte den Wasserkessel noch vor Henri und schleuderte ihn ihm mit voller Kraft entgegen. Das nächste, was sie hörte, war ein bestialischer Schmerzensschrei, doch sie beachtete ihn nicht. Sie wusste, sie brauchte den Rädern ihres Rollstuhls nur zwei Stöße zu geben, dann wäre sie gerettet. Der Schwung ihres Rollstuhls brachte sie in Sekundenbruchteilen zur Küchentür und sie drückte auf den großen Schalter, der das Ende dieses Alptraums bedeuten würde. Und tatsächlich sah sie im nächsten Moment Kommissar Büttner zur sich selbstständig öffnenden Haustür hereinpreschen. Zu ihrem Erstaunen hielt er aber Sekunden später so abrupt in seiner Bewegung inne, dass er beinahe über die eigenen Füße gestolpert wäre. Und noch ehe Karina sich fragen konnte, was ihn so plötzlich hatte stoppen lassen, spürte sie das kühle Metall einer Messerklinge an ihrer Kehle.

36

Britta blinzelte verstört in die Dunkelheit hinein und wusste im ersten Moment nicht, wo sie war. Sie hob ihren Kopf leicht an, ließ ihn aber mit verzerrtem Gesicht sogleich wieder sinken, weil ihn ein scharfer Schmerz durchzuckte. Mit der Zunge fuhr sie sich über ihre geschwollenen, pochenden Lippen. Sie schmeckten nach Blut. Was war geschehen?

„Timotheus?“, wisperte sie schwach und tastete suchend mit ihren Händen über den Parkettboden. Es war kein Laut zu hören. Wo war ihr Kind? Ihr Herz setzte für einen Moment aus, als sie die Erinnerung wie ein Keulenschlag übermannte. Henri! Er hatte sie mit Jochen Piterius auf dem Sofa erwischt, hatte die Situation natürlich missverstanden, war in ein bestialisches Wutgeheul ausgebrochen und hatte seinen vermeintlichen Kontrahenten in hohem Bogen zur Haustür hinausbefördert. Außer sich vor Wut, hatte er sich dann ihr, Britta, zugewandt. Sie hatte versucht ihm zu erklären, dass Piterius sie unter Druck setzte, dass sie Mist gebaut hatte, dass sie ihm alles erklären könne. Aber er hatte ihr gar nicht zugehört, sondern hatte immer und immer wieder auf sie eingeprügelt und sie unter der Androhung, sie umzubringen, genötigt, ihm ihr jahrelanges Verhältnis zu Matthias zu beichten. „Du bist eine verdammte Hure, eine gottverdammte Hure!“, hatte er ihr entgegengebrüllt und sie wahllos mit seinen Fäusten traktiert, bis sie am Boden lag. Anscheinend hatte Henri all die Jahre geahnt, dass sie für Matthias mehr als nur freundschaftliche Gefühle empfand. Und dass Timotheus nicht sein Sohn war. Was genau hatte er noch zu ihr gesagt? Britta fiel es schwer, sich zu konzentrieren. Ihr Kopf fühlte sich an, als hätte ihn jemand in einen Schraubstock geklemmt. Mit schmerzverzerrtem Gesicht kramte sie in ihren Erinnerungen, und plötzlich war ihr, als würde ihr jemand eine eiskalte Kette um das Herz legen und sie ganz langsam, Glied für Glied, festzurren. „Du wirst deinen kleinen Bastard nie mehr wiedersehen“, hatte Henri ihr mit von Hass triefender Stimme zugezischt. Immer und immer wieder hatte er diesen einen Satz gesagt, während er seine Hände fester und fester um ihre Kehle presste. Bei der Erinnerung an das Gefühl sich schleichend einstellender Bewusstlosigkeit griff sich Britta unwillkürlich an den geschwollenen Hals. Sofort durchfuhr sie ein stechender Schmerz und raubte ihr beinahe den Atem.

„Timotheus“, keuchte sie erneut, als sie irgendwoher ein leises, raschelndes Geräusch vernahm. Plötzlich, von einem Moment auf den anderen, war sie hellwach und riss die Augen auf. „Timotheus?“, schrie sie panisch in den dunklen Raum hinein. Ihr Hals fühlte sich an, als hätte sie Stacheldraht verschluckt. Trotz ihres höllisch schmerzenden Körpers rappelte sie sich so schnell wie irgend möglich auf und torkelte auf schwammigen Beinen auf den Lichtstreifen zu, der unter dem schmalen Spalt einer Tür hindurch schien. Mit zittrigen Fingern tastete sie nach der Türklinke und stand im nächsten Augenblick im hell erleuchteten Hausflur. Laut keuchend, die Hände um das Geländer geklammert, kämpfte sie sich Stufe für Stufe die Treppe hinauf, torkelte mit letzter Kraft ins Kinderzimmer und knipste das Licht an. „Timotheus?", flüsterte sie schwach und schwankte auf das Kinderbett zu. Ihrer Kehle entrang sich ein letztes entsetztes Japsen, als sie im nächsten Moment mit schreckensweiten Augen zusammenbrach und von einer gnädigen Schwärze umfangen wurde. Das Bettchen ihres Sohnes war leer.

37

Ganz langsam bewegte sich die kleine Prozession auf Tönjes' Auto zu. Fieberhaft überlegte David Büttner, wie es ihm gelingen könnte, den Mann zur Aufgabe zu überreden. Aber so sehr er sich auch den Kopf zermarterte, kam er doch immer wieder zu dem Schluss, dass er ihn unter diesen Umständen würde ziehen lassen müssen. Mürrisch, die Lippen zu einem schmalen Streifen zusammen gepresst, starrte er die nur spärlich beleuchteten Straßen hinab. Wo nur blieb dieser verdammte Hasenkrug? Nirgends war auch nur der winzigste Schein eines sich nähernden Fahrzeugs zu erspähen. Er seufzte. Der Anblick der vom Schicksal so sehr gebeutelten Karina Krämer, die ihn, das Messer an der Kehle, mit einem so flehenden Gesichtsausdruck ansah, zerriss ihm schier das Herz. Zum wiederholten Male verfluchte er sich dafür, dass er an diesem Abend keine Waffe bei sich trug. Aber, so fragte er sich, hätte das an dieser Situation irgendetwas geändert? Verzweifelt hatte er versucht, Henri Tönjes hinzuhalten, bis seine Kollegen, die er nach einem Blick auf die sich ihm durchs hell erleuchtete Fenster bietende Szenerie in der Küche zur Verstärkung angefordert hatte, vor Ort sein würden. Aber der hatte sich nicht beirren lassen, sondern Karina Krämer beinahe unmittelbar nach Büttners Eintreffen aufgefordert, sich zu seinem Auto zu begeben.

„Seien Sie doch vernünftig. Lassen Sie die Frau gehen, Herr Tönjes, Sie haben doch keine Chance!“, startete Büttner einen erneuten Versuch, den Mann von seinem Vorhaben abzubringen, aber, wie schon mehrmals zuvor, stieß er lediglich auf ein stoisches Schweigen. Vielleicht aber hatte der Angesprochene ihn auch gar nicht gehört, denn die Worte wurden von dem kräftigen Nordwestwind sofort in die entgegengesetzte Richtung davongetragen. Erst, als Tönjes und Karina Krämer unmittelbar an der Beifahrertür angekommen waren, warf er dem Hauptkommissar einen finsteren Blick zu und zischte knapp: „Aufmachen!“

Büttner überlegte kurz, ob es ihm gelingen könnte, Tönjes mit der Autotür einen heftigen Stoß zu versetzen, aber dazu stand dieser zu weit vom Fahrzeug entfernt. Büttner schluckte trocken, als er sah, dass Tönjes die Spitze des scharfen Messers nun so fest an Karina Krämers Kehle drückte, dass bereits ein kleines Rinnsal Blut ihren Hals hinunter rann. Als der Angreifer ihm nach dem Öffnen der Tür bedeutete, sich wieder vom Auto zu entfernen, trat er widerwillig ein paar Schritte zurück. „Weiter!“ Henri Tönjes wedelte mit den Armen in Richtung der etwa dreißig Meter entfernt liegenden Fischkutter, die unten im Hafenbecken im vom Sturm aufgewirbelten Sielwasser quietschend an ihren Tauen und Seilen zerrten. Büttner schüttelte den Kopf, hob jedoch sofort beschwichtigend die Arme, als Tönjes Karina mit dem Messer über den Handrücken ritzte und diese laut aufschrie. Wie ihm aufgefallen war, verzog auch Henri Tönjes immer wieder schmerzhaft das Gesicht. Er musste höllische Schmerzen haben, nachdem ihm das kochende Wasser die rechte Hand und den Oberkörper verbrüht hatte. Das machte die Situation nicht einfacher, weil er sich nun benahm wie ein verwundetes Tier auf der Flucht.

„Einsteigen!", keifte Tönjes Karina an. Als sie sich, direkt neben dem Sitz stehend, mit zittrigen Armen hoch wuchtete, griff er ihr stützend unter den Arm, ließ jedoch Büttner, der nun völlig hilflos unten am Hafenbecken stand, nicht aus den Augen. Karina saß mehr schlecht als recht in ihrem Sitz, als Tönjes die Tür zuschlug, im Nu um das Fahrzeug herum hechtete, mit einem Satz hineinsprang und wenig später den Motor startete. Gerade, als er das Fahrzeug mit quietschenden Reifen wendete, kam ein weiteres Auto um die Ecke. Büttner erkannte darin den Wagen seines Assistenten Hasenkrug, der nun direkt vor dem Haus der Krämers hielt. Aber es war zu spät. Von Tönjes' Fahrzeug waren lediglich noch die Rücklichter zu erkennen.

Sebastian Hasenkrug warf einen kritischen Blick auf die weit geöffnete Haustür der Krämers und zuckte zusammen, als sein Chef im nächsten Moment die Beifahrertür aufriss und wutentbrannt zischte: „Losfahren, sofort!" Ohne lange zu überlegen, den Kopf zwischen die Schultern gezogen, tat Hasenkrug wie ihm geheißen und schon wenige Augenblicke später folgten sie den sich entfernenden Rücklichtern in rasendem Tempo in die Nacht hinaus.

„Ich hatte Ihnen gesagt, dass Sie sofort kommen sollten!", brüllte Büttner seinen Assistenten wütend zusammen, nachdem er ihm in knappen Worten die Situation geschildert hatte. „Wenn Karina Krämer irgendwas passiert, dann ziehen sie sich warm an, Hasenkrug! Ich schwöre Ihnen, dass Sie dann für den Rest Ihres Berufslebens auf irgendeiner Polizeistation in Hintertupfingen versauern!"

„Aber, Chef, ich hatte doch keine Ahnung, dass wirklich Gefahr im Verzug ist", jammerte Hasenkrug, während er das mobile Blaulicht auf dem Dach seines Fahrzeugs befestigte. „Ich dachte ..."

Büttner machte eine unwirsche Handbewegung und plärrte im nächsten Moment in sein Handy: „Wir brauchen Verstärkung. Flüchtiger mit weiblicher Geisel in schwarzem VW-Combi, Kennzeichen AUR-HT 521 unterwegs auf der L27 von Greetsiel Richtung Leybuchtpolder. Straßensperren auch an der L4 und an der B72 errichten. Geiselnehmer ist mit Messer bewaffnet."

„Wir haben die ganze Zeit in die falsche Richtung ermittelt", knurrte Büttner, nachdem er den Anruf beendet hatte, und drehte sein Telefon nervös zwischen den Fingern.

Hasenkrug nickte, während er seinen Blick konzentriert auf die schmale Straße richtete. Der Wind hatte inzwischen Orkanstärke, zudem hatte erneut ein heftiger Regen eingesetzt und verschlechterte die Sicht und die Straßenverhältnisse von Minute zu

Minute. Und auch das zuckende Blaulicht, das sich praktisch in jedem herabfallenden Wassertropfen spiegelte, machte die rasante Fahrt durch die dunkle Nacht zu einer gefährlichen Unternehmung. „Dann wusste Henri Tönjes wohl doch vom Verhältnis seiner Frau. Ein schnödes Eifersuchtsdrama, wer hätte das gedacht."

Büttner schüttelte den Kopf. „Nein, Hasenkrug, so einfach ist das nicht. Christian Beekmann hat mich angerufen, als ich bereits auf dem Weg nach Greetsiel war. Er hat irgendwas von einem Telefonat mit Henri Tönjes gefaselt. Anscheinend war Karina Krämer bei den Beekmanns gewesen und hatte behauptet, sie würde den Mörder ihres Mannes kennen. Daraufhin hat Beekmann seinen Freund Tönjes angerufen, um diesem das mitzuteilen, nichts ahnend, was er damit auslösen würde. Henri Tönjes hat dann wohl unzusammenhängend irgendwas von *Zuerst diese Nutte und dann auch noch das!* geschrien, wobei auch der Name Karina sowie die Worte *bee-a-friend21* und *Die mache ich fertig!* gefallen sein sollen. Noch ehe Christian Beekmann irgendwas hat erwidern können, hatte Tönjes den Anruf beendet."

„Wow!", stieß Hasenkrug überrascht hervor und griff hart ins Lenkrad, bezog sich damit aber weniger auf die Worte seines Chefs, sondern vielmehr auf eine starke Windböe, die ihren Wagen seitlich erfasst und gefährlich in Richtung Straßengraben gedrückt hatte. Auch der mit Henri Tönjes und Karina Krämer besetzte Wagen war vor ihnen ins Schlingern geraten. Inzwischen war Tönjes bei Osteel in Richtung Norden auf die B72 abgebogen, gefolgt nicht nur von Büttner und Hasenkrug, sondern jetzt auch von einem Streifenwagen, der auf der breiteren Straße zum Überholen ansetzte und, sich der Geschwindigkeit von Tönjes anpassend, eine ganze Weile auf der Gegenfahrbahn neben diesem herfuhr. Erst, als sich von vorne ein weiteres Auto näherte, ließ sich der Fahrer des Streifenwagens wieder hinter das Fluchtauto zurückfallen und scherte im letzten Moment vor Büttner und Hasenkrug ein.

„Mein Gott, womit habe ich das auf meine alten Tage nur verdient!“, keuchte Büttner und klammerte sich am Türgriff fest, als Hasenkrug scharf abbremste, um einer Kollision mit dem Streifenwagen zu entgehen. Doch hatte er wenig Zeit, sich über die abenteuerlichen Fahrmanöver seiner Kollegen zu mokieren, denn schon im nächsten Moment meldete sich der so rasant fahrende Polizist über Funk und sagte den einen Satz, der Büttner das Blut in den Adern gefrieren ließ: „Auf der Rückbank des Fluchtautos sitzt ein schreiendes kleines Kind.“

38

Karina Krämer zitterte am ganzen Leib, hatte den Kopf auf ihre Brust gesenkt und hielt ihre Hände fest auf ihre Ohren gepresst. Dieses Geschrei! Sie ertrug dieses Geschrei nicht mehr! Als Henri in Greetsiel losgefahren war, hatte sie Timotheus zunächst gar nicht bemerkt. Zu sehr war sie mit ihren Gedanken, ja, mit ihrer Angst beschäftigt gewesen. Dann aber, auf der Höhe von Neuwesteel, hatte sie vom Kindersitz her ein schläfriges Quieken vernommen und sich erstaunt umgedreht. Der Anblick des kleinen, in einen mit blauen Elefanten bedruckten Pyjama gekleideten Timotheus, der sie aus schläfrigen Augen fragend ansah, hatte ihr direkt ins Herz geschnitten. Ob Britta wusste, dass er hier war? Zunächst hatte der Junge, seinen Lieblingsteddy fest an sich gepresst, noch still an seinem Daumen gelutscht. Dann aber hatte sein Vater beim Anblick der sich häufenden Polizeiwagen laut zu fluchen angefangen und das Lenkrad, trotz der verbrühten rechten Hand, mit heftigen Fausthieben traktiert, was ihn zu einem bestialischen Schmerzensschrei veranlasste. Und seither schrie auch

Timotheus aus Leibeskräften nach seiner Mama und hörte auch nicht damit auf, als sein Vater ihn rasend vor Wut anbrüllte. Ganz im Gegenteil war der kleine Junge inzwischen völlig außer sich. Sein Kopf war, soweit Karina es in der weitgehenden Dunkelheit erkennen konnte, knallrot angelaufen, seine Haare waren nass vor Schweiß, und immer wieder wurde sein kleiner Körper von heftigen Hustenattacken geschüttelt. Soeben hatte er in einem Hustenanfall so sehr würgen müssen, dass sich sein Mageninhalt über seinen Pyjama und seinen Teddy ergossen hatte. Karina hatte mit leiser Stimme versucht ihn zu beruhigen, aber sie drang nicht zu ihm durch. Viel zu laut war nicht nur das Gebrüll seines Vaters, sondern auch der starke Wind, der laut tosend um den viel zu schnell fahrenden Wagen herum pfiff.

Und nun hing Karina in zusammengesunkener Haltung in ihrem Sitz und rechnete fest damit, aus diesem Auto nicht mehr lebend heraus zu kommen. Wie ein Besessener raste Henri auf der Flucht vor der Polizei durch die von Sturm und Regen gepeitschte und bedrohlich wirkende Nacht. Das Wetter ist das gleiche wie damals, dachte sie, als Matthias und ich diesen schrecklichen Unfall hatten. Wenn sie nur gewusst hätte, was sich Henri von dieser wahnwitzigen Aktion versprach! Es musste ihm doch klar sein, dass er keine Chance hatte! Inzwischen schien ihnen die gesamte ostfriesische Polizei auf den Fersen zu sein. Unmöglich, dass es für Henri noch irgendein Entrinnen gab.

„Bitte, Henri, nun gib doch endlich auf!“, rief sie ihm kläglich wimmernd zu und spürte die Tränen heiß über ihr Gesicht laufen. „Ich werde auch nicht gegen dich aussagen, das verspreche ich dir!“ Sie warf einen Blick zum Rücksitz. „Und denk an Timotheus! Warum ist er überhaupt hier und nicht bei seiner Mutter? Was hast du dir nur dabei gedacht?“

Für einen Augenblick glaubte sie, dass er sie gar nicht verstanden hatte, doch dann sah er sie mit einem so hasserfüllten Blick an, dass sie unwillkürlich zusammenzuckte. „Du hast mein Leben zerstört“, schrie er aufgebracht, „du hast alles kaputt gemacht! Du und dein scheiß Matthias! Aber das Kind gehört mir. Mir ganz allein! Das nimmt mir keiner weg von diesen Kerlen! Keiner!“

Karina biss sich verzweifelt auf die Lippen. Auf diese Art kam sie nicht weiter. Ganz egal, was sie jetzt sagte, es würde nur weiterhin seinen unsäglichen Hass gegen sie schüren. Wie hatte sie nur so dämlich sein können, den Mörder ihres Mannes aus der Reserve locken zu wollen! Ja, wie hatte sie sich nur einbilden können, sie, die ach so erfolgreiche Anwältin, könne ungestraft ihre eigenen Recherchen anstellen und an der Polizei vorbei nach Matthias’ Peiniger suchen, um ihn dann selbst zur Rechenschaft zu ziehen!

Karinas Kehle entfuhr ein bitteres Lachen. Ja, es geschah ihr ganz recht, dass sie jetzt hier in der Zwickmühle saß. Aber, so dachte sie bei sich, dass sie durch ihr leichtsinniges Verhalten nicht nur sich selbst, sondern auch den kleinen Timotheus in Gefahr gebracht hatte, würde sie sich niemals verzeihen. Natürlich hatte sie nicht ahnen können, dass ausgerechnet ihr bester Freund Henri sich als Matthias’ Mörder entpuppen würde. Niemals wäre sie auf diese völlig absurde Idee gekommen! Für sie war es doch völlig klar gewesen, dass diese verdammte Agrarmafia hinter allem steckte. Woher hätte sie denn wissen sollen, dass Henri mit ihnen unter einer Decke steckte! Dennoch war ihr Verhalten unverzeihlich. Was, wenn Timotheus diese Irrsinnsfahrt nicht überlebte? Wie sollte sie dann Britta jemals wieder unter die Augen treten?

Britta. Karina fuhr sich mit den Händen nervös durch die Haare. War es wirklich wahr, dass ihre beste Freundin ein jahrelanges Verhältnis mit ihrem geliebten Matthias hatte? Konnte es sein, dass die beiden sie über eine solch lange Zeit so schmählich hintergangen hatten? Stimmte es, dass der kleine Timotheus Matthias' Sohn war? Oder entsprang dieses vermeintliche Wissen ganz einfach nur Henris krankem Hirn?

Karina hob den Kopf und starrte mit ängstlich geweiteten Augen in die Nacht hinaus, während Timotheus hinter ihr erbarmungslos weiter schrie. Von allen Seiten waren nun Blaulichter zu sehen und tauchten die stürmisch-regnerische Herbstnacht in ein gespenstiges Licht. Was würde die Polizei machen? Würden sie sie von der Straße abdrängen, auch auf die Gefahr hin, dass sie und Timotheus dabei zu Schaden kamen? Wusste Kommissar Büttner eigentlich, dass sich außer den zwei Erwachsenen auch noch ein kleines Kind im Auto befand?

Und was würde sie, Karina, tun, wenn es zu einem Unfall kam? Was würde zum Beispiel passieren, wenn ihr Auto dabei in Brand geriet? Karina schauderte und strich sich unwillkürlich über ihre gefühllosen Beine.

In einem solchen Fall würde sie keinerlei Chance haben, dem flammenden Inferno zu entkommen und bei lebendigem Leib verbrennen.

Zum wiederholten Male drängte sich ein Polizeiwagen an ihre Seite. Eine junge Polizistin machte Henri Zeichen, rechts ran zu fahren und zu halten. Doch der reagierte gar nicht auf sie, sondern starrte nur mit stumpfem Blick geradeaus. Karina fiel auf, dass ihnen schon seit einiger Zeit außer etlichen Polizeiwagen kein Fahrzeug mehr entgegen gekommen war. Vermutlich hatte die Polizei die Straße für den Verkehr gesperrt. Nicht weit entfernt konnte sie bereits die Lichter der Stadt Norden erkennen. Was würde Henri tun? Würde er kurz vor der Stadt in Richtung Lütetsburg abbiegen, oder würde er in die Innenstadt hineinpreschen und damit noch mehr Menschen in Gefahr bringen?

Als Karina sah, dass sich ihnen von vorne ein Polizeiwagen mit hoher Geschwindigkeit näherte und frontal auf sie zuhielt, stieß sie einen erstickten Schrei aus und schlug reflexartig die Arme um ihren Kopf. Henri machte keine Anstalten, dem Wagen auszuweichen, und erst im allerletzten Moment drehte der Polizeiwagen ab. Und doch war es nicht dieses Manöver, das letztlich dazu führte, dass der Wagen mit Henri, Karina und Timotheus nur Sekunden später unmittelbar hinter einer Brücke von der Straße abkam und sich mehrfach überschlug. Denn kurz bevor an ihrer linken Seite die ersten Häuser von Norden auftauchten, wurde ihr Auto von einer so heftigen Windböe ergriffen, dass Henri, vermutlich auch bedingt durch seine verletzte Hand, die Kontrolle über sein Fahrzeug verlor und das Lenkrad verriss.

Als Karina das dunkle Feld auf sich zukommen sah, stieß sie einen schrillen Schrei aus, vernahm im nächsten Moment das metallische Knirschen des sich überschlagenden Wagens und spürte, wie ihr Kopf mehrmals unheilvoll hin- und her geschleudert wurde. Dann spürte sie nichts mehr.

39

Langsam senkte sich der blumengeschmückte Sarg in das kühle Grab hinab. Hauptkommissar David Büttner hatte seine Hände tief in den Taschen seines Mantels vergraben, denn über den Friedhof fegte ein eiskalter Wind. Während der Pastor die Beisetzungsworte murmelte, warf so mancher Trauergast immer mal wieder einen besorgten Blick in den mit dunklen, schweren Wolken verhangenen Himmel, als befürchte er, kurz vor Ende der Trauerfeierlichkeiten doch noch vom eisigen Dezemberregen durchnässt zu werden.

Eine Woche zuvor hatte Büttner den Fall Matthias Krämer für abgeschlossen erklärt. Henri Tönjes, der den Unfall mit schweren inneren Verletzungen überlebt hatte, würde nach einem voraussichtlich mehrmonatigen Krankenhausaufenthalt in die Haftanstalt überführt werden. Es hatte mehrere Tage gedauert, bis er von seinen Ärzten als vernehmungsfähig eingestuft worden war und Büttner ihn zu dem Mord an Matthias Krämer hatte befragen können. Der tiefe Schock, dass der kleine Timotheus nach dem schweren Unfall womöglich nie wieder würde laufen können, hatte

Henri Tönjes dazu veranlasst, reinen Tisch zu machen und nichts zu verheimlichen. So hatte Büttner erfahren, dass er jahrelang für die Firma Saromondo den Zuträger gespielt hatte und darauf angesetzt gewesen war, die Gentechnikgegner auszuhorchen und zu bespitzeln. Ohne Skrupel hatte Tönjes alle Informationen, die er von Matthias Krämer und seinen Mitstreitern bekommen hatte, an die Genlobby weitergegeben. Umgekehrt hatte er sich bei den Umweltschützern lieb Kind gemacht und ihnen vorgegaukelt, auf ihrer Seite zu stehen. Zur besseren Tarnung hatte er sich sogar einige Bienenstöcke zugelegt und gepflegt, obwohl er dem Hobby der Imkerei nun wahrlich nichts hatte abgewinnen können. Doch hatte dieses angebliche Hobby es ihm ermöglicht, zu den von Saromondo ausspionierten Kreisen Kontakt aufzunehmen und die internen Informationen über geplante Aktionen oder Demonstrationen zeitnah an seine Brötchengeber weiterzuleiten.

Mit der störrischen Hartnäckigkeit der Krämers hatten die Lobbyisten allerdings nicht gerechnet. Vielmehr waren sie es gewohnt, dass ihnen so mancher Umweltakteur nach einer unzweideutigen Drohung im wahrsten Sinne des Wortes das Feld überließ und sie fortan in aller Ruhe ihren fragwürdigen Geschäften nachgehen konnten. Auch so mancher Politiker, der es gewagt hatte aufzumucken, war durch die weitgehenden Kontakte Saromondos in höchste politische Kreise entweder kalt gestellt oder großzügig abgefunden worden.

Karina und Matthias Krämer aber hatten selbst nach den eindeutigsten Warnungen ihre Ziele nicht verraten, sondern sie praktisch nach jedem Rückschlag nur umso hartnäckiger verfolgt.

Nur ganz kurz hatte Henri Tönjes gezögert, die von Saromondo gut bezahlten Anschläge gegen die Krämers auszuführen. Doch letztlich hatte er bei der Aussicht auf eine hoch dotierte Führungsposition in einem global agierenden Agrarkonzern alle Bedenken beiseite gewischt. Ja, insgeheim hatte er bei dem Gedanken, dass den in seinen Augen viel zu überheblichen Krämers mal ganz ordentlich eins ausgewischt würde, sogar eine klammheimliche Genugtuung verspürt.

Den Plan jedoch, Matthias Krämer durch einen brutalen Mord aus dem Weg zu räumen, hatte es von seiner und auch von Saromondos Seite nie gegeben. Vielmehr waren an dem Abend, als der Journalist zu Tode kam, mehrere unglückliche Zufälle zusammengekommen. So hatte Henri ganz einfach Lust auf ein paar Bier verspürt und daher beschlossen, mal bei seinem Kumpel Christian Beekmann vorbeizuschauen. Gerade, als er mit dem Fahrrad auf den Hof der Beekmanns hatte einbiegen wollen, hatte er laute Geräusche vernommen und war alarmiert stehen geblieben. Verdeckt von einer Hecke hatte er aus nächster Nähe mitbekommen, wie Johann Matthias Krämer vom Rad stieß und ihm einen kräftigen Fausthieb ins Gesicht versetzte. Er hatte beobachtet, wie sich Johann anschließend nach einem Stapel Papiere bückte, die aus Krämers Tasche gefallen waren, einen entsetzten Blick darauf warf und *Verdammt, jetzt haben sie uns!* vor sich hinmurmelte.

Alarmiert war Henri Tönjes nach Johanns Verschwinden hinter der Hecke hervorgetreten, hatte seinem vermeintlichen Freund Matthias die Hand gereicht und ihm wieder auf die Beine geholfen. Wie nebenbei hatte er Krämer gefragt, was denn so Wichtiges in den von Johann weggetragenen Papieren gestanden habe, und der hatte ihm arglos und unumwunden erzählt, dass er der Familie Brenner nun illegale Genversuche in Zusammenarbeit mit der Firma Saromondo nachweisen könne. Deswegen sei er auch hier, um das weitere Vorgehen mit Christian Beekmann zu besprechen, der davon jedoch noch nichts wisse. Diese Offenbarung hatte Henri Tönjes zwar tief schlucken lassen, doch hatte er sie als kein größeres Problem bewertet, war er sich doch sicher gewesen, dass seine Auftraggeber Mittel und Wege finden würden, die Unterlagen beiseite zu schaffen, ohne dass es hinterher nachzuweisen wäre. Nein, was Henri an diesem Abend aus heiterem Himmel in eine so rasende Wut versetzte, war die Tatsache, dass Matthias Krämer ihm im Schein der Laterne plötzlich breit grinsend ins Gesicht lachte und sagte, über solch kleine eifersüchtige Halbwüchsige wie Johann könne man doch einfach nur den Kopf schütteln. Heute könne er, Henri, nicht mehr sagen, woran es gelegen habe, dass er in dem breiten Lachen von Matthias Krämer plötzlich seinen kleinen Sohn wieder erkannte. Vielleicht sei es die Beleuchtung an der Garage gewesen, vielleicht auch das helle Licht des Vollmonds, das sich in diesem Augenblick hinter den Wolken hervor schob. Auf jeden Fall habe er genau in diesem Moment begriffen, dass Matthias der Vater des kleinen Timotheus sei. In seiner akut aufbrandenden Wut habe er rot gesehen und nach dem nächstbesten Gegenstand gegriffen, den er in die Hände bekam. Und dass sei zu Matthias' Unglück ein großer Ziegelstein gewesen, der neben der Garage auf einem mit einer Plane abgedeckten Holzstoß gelegen habe. Matthias Krämer sei nach der Attacke gegen seinen Kopf tot in sich zusammengesackt, Henri habe ihn aus dem Weg geräumt und mit einem Blick auf den Stall der Beekmanns beschlossen, ihn nachts in der Getreidemühle rückstandsfrei verschwinden zu lassen, was, wie bekannt, leider nicht in Gänze geklappt habe. Das Fahrrad, den Laptop und das Handy habe er einige Kilometer entfernt im Kanal entsorgt. Um den Verdacht auf Johann zu lenken, habe er dann so getan, als habe er Matthias' Kappe im Schrank des Abkalbestalls gefunden. Ein schlechtes Gewissen schien er deswegen nicht zu haben, denn schließlich, so hatte er gemeint, habe ihm die Familie Brenner schon genug Ärger eingebrockt, indem es ihr beinahe gelungen sei, Saromondo davon zu überzeugen, einen gewissen *Giftpilz* – wer auch immer das sei - auf die Krämers anzusetzen, was ihn unweigerlich seinen gut bezahlten Job gekostet hätte.

Bei dem Gedanken daran, wie sinnlos dieser Mord und all das sich daraus ergebende Leid gewesen war, durchfuhr Hauptkommissar Büttner ein eisiger Schauer und er nickte Karina Krämer, die zusammengekauert in ihrem Rollstuhl saß, an jeder Seite eines ihrer Mädchen an der Hand hielt und mit leerem Blick der Trauerzeremonie für ihren verstorbenen Mann folgte, instinktiv zu. Sie war die Einzige, die bei dem Unfall keine größeren körperlichen Blessuren davongetragen hatte. Diese Tatsache ließ Büttner den Glauben an die Gerechtigkeit noch nicht ganz verlieren, auch wenn er nach den hinter ihm liegenden Ermittlungen den Glauben an eine wenigstens in Grundzügen gerechte Welt weitgehend aufgegeben hatte.

Als der Pastor die letzten Worte gesprochen hatte, drehte sich David Büttner mit einem tiefen Seufzer um und wandte sich gemächlichen Schrittes dem Ausgang des Friedhofs zu. Aus den Augenwinkeln sah er eine alte, ihm inzwischen vertraute Frau auf sich zukommen, die ihn im nächsten Moment mit ihrem Gehstock anstupste und mit zittriger Stimme fragte: „Tasse Tee, Herr Kommissar?“

ENDE

Die Handlung und alle handelnden Personen in diesem Buch sind frei erfunden. Jegliche Ähnlichkeit mit lebenden oder realen Personen wäre rein zufällig.

Ein großes DANKESCHÖN! geht an meinen Papa, meine Schwester Maike, Volker, Susanne, Monika sowie Michael Mogel.

26282710R00210

Made in the USA
Charleston, SC
01 February 2014